मेरी प्रिय कहानियाँ

रमेशचंद्र शाह

राजपाल

1912-2012
100 वर्षों की
श्रेष्ठ प्रकाशन परम्परा
राजपाल

₹ 125

ISBN : 978-93-5064-018-0

MERI PRIYA KAHANIYAN (Stories) by Rameshchandra Shah

मुद्रक : दीपिका एन्टरप्राइज़ेज, दिल्ली

राजपाल एण्ड सन्ज़

1590, मदरसा रोड, कश्मीरी गेट-दिल्ली-110006

फोन: 011-23869812, 23865483, फैक्स: 011-23867791

website : www.rajpalpublishing.com

e-mail : sales@rajpalpublishing.com

“

कहानी लिखना कविता लिखने की अपेक्षा कहीं अधिक दुस्साध्य है, ऐसा मुझे लड़कपन के दिनों में लगा करता था। आज भी, जब मेरे पाँच कहानी-संग्रह छप चुके हैं और दस उपन्यास भी—मेरी वह पुरातन प्रतीति मन से मिटी नहीं है। इसलिए, कि उपन्यास का कैनवास बड़ा होता है और जीवनानुभव के बहुआयामी विस्तार और गहराई को भी उसमें अभिव्यक्त होने के लिए भरपूर अवकाश रहता है। कहानी अधिक 'कलात्मक' चुनौती प्रस्तुत करती है : वह एक कौंध की तरह फूटती है और अधिक सांकेतिक और क्षिप्र लय-गति में ढाले जाने की माँग करती है। 'बहुत कम ऐसी' कथा-प्रतिभाएँ होती हैं जो उपन्यास और कहानी दोनों को सफलतापूर्वक, यानी समान अधिकार और लाघव के साथ साथ ले जा सकें।

”

भूमिका

'मेरी प्रिय-कहानियाँ'—शृंखला में अपने संकलन के लिए कहानियों का चुनाव करना मेरे लिए—मेरे ही लिए क्यों—मुझे लगता है, किसी के भी लिए आसान नहीं होता होगा। कम-से-कम पचासेक कहानियाँ तो लिखी ही होंगी मैंने। उनमें से एक भी तो अप्रिय नहीं मुझे। पाठक इस पर टोक सकते हैं मुझे—कह सकते हैं कि "...यह कोई सन्तान-मोह सरीखा मामला थोड़े ही है; अपनी रचना से ऐसी आसक्ति भी किस काम की, जिसके चलते आप उसकी गुणवत्ता या टिकाऊपन की भी परख कर पाने में असमर्थ हो जाएँ। अरे, उतार-चढ़ाव कहाँ नहीं होता! सारी की सारी करतूतें आपकी क़ाबिले-तारीफ़ या ध्यान देने लायक़ हों ही, यह क्यों ज़रूरी है। वह रचनाकार ही क्या, जो अपना सबसे भरोसेमन्द आलोचक और 'जज' भी खुद ही न हो! 'प्रिय' का आशय समझने में लगता है, आप जानबूझकर घपला कर रहे हैं। अरे, यह साहित्य का क्षेत्र है, जहाँ 'श्रेय' और 'प्रेय' के बीच कोई खाई नहीं होती : जहाँ प्रेय ही श्रेयस्कर भी होता है।"

धन्यवाद, प्रिय पाठक, आपने सचमुच ही मेरी कमज़ोर नस पकड़ ली। मैं यूँ तो अपने को आलोचक भी समझता हूँ, और यूँ ही नहीं समझता; सचमुच लिखी भी हैं मैंने ढेर सारी आलोचनाएँ भी। किन्तु दूसरों की आलोचना—और ठीक-ठाक आलोचना कर ले जाना एक बात है; और खुद अपनी रचनाओं को उस तरह कसौटी पर कस देखना—उनके बीच ऊँचाई-निचाई का फैसला कर पाना एकदम अलग बात है। कितनी खुशी होती मुझे—कितना कृतज्ञ अनुभव करता मैं—हल्का-फुल्का भी—यदि यह चुनाव आप करते, मैं नहीं। कसौटी तो मेरी आप ही हो सकते हैं विश्वसनीय। मैं कैसे हो सकता हूँ? 'निज कवित्त केहि लाग न नीका/सरस होहिं अथवा अति फीका?...कह गए हैं कि नहीं तुलसी बाबा? तो...ऐसे में मैं सही निर्णायक कैसे हो सकता हूँ...अपनी ही कारगुजारियों का?

'क्यों नहीं हो सकते?'...एक दूसरी आवाज़ सुनाई दे रही है, जो न इस

पाठक की है, न किसी आलोचक की। किसी समानधर्मा-समानशील-समानव्यसनी लेखक की हो तो हो। और यह आवाज़ मुझसे कह रही है : ''अरे, ऐसा मौक़ा बड़े भाग से ही नसीब होता है लेखक को—अपनी पसन्द बताने का; और सिर्फ बताने का ही नहीं, बल्कि उस अपनी, खास अपनी पसन्द को बाकी सबकी पसन्द-नापसन्द पर हावी होते देखने का। और,...फिर पाठकों को—अच्छे से अच्छे, पारखी, गुणग्राही पाठकों को भी यह कुतूहल तो हो ही सकता है ना, कि देखें, यह जनाब खुद अपनी करतूतों का कैसे जायज़ा लेते हैं? इनकी प्रिय कहानियाँ क्यों इनको प्रिय हैं, हमें भी तो पता चले। 'क्यों' तो ये खुद क्या बताएँगे। मगर कहानियों का चयन ही इनका ज़ाहिर कर देगा कि अपने अनुभवों के साथ इनका कैसा-क्या रिश्ता है और कैसे अनुभव इनके लिए मूल्यवान् ठहरते हैं। मूल्यवान तो खैर, इन्हें अपना सभी कुछ लगता होगा; मगर बाक़ायदा 'कमिट' करना पड़े कि मेरी प्रिय कहानियाँ, लीजिये, ये रहीं, तो इस कृत्य से भी तो इनका कुछ ऐसा भेद खुलेगा, जो अन्यथा नहीं खुल पाता। है कि नहीं?''

मगर, चयन करके भी तो छुट्टी कहाँ हुई? अभी तो भूमिका भी लिखनी पड़ेगी। क्यों साहब, क्यों लिखनी पड़ेगी? इसलिए लिखनी पड़ेगी कि अन्तरंग में पैठ हो, इसके पूर्व बहिरंग से भी तो गुज़रना होगा। कैसे कोई आम सड़क से सीधे छलाँग लगाकर बैठकखाने में, या शयन-कक्ष में या रसोईघर में जा घुसेगा? गेट से बैठक तक पहुँचने के लिए भी कुछ तो रास्ता लगेगा। रास्ता भी न सही, बरामदा होगा ना? तो, लीजिए यह रहा वह बरामदा। या गलियारा।

कहानी लिखना कविता लिखने की अपेक्षा कहीं अधिक दुस्साध्य है, ऐसा मुझे लड़कपन के दिनों में लगा करता था। आज भी, जब मेरे पाँच कहानी-संग्रह छप चुके है और दस उपन्यास भी—मेरी वह पुरातन प्रतीति मन से मिटी नहीं है। इसलिए कि उपन्यास का कैनवस बड़ा होता है और जीवनानुभव के बहुआयामी विस्तार और गहराई को भी उसमें अभिव्यक्त होने के लिए भरपूर अवकाश रहता है। कहानी अधिक 'कलात्मक' चुनौती प्रस्तुत करती है : वह एक कौंध की तरह फूटती है और अधिक सांकेतिक और क्षिप्र लय-गति में ढाले जाने की माँग करती है। बहुत कम ऐसी कथा-प्रतिभाएँ होती हैं जो उपन्यास और कहानी दोनों को सफलतापूर्वक, यानी समान अधिकार और लाधव के साथ साथ ले जा सकें। कभी-कभी लगता है, कहानी कविता के अधिक समीप है; तो कभी लगता है, उसमें नाटक जैसी चुस्ती और कसावट होनी चाहिए ताकि जो ज़िन्दग़ी की फाँक ('स्लाइस ऑफ लाइफ़'—जैसा किसी बड़े कलाकार का मुहावरा है) उसमें विन्यस्त हुई है,

वह तीव्रता, त्वरा और पूरे संवेदनाघात के साथ उसमें रूपायित हो सके। हाल ही में जैसे एक कथा-गोष्ठी में पढ़ने के लिए इस चयन में संकलित 'रामरिख बाबू' शीर्षक कहानी चुनी तो श्रोताओं की प्रतिक्रिया से यही झलका, कि उसकी नाटकीयता ने उन्हें बाँधे रखा। इतना ही नहीं, उसी गोष्ठी के कुछ दिनों बाद राष्ट्रीय नाट्य विद्यालय की मंडली ने उसे नाटक के रूप में प्रस्तुत किया और वह प्रस्तुति, सुना, बहुत प्रभावशाली रही। इससे यह अर्थ निश्चय ही नहीं निकालना चाहिए कि कहानी नाटक विधा का अनुकरण करे। कदापि नहीं, कहानी अपने में स्वतन्त्र विधा है : उससे किसी और विधा का काम नहीं लिया जा सकता। मुझी को कहाँ पता था कि मेरी उस कहानी में नाटकीय तत्त्व हैं : कोई जानबूझकर तो डाले नहीं गए थे वे। मैं तो अपनी समझ से सौ टंच कहानी ही लिख रहा था। किसी और रूप में वह बात नहीं बन सकती थी जो कथा-रूप के चलते बनी। वह तो श्रोताओं ने, उसका जो प्रभाव उनपर पड़ा, उस प्रभाव को अपनी तरफ़ से रेखांकित किया–जो, निश्चय ही मेरे लिए प्रेरक और स्फूर्तिदायी बात थी। मुझे पता है यदि मैंने उक्त गोष्ठी में यह कहानी न पढ़कर, उसकी जगह 'डंक' अथवा 'आज की तारीख में' पढ़ी होती तो उसका प्रभाव कुछ और ढंग से दर्ज होता।

कहानी सर्वाधिक आदिम विधा है। वह सुनाने की भी चीज़ है, सिर्फ़ पढ़ने की नहीं। मेरा ख्याल है उसके इस आदिम स्वरूप की छाप उस पर इतनी गहरी है कि छूट नहीं सकती–चाहे जितनी भी मंज़िलें उसने तय कर ली हों। आधुनिक भाव-बोध की अपनी ही बात करूँ तो कहानी पढ़के सुनाना मेरे लिए आज भी वैसा ही 'संसेशन' है, जैसे कविता सुनाना। पढ़ते हुए भी मेरा ख्याल है, कोई अच्छी कहानी कानों के जरिये ही हमको पकड़ती है। उसके कहानीपन की मूल प्रतिज्ञा कहो, या कसौटी कहो, एक यह भी है। विषय-वस्तु भले ही उसकी कुछ भी क्यों न हो, 'टोन ऑफ वॉइस' की उसमें–उस विषय-वस्तु के सफल और तत्काल-संप्रेषण में तगड़ी भूमिका होती है और होनी ही चाहिए।

कहानी लिखना जैसाकि मैंने शुरुआत में ही कहा, कविता लिखने की तुलना में कहीं अधिक कठिन है, ऐसा मुझे लड़कपन के दिनों में लगता था। उन दिनों को याद करता हूँ तो पाता हूँ कि पद्य रचने की आनन्दमयी उत्तेजना मुझ पर बहुत जल्दी हावी हो गई थी : अँग्रेज़ कवि पोप की गर्वोक्ति याद आती है कि "मैंने तो तुतलाना भी पद्य में ही सीखा"। वह स्वभावोक्ति है मेरे लिए; गर्वोक्ति नहीं। तीसरी कक्षा में पढ़ता था शायद, जब पहली कविता लिखी। मगर अपनी पहली कहानी 'तबलची' मैंने दसवीं में पढ़ता था, तब लिखी। यों भी गद्य के स्वाद और स्वरूप

का पता बाद में ही चल पाता है, जब भाषिक समझ विकसित होने लगती है, और सामाजिक बोध भी। इतना निश्चयपूर्वक कह सकता हूँ कि 'कहानी' की जो पहली-पहली छाप मेरे बाल-मन पर पड़ी थी, वह रामायण-महाभारत और पौराणिक कथाओं की छाप थी; और हाँ, 'हितोपदेश' की भी। जिसे साहित्यिक वातावरण कहा जाता है, उसका तो हमारे घर-परिवेश में नितान्त अभाव था। हाँ, एक मन्दिर के छोटे से पुस्तकालय की बदौलत यह 'धार्मिक' कही जाने वाली सामग्री ज़रूर मेरी पहुँच के भीतर थी। मेरे लिए तो वह कथा-रस ही था; औरों के लिए भले वह कुछ और भी रहा हो। आखिर 'हितोपदेश' भी तो मुझे उसी स्रोत से प्राप्त हुआ था। अपना तो अलौकिक भी खासा लौकिक स्वाद देता है : 'रिलीजियस' और सेक्युलर के बीच, 'सैक्रेड' और 'प्रोफेन' के बीच हमारे यहाँ वैसी खाई भी कहाँ खुदी है।

हमारी दूकान में कभी-कभी लोग अपनी रद्दी बेच जाते थे। सामान लपेटने के लिए, पुड़िया बनाने के लिए कागज़ की ज़रूरत पड़ती है, इसीलिए वह रद्दी हमारे यहाँ आती थी। मगर उसकी ओर ध्यान मेरा तब गया जब मैंने अपने पिता को उसमें दिलचस्पी लेते देखा। 'सरस्वती' या 'चाँद' का अंक था वह, जिसे वे फाड़ते हुए झिझक रहे थे। ऐसे कई अंक मेरे हाथ लगे बाद में, तो, जाहिर है, कहानी ही उनमें सबसे पहले पढ़ी होगी। उसी रद्दी के समुद्र-मंथन से—मुझे याद है, टॉल्सटॉय का 'रेज़रेक्शन' नामक उपन्यास भी मुझे अपने हिन्दी अवतार में हाथ लगा था। इस तरह देसी-बिदेसी का फर्क ही एकदम मिटा देने वाला विशुद्ध-'कथा-रस' मेरे भीतर दाखिल हुआ। प्रेमचन्द का 'रंगभूमि' भी उसी रास्ते पढ़ने को मिला। महान् कथा-साहित्य इस तरह रद्दी के भाव और रद्दी के भेष में ही मुझसे पहले-पहल मिला—बिना यह मुझे जताए, कि वह महान् साहित्य है। घर में, या पास-पड़ोस में भी दूर-दूर तक कोई मुझे यह बताने वाला नहीं था कि वह महान् साहित्य है, जिसमें इस तरह अपने अनजाने ही मैं दीक्षित किया जा रहा हूँ। हाँ, एक घटना इसी सिलसिले की मेरे मन में गड़ी रह गई है, जिसका ज़िक्र मुझे यहाँ ज़रूरी लगता है। उसी रद्दी में हाथ लग गए प्रेमचन्द के उपन्यास 'रंगभूमि' को पढ़कर तुरन्त—तत्काल मुझे सौंपने आए अपने छठी पास पिता की जो अजीबोग़रीब हालत मैंने अपनी कोठरी में एक शाम देखी—रोमांचित, अश्रुविह्वल, कण्ठावरुद्ध—उस दृश्य की छाप अभी तक मेरे मन पर ज्यों की त्यों है। साहित्य की शक्ति का वह पहला प्रत्यक्ष वस्तु-पाठ था मेरे लिए,—जो दुनिया का बड़े से बड़ा विश्वविद्यालय भी मुझे कभी नहीं सिखा सकता था।

बहरहाल, हिन्दी कहानी कहना चाहिए, हिन्दी गद्य के साथ सचमुच अपनी समझ भर लगाव का रिश्ता बनते-बनते कम से कम पाँच-छह बरस तो लग ही

गए होंगे। इतना मगर तय है, कि दसवीं पास करते न करते न केवल 'राजा भोज का सपना' और 'एक दुराशा' जैसी रचनाओं की बदौलत हिन्दी गद्य की नवजात स्फूर्ति और ज़िन्दादिली की अमिट छाप मन पर पड़ चुकी थी, बल्कि, 'उसने कहा था' 'ताई' 'दो बैलों की कथा' और 'हाथ की जीत' सरीखी कहानियों की बदौलत उस कथारस का भी तगड़ा चस्का पड़ चुका था जो एक ओर मेरे आस-पास की साक्षात् जीवन-लीला को और भी सजीव तथा प्रगाढ़ रंगों में उभारता जान पड़ता था और, दूसरी ओर पुराण-हितोपदेश वाली दुनिया से भी गहरे कहीं जुड़ जाता था।

किन्तु जीवन-लीला को—और कहानी-उपन्यास में ढले उसके गाढ़े आसव को अपने भीतर तरंगित होते अनुभव करना एक बात है; और उस अनुभव को कहानी के विशिष्ट रूपाकार में रच पाना बिलकुल अलग बात है। बचपन की संवेदनशीलता, बचपन की कल्पना-शक्ति कुछ और ही हुआ करती है : बड़े होने पर अपने ऐन्द्रिक और भाविक अनुभवों से उतना तीव्र और तात्कालिक सम्बन्ध नहीं रह जाता। किन्तु साहित्य, पता नहीं किस चमत्कारी ढँग से हमें वैसा ही सघन-संश्लिष्ट अनुभव लौटा देता है। कारण कदाचित् इसका यही होगा कि कलाकारों में ही उस बचपन वाले आँख-कानों को, कह लीजिए अनुभव की ताज़गी को बचा रखने की सिफ़त होती है और उसे भाषा में प्रत्यक्ष कर सकने की सिद्धि भी। वे बड़े तो होते ही हैं? वयस्क बुद्धिमत्ता की भी उनके यहाँ कोई कमी नहीं होती' बल्कि वह 'बुद्धिमत्ता' विशुद्ध बौद्धिकों की बुद्धिमत्ता से कहीं ज़्यादा सबके काम की गहरी बुद्धिमत्ता होती है जो केवल साहित्यकारों से ही मिल सकती है। इसलिए, कि वह रागोत्तीर्ण बुद्धिमत्ता होती है, सिर्फ दिमाग़ी तर्कचातुरी नहीं। मानो उनकी टेक यही हो, कि 'हम बड़े तो ज़रूर होंगे, मगर अपनी शर्तों पर; दुनिया की शर्तों पर नहीं'।

किन्तु भाषा की सिद्धि तो बड़े होने पर, यानी समझ का सयानापन हासिल करने के बाद ही हाथ लगती है। एक बच्चे की अनुभूति अपनी 'अ-वाक्' तन्मयता में कलाकार जैसी हो सकती है : किन्तु वह उस तरह भाषिक अनुभव नहीं होता, जिस तरह बड़ों का—यानी वयस्कों का—होता है। अनुभूति और शब्द-सामर्थ्य के बीच का यह अन्तराल धीरे-धीरे ही भर पाता है। उस लड़कपन के दौरान अपने आस-पास के जीवन को मैंने जिन दो कहानियों में ढालने की कोशिश की थी, उनमें एक तो घटना-प्रधान थी और दूसरी चरित्र-प्रधान। इस स्कूली वर्गीकरण को ही 'यथा नाम तथा गुण' निभाते हुए ही मानो एक तो सचमुच ही घटना भर बनके रह गई थी, और दूसरी महज़ एक 'कैरेक्टर' में रिड्यूस होके रह गई थी।

घटना प्रधान कहानी का नाम था—'महंगू मेहतर'। उसका कथानक यहाँ प्रस्तुत करना अनावश्यक होगा। दूसरी कहानी चरित्र-प्रधान थी और मुहल्ले के एक 'कैरेक्टर' को लेकर लिखी गई थी। उसका उल्लेख यहाँ अप्रासंगिक न होगा, क्योंकि 'चरित्र' बाद में भी मेरी अपेक्षाकृत बेहतर और कुछ सफल—चर्चित कहानियों का प्रेरक रहा। हमारा मुहल्ला—बल्कि मुहल्ला ही क्यों, समूचा नगर ही एक से एक दिलचस्प और रचनात्मक कल्पना-शक्ति को खुराक़ पहुँचाने वाले, उसे सचमुच ही उत्तेजित करने और चुनौती देने वाले ऊपर से एकदम सामान्य, मगर भीतर गहरे में बहुत जटिल बनावट वाले 'कैरेक्टरों' से पटा पड़ा था। मेरा यह चरित्र भी अपने-आप में एक 'थिएटर' था—सारे मुहल्ले के मनोरंजन का सामान जुटाता हुआ, अपने अजीब खब्त से उपजी हास्यास्पद हरकतों के चलते। वह तबलची था मगर सार्वजनिक महफिलों में शायद ही कभी दिखाई देता था। दूसरे तबलचियों को वह बात करने लायक़ भी नहीं समझता था, क्योंकि उसकी समझ से उसकी टक्कर का कोई अगर था तो सिर्फ मुदई महाराज और अहमदजान थिरकवा। उन्हीं के साथ वह खाता-पीता-उठता-बैठता; और उन्हीं के साथ उसका अहर्निश और सार्वजनिक संवाद भी चला करता। पोस्टमैन था वह, यूँ अपने इस काम में खासा चुस्त-मुस्तैद। मगर डाक बाँटने के साथ वह अपना मोनोलॉग भी बाँटता रहता। लोग उसके इस ख़ब्त का भरपूर मज़ा लेते, उसे खूब बकाते।... "हाँ, तो उस्ताद, थिरकवा साहब ने और क्या लिखा आपको?..." "सुना रामपुर दरबार में खासी धूम मचा दी थी आपने"..."थिरकवा साहब की गद्‌दी तो अब आप ही सम्हालेंगे ना?"...बदर उस्ताद के लिए यथार्थ और फन्तासी के बीच का फर्क कब का मिट चुका था। डींग या गप्प जैसा कुछ नहीं था उनकी समझ से उन आत्म-सम्मोहित स्वगतोक्तियों में। बन्तू जिसे कहा जाता है, वो भी नहीं थे वे। अपनी ही रची माया से मालामाल यह 'चरित्र' अपनी इस हिप्नॉटिक हालत में अभेद्य था उनके लिए, जो उसकी हकीक़त समझते थे। मुझे मगर उसका मखौल उड़ते देखना बहुत बुरा लगता था। मुझे उसमें एकलव्य सरीखी निष्ठा, ध्रुव जैसी समर्पण भावना और जाने क्या-क्या दिखाई देता था। आखिर मैं भी तो उस वक्त अपने ही कल्पना-जगत् में रहता था जो मेरे लिए वास्तविक जगत् से कहीं ज़्यादा वास्तविक था। बरसों बाद, खुद सयाना हो चुकने के बाद मेरी समझ में आया कि सचमुच धुनी और गुणी होने में और अपनी मनमानी फन्तासी गढ़के एक लाइलाज आत्मतुष्टि में गर्क हो जाने के बीच कैसा-क्या फर्क होता है। मैंने पाया, मेरा हीरो तो आज भी जहाँ का तहाँ है; उसकी वे बेसिर पैर की बातें तो यथावत् हैं; मगर तबला उसके जीवन में कहीं है ही नहीं। ज़ाहिर था कि अपनी यत्किंचित्

क्षमता को वह रत्ती भर भी नहीं बढ़ा सका था। उल्टे, जितना जो भी उसने सीखा था, वह भी गँवा बैठा था।

आज अपनी समझ में आता है कि सचमुच कलाकार बनने के लिए सिर्फ ख़ब्तीपन और जोश काफी नहीं है; बहुत कुछ और भी चाहिए, जो मेरे 'चरितनायक' में सिरे से नदारद था। आत्म-सम्मोहन आत्म-विश्वास नहीं होता। यह भी, कि जिसे मैं अपने लोगों की हृदयहीनता और कुंठाप्रेरित क्रूरता समझता रहा, वह अधिकांशतः उनका कॉमनसेंस और सही मात्रा-ज्ञान ही था। मेरा चरित्र वाकई हास्यास्पद ही था। मात्र अपनी अतिरिक्त संवदेनशीलता और भावुक सहानुभूति के बूते मैं उसे कलाकार के पद पर प्रतिष्ठित देखना चाहता था—उसकी बेक़द्री का बदला लेना चाहता था। किन्तु 'साधना' और महज़ खब्त के बीच के बीच की अपाट्य खाई को देख पाने में अक्षम था।

वे दोनों ही कहानियाँ कहीं नहीं छपीं और यह मेरे हक़ में अच्छा ही हुआ। मगर उन आरम्भिक करतूतों का यहाँ उल्लेख करने का मक़सद सिर्फ यही संकेत उभारना है कि कहानी लिखने की प्रेरणा मुझे तब उस कच्ची उम्र में भी अपने आस-पास के परिचित परिवेश की जीवन-लीला से, और उसमें भाग लेने वाले वास्तविक मानव-चरित्रों के प्रति उपजे ज़बर्दस्त कुतूहल और विस्मय भाव से ही मिली थी। यानी, यह जो मनुष्य नामक प्राणी है,—एक ओर करुण और हास्यास्पद की सीमाएँ छू लेने वाला—तथा दूसरी ओर असीम धैर्य, सहनशक्ति और औदार्य को भी झलकाने वाला—अन्तहीन मूर्खता और अद्भुत बुद्धिमत्ता दोनों का अधिष्ठान—अपनी क्षुद्रता और विशालता दोनों में अपूर्वानुमेय—यह मानवजीव ही मेरे कुतूहल और विस्मय का केन्द्र था और कथा-रस का अनिवार्य-आलम्बन भी। स्थानीय रंग-ढँग तो हर परिवेश का अपना विशिष्ट होता ही है : मेरे उस नगर का भी था। किन्तु इस 'लोकल कलर' के भीतर गहरे में इस देश या दुनिया के किसी भी नगर का समाज और जनजीवन मेरे उस क़स्बे की जीवन-लीला से एकदम अलग नहीं है। और जो उसमें गहरे झाँक सकता है, उतर सकता है, वह समस्त भारतीय जन-जीवन और चरित्र की विशेषताओं—विडम्बनाओं का भी साक्षात् कर सकता है; उसकी टूटन और उसकी जीवनी-शक्ति दोनों को भी नितान्त प्रत्यक्ष-सगुण दृष्टान्तों के सहारे समझ सकता है—ऐसी मेरी प्रतीति है। इस तरह देखने पर मुझे अँग्रेज़ी में लिखने वाले भारतीय कथाकार राजा राव और आर. के. नारायण भी उतने ही रोचक और जीवन्त लगते हैं, जितने प्रेमचन्द और फणीश्वरनाथ रेणु।

आज के परिवेश की विडम्बना यह है कि खासे बुद्धिजीवी, प्राध्यापक, समाजकर्मी और आला अफ़सर भी साहित्य-प्रेम के नाम पर कुछ हल्की-फुल्की चीज़ों को ही अपना संरक्षण प्रदान करके कृतकृत्य हो जाते हैं। तिस पर, अब तो इस मनोरंजनवादी शौक में भी कतर-ब्योंत होने लगी है क्योंकि फिल्म, टेलीविजन, इंटरनेट और कॉमिक्स हमारी स्नायुओं को राहत पहुँचाने के लिए यत्र-तत्र-सर्वत्र सुलभ हैं। घरों का तो हाल ही बेहाल है : हमारे लड़कपन के ज़माने में उत्सवी-आनुष्ठानिक वातावरण से जो इमोशनल ऐजुकेशन (भाव-दीक्षा) अनायास मिल जाया करती थी, वह तो, चलो, काल-प्रभाव से लुप्त हुई ही हुई, पुस्तकों से मिलनेवाली भाव-दीक्षा का स्रोत भी तेज़ी से सिकुड़ता और सूखता प्रतीत होता है। यह तब, जबकि आज के बच्चे दर्जा पाँच तक पहुँचते-पहुँचते ही ऐसी-ऐसी जानकारियों से लद जाते हैं जिनकी नौबत हमारी पीढ़ी के लिए मैट्रिक-इण्टर कर चुकने के बाद ही आती थी। या तब भी नहीं आती थी। मनोवैज्ञानिक तथ्य है कि छुटपन में जो संस्कार पड़ जाते हैं, वही सबसे ज़्यादा टिकाऊ-असरदार साबित होते हैं क्योंकि उस स्टेज पर हमारी संवेदना और कल्पना भी बहुत तीक्ष्ण और लचीली हुआ करती है। उम्र बढ़ने के साथ-साथ हमारी ज्ञानेन्द्रियों और वेदन-तंत्र पर भी अतिपरिचय और रूढ़ अभ्यस्ति के जाले लग जाते हैं। धरती-आकाश की और स्वयं मानवीय दुनिया की भी वे सारी जादुई विभूतियाँ हमारे लिए रोज़मर्रा की चीज़ हो जाती हैं—निर्जीव-यान्त्रिक अवधारणाओं में जम जाती हैं। बहुत कम लोग होते हैं जो अपने सृष्टि-संवेदन और मानवीय (सामाजिक) संवेदन की भी तीक्ष्णता और ताजगी को बचाये रख पाते हैं। कहना न होगा कि इसमें साहित्य की—विशेषकर कथा-साहित्य की बड़ी भारी भूमिका होती है। इसलिए कि हर सच्ची कथा-सर्जना उन जालों को—उन आवरणों को हटाकर ही सम्भव होती है। हर कथाकृति हमारी जानी-पहचानी दुनिया का बासीपन झाड़ती हुई उसका कायाकल्प कर देती है—जीवन-यथार्थ को भी अधिक सान्द्र, अधिक जीवन्त रूप में प्रस्तुत करती है। पुस्तकों से प्राप्त होने वाला आनन्द, ज्ञान और जादू क्या किसी दूसरे माध्यम से भी उपलभ्य हो सकता है?—यह इस संकलन की कहानी 'डॉन क्विकजोट' के 'गेटकीपर' या नैरेटर जैसे लोगों से पूछ देखिए। वे आपको बताएँगे कि कहानी पढ़ने का मज़ा कहानी लिखने से किसी मानी में कम नहीं होता। ऐसे उदाहरण भी वे आपको गिना देंगे जहां खुद लेखक ही पाठकों के भाग्य से ईर्ष्या करते पाए जाते हैं। ठीक भी है, एक कथाकृति को रचने में जितनी जीवन-ऊर्जा खप जाती होगी, उतने में तो पाठक सिन्दबाद की तरह, या कह लीजिए—सिद्धिविनायक गणेशजी की तरह समूची पृथ्वी के श्रेष्ठतम कथा साहित्य की परिक्रमा करके लौट आ सकता है।

कथा-साहित्य जहाँ एक ओर जीवन के प्रत्यक्ष अनुभव से प्रेरित होता है, वहीं उसी जीवन की पुनर्रचना स्वरूप उपजे परम्परा में संचित कथा-साहित्य से भी। कोई भी रचना अन्ततः भाषा में सम्भव होती है और उस भाषा की अपनी कथा-सम्पदा भी नई कहानियों की रचना-प्रक्रिया में खासा योगदान करती है। इस बात का निश्चय ही बहुत महत्त्व है कि किस तरह की मूल्य-दृष्टि और किस तरह का कथा-रस आपकी भाषा और साहित्यिक परम्परा में अभिव्यक्ति पाते रहे हैं और स्वयं आपकी पहुँच भी अपने भाव-बोध के निर्माण-काल में किस तरह के साहित्य तक रही है। जैसाकि ऊपर कहा गया—इन पंक्तियों के लेखक पर जिस तरह के कथा-रस का प्रभाव सबसे पहले पड़ा, वह रामायण-महाभारत- पुराण-हितोपदेश का था और उसके बाद अनुवादों के ज़रिये थोड़े से उन विदेशी कथाकारों का, जिनके विदेशी होने का कोई अहसास मुझे उस वक्त हुआ ही नहीं। उसके बाद ही फिर हिन्दी गद्य का संसार अपने संसार के भीतर दाखिल हुआ। अँग्रेज़ी की खिड़की बहुत बाद में जाके खुली—इतनी देर बाद, कि उससे प्रभावित होने की—उस वयस्क अवस्था में गुंजाइश बहुत कम थी। हाँ, जब अँग्रेज़ी पक्की हो गई तो उसके माध्यम से विश्व कथा-साहित्य की अंतरंगता हासिल कर चुकने के बाद कहानी लिखना इतना कठिन लगने लगा कि वह विधा अपने-आप छूट गई और बरसों तक छूटी रही। नये सिरे से कहानी में वापसी 1970 के आसपास हुई और तब मैंने पाया कि मैं अपने भीतर चल रहे एकालाप में ही कहानी के सूत्र पकड़ रहा हूँ और इस तरह जो कहानी बन रही है, वह जैसी कहानियाँ मैं पहले लिखता था—उनसे एकदम अलग और नईं हैं। और किसी भी तरह से—अपने पूर्वाभ्यास के बूते मैं कहानी लिखने की कोशिश करता तो वह कोशिश मुझे अनर्गल लगने लगती और परिणाम भी निराशाजनक ही होता। पहले की कहानियाँ इस संग्रह में नहीं आ सकीं, इसलिए उदाहरण देना मुश्किल है। किन्तु 1961 में लिखी और छपी तथा मेरे पहले संग्रह 'जंगल में आग' में शामिल मेरी पहली कहानी 'ट्रेड अप्रेंटिस' को आप पढ़ें और उसके बाद इस संग्रह की 'रामरिख बाबू' या 'डंक' शीर्षक कहानियाँ पढ़ें तो अन्तर स्पष्ट हो जाएगा। बल्कि, उसी संग्रह में शामिल अन्य कहानियों को पढ़ते हुए भी। 'ट्रेड अप्रेंटिस' एक यथार्थवादी घटना-क्रम और जीवन से सीधे उठा लिए गए एक प्रसंग को लेकर लिखी गई; जबकि उसी संग्रह की 'अन्धड़' शीर्षक कहानी में, अथवा इस संकलन की 'डंक' शीर्षक कहानी में घटना उस तरह सांकेतिक रूप में ही है; घटना-क्रम जैसा कुछ नहीं; महज़ एक आत्मालाप है—एक ऐसे समावेशी चरित्र का आत्मालाप, जो पुराने अर्थ में 'चरित्र' या टाइप भी उस तरह नहीं कहलाएगा, जो विघटन की कगार पर है; जो अपने असाध्य बिखराव को ही किसी क़दर बटोरने-सहेजने में—उसकी अन्तहीन विसंगतियों के भीतर ही कोई संगति खोजने

की कोशिश में लगा है और इस बेहद सच्ची-ईमानदार कोशिश के बावजूद खुद को करुण और हास्यास्पद भी महसूस कर रहा है।

स्पष्ट ही, मामला अब चरित्र-प्रधान और घटना-प्रधान सरीखे वर्गीकरणों से काफी आगे बढ़ चुका था। ऐसा नहीं, कि पहले की तरह लिखने का अभ्यास ही एकदम खत्म हो गया। 'बेघर' और 'अयोध्याकांड' जैसी कहानियाँ भी तो उसी दौर में लिखी गईं। किन्तु वह 'जंगल में आग' संग्रह का प्रमुख स्वर नहीं है। प्रमुख स्वर तो यह आत्मालापी स्वर ही है। उस संग्रह के फ्लैप पर प्रकाशित कथाकार निर्मल वर्मा के शब्दों को उद्धृत करें, तो वह ''भारतीय संस्कृति के संकट को औसत हिन्दुस्तानी मनुष्य के औसत अनर्गल और दैनिक अनुभवों के बीच तार-तार होती हुई आत्मा में छानने वाला स्वर है। रचना बिना मुखौटे के नहीं होती और इन कहानियों का 'मैं' भी कहानीकार के व्यक्तित्व को नहीं, उस औसत हिन्दुस्तानी की ही अन्तरंग छटपटाहट को व्यक्त करता है। निम्न मध्यवर्गीय हिन्दुस्तानी का चेतना-प्रवाह है वह...''एक हास्यपूर्ण पीड़ायुक्त विलापी किस्म का एकालाप, जिसमें वह अपने समाज, दुनिया, ईश्वर और मुख्यतः खुद अपने 'मैं' से बहस करता चलता है।''...यहाँ शामिल की गई कुछ कहानियों में भी वही स्वर सुनाई पड़ेगा...''एक थके-हारे मध्यवर्गीय हिन्दुस्तानी की बातूनी आत्मा को गहन, अन्तर्मुखी स्तर पर व्यक्त करने वाला स्वर''–निर्मल वर्मा के ही शब्दों में, पुनः,–''उस डाकिए की तरह, जो मन के सन्देशे आत्मा को, आत्मा की तकलीफ़ देह को, और देह की छटपटाहट मस्तिष्क को पहुँचाता रहता है।''

जैसाकि मेरे परवर्ती कहानी-संग्रहों से प्रकट है, मेरी कहानियाँ अन्ततः इस आत्मालापी दौर से भी क्रमशः उबरती हुई फिर से कथानक और चरित्रांकन की ओर एक-दूसरे धरातल पर लौटती दिखाई देती हैं। ज़ाहिर है कि यह 'लौटना' ठीक उसी पुराने बिन्दु पर नहीं होता : कथास्थिति और चरित्र के साथ–मानव स्वभाव और मानव-नियति के साथ कथाकार-संवेदना के सम्बन्धों में आया एक गुणात्मक परिवर्तन यहाँ बखूबी लक्षित किया जा सकता है। इस पुस्तक में संकलित 'मानपत्र', 'मुहल्ले का रावण' 'अभिभावक' और 'डॉन क्विकजोट' सरीखी कहानियाँ इस परिवर्तन को दर्शाती हैं। इससे अगला और अद्यतन दौर फिर वह है, जहाँ मेरी उक्त दोनों प्रवृत्तियों के बीच एक नए ताल-मेल की सम्भावनाएँ खुलती नज़र आ सकती है। प्रस्तुत-संकलन की अन्तिम तीन कहानियों पर कृपालु पाठक इस सन्दर्भ में ग़ौर कर सकते हैं। इत्यलम्।

–रमेशचंद्र शाह

भोपाल

2.02.2012

क्रम

मानपत्र

मलेसिया का कुरता और मलेसिया का पाजामा। मुझे याद नहीं मैंने सोहन चचा को कभी किसी और भेष में देखा हो। कल्पना भी नहीं की जा सकती कि वे जब जनमे थे तो बिना मलेसिया के ही जनमे थे। या कि जब स्वर्गारोहण करेंगे तो मलेसिया में ही नहीं करेंगे।

सोहन चचा का नाम 'सोऽहं' कब से पड़ा, यह तो सोहन चचा ही जानें। मैंने तो सुना भर था अपने बचपन में कभी, कि सुभाष बाबू जैसे दिखाई देने वाले एक बहुत ही नफ़ीस साधु की संगत जब से सोहन चचा ने की, तभी से उनके मुँह से 'जै राम जी की' की जगह 'सोऽहं' सुनाई देने लगा। सोहन चचा यूँ तो साधु महात्माओं के चक्कर में कभी नहीं पड़ते थे। उस बार न जाने कैसे पड़ गए।

उनके दोनों बड़े भाई ज़रूर साधु-महात्माओं की संगत करते थे। बड़े पुजारीलाल नियम से हर सनीचर को कैंची का चक्कर लगाते थे—नीमकरौली बाबा के दर्शनार्थ। मुहल्ले का हर कोई यही मानता था कि न केवल पुजारीलालजी के बड़े लड़के की एक्साइज इंसपेक्टरी, बल्कि उनका अचानक एक दिन इक्कीस हज़ार नकद गिनके वकील श्यामलाल की कोठी का मालिक बन बैठना भी नीमकरौली बाबा के आशीर्वाद का ही चमत्कार था। मैं भी गया ज़रूर था एक बार कैंची, पुजारी चचा के साथ ही। पाँव नहीं छुए, इस बात पर बेहद नाराज़ हुए थे और लौटकर मेरे पिता से मेरी इस बदतमीज़ी का बखान किया था। वह तो उनके छोटे भाई भवानी चचा ने, जो नार्मल स्कूल के हेडमास्टर थे और मेरे पिता के अन्तरंग भी, उन्होंने मुझे मार खाने से बचा लिया था। ये भवानी चचा भी कम सतसंगी नहीं थे। मगर उनका 'टेस्ट' थोड़ा अलग था। वे गाने-बजाने के शौकीन थे और ऐसे ही बाबा लोगों को ढूंढ़ते थे जो गा-वा लेते हैं या कथा-पुराण बाँच लेते हैं।

मुझे कुछ ऐसा याद पड़ता है कि सोहन चचा का उस नक़ली या असली बाबा के साथ सम्पर्क भी खुद उनकी अपनी पहल के कारण नहीं हुआ था। यह

तो पुजारीलाल ही थे जिन्होंने जाने कैसे उस रहस्यमय आश्रम की टोह पा ली थी और उसके योग-क्षेम का भार उठा लिया था। उन्होंने लौट कर सोहन चचा को बताया था कि बाबा और कोई नहीं, स्वयं सुभाषचंद्र बोस ही हैं। उस वक़्त सोहन चचा सुभाष बाबू के बड़े भक्त थे। कुतूहलवश ही उन्होंने उस आश्रम में रसद पहुँचाने का जिम्मा ले लिया था। उन्हीं ने हमें जानकारी दी कि वे आम बाबाओं से एकदम अलग हैं; एक ख़ास क़िस्म की बहुत लम्बी सिगरेट बराबर उनके मुँह से लगी रहती है जिसके धुएँ के बीचोंबीच वे इस तरह शोभित होते हैं जैसे बादलों में से कोई देवता झाँक रहा हो। यह भी, कि सोहन चचा तो सोहन चचा, बाबा के अंगरक्षक सरीखे विश्वासपात्र शिष्य भी लगभग दस गज की दूरी से ही उन्हें देख सकते या बात कर सकते हैं। कहना न होगा कि यह दूरी और वह धूम्र-वलय मिलकर ही उस रहस्य को रहस्य बनाए रखने में काफ़ी सफल रहे। तभी तो सोहन चचा जैसा तेज़ आदमी भी बरसों इसी भ्रम को पाले रहा कि सोऽहं बाबा और कोई नहीं, खुद सुभाषचंद्र बोस ही थे।

कोई महीना भर बाद ही एक दिन सोहन चचा ने आश्रम से लौटकर हाँफते हुए यह सनसनीखेज खबर दी कि सोऽहं बाबा रातोंरात अपने तीन शिष्यों समेत अन्तर्धान हो गए हैं। सारे तम्बू ज्यों के त्यों गड़े हैं जंगल में; कुर्सी-मेज़ और खाने-पीने का सामान तक ज्यों का त्यों पड़ा हुआ है, मगर बाबा वहाँ से नदारद हैं। कल शाम ही तो उनसे भेंट हुई थी सोहन चचा की। वे बाक़ायदा अपने धुएँ में लिपटे विराजमान थे सदा की तरह। कहीं कोई बात ही नहीं थी, कोई लक्षण ही नहीं था अगले दिन कूच कर जाने का। दो नवयुवक ज़रूर दिखाई पड़े थे नए; और वे एक नीले रंग की कार में बैठकर आए थे। मगर वह नीली कार तो कई बार दिखाई देती थी वहाँ। और कभी-कभी एक जीप भी। कल तो वह जीप भी वहाँ नहीं थी।

'अब देखना तुम'—सोहन चचा हर आते-जाते को ललकारते—'अब देखना तुम,...क्या होता है!' उन्हें पक्का विश्वास था कि वह दिन दूर नहीं, जब सोऽहं बाबा सहसा अपना असली रूप प्रकट करते हुए भारत की राजनीति में एक धमाका करेंगे और रातोंरात सब कायापलट हो जाएगा।

मुझे अच्छी तरह याद है मेरे पिता और एक-दो अन्य शक्की बुज़ुर्गों को छोड़कर पूरे मुहल्ले को सोहन चचा ने अपने इस अद्‌भुत आत्मविश्वास की छूत लगा दी थी। खुद सोहन चचा का खून उस बीच कम-से-कम दस पौंड बढ़ गया होगा। चीते की तरह फ़ुरतीले और नारद की तरह सर्वव्यापी हो गए थे सोहन

चचा उन दिनों। अभी यहाँ खड़े हैं तो अभी वहाँ मुहल्ले के दूसरे छोर पर। और मुहल्ला ही क्यों, पूरा शहर ही, कहना चाहिए, उन दिनों उनकी गिरफ़्त में था। कभी भी, कहीं भी उनकी चहचहाहट सुनाई दे जाती...।

'सही मुहूर्त का ही सवाल है बस...देखना।'...

'अरे, तो कब आएगा यार, तेरे बाबा का मुहूर्त?'—मेरे पिता उन्हें अक्सर टोक देते। 'जिसे कुछ करना होता है सोहनलाल, वह मुहूर्त-वुहूर्त नहीं देखता। उसके लिए हर मुहूर्त सही मुहूर्त होता है। समझा?'

सोहन चचा मानो इस ललकार के लिए पहले से ही तैयार बैठे हों, इस तरह अपने चबूतरे से कूद कर बीच बाज़ार में खड़े हो जाते और अपनी बाईं कलाई को दाएँ हाथ की उँगलियों से बजाते हुए कहते—'तुम मुहूर्त की बात करते हो दद्दा! मैं तो यहाँ सुन रहा हूँ उसके क़दमों की आहट को। तुमको कैसे सुनाई देगी दद्दा? तुम तो, बस धमाका ही सुनोगे...'

पिताजी हौले-हौले मुस्कराते और अपने माथे को उँगली से छूते हुए बुदबुदाते..'धमाका तो,...सोहनलाल, सिर्फ यहाँ होने वाला है तेरे।'

सोहन चचा तब तक वापस उछलकर अपने चबूतरे पर चढ़ जाते और कमर पर हाथ रखके वही जुमले उछाल देते—'देखते जाओ दद्दा! ...आखिर मैं भी यहीं हूँ। तुम भी यहीं हो। फ़ालतू बहस से क्या फ़ायदा!'

मगर देखते जाने की, मुहल्ले के सब्र की भी आखिर कोई सीमा थी। महीने पर महीने,...पूरा साल भी गुज़र गया और फिर भी सोऽहं बाबा के सुभाष बोस में परिणत हो जाने की चामत्कारिक घटना की कहीं परछाँही तक नहीं दिखाई दी तो लोगों ने सोहन चचा को लताड़ना शुरू कर दिया। मगर यह देखकर लोगों के अचरज की सीमा न रही कि इस लताड़ का भी सोहन चचा पर कोई असर ही नहीं हो रहा है। वे अब भी उसी तरह मुस्करा रहे हैं और अपनी 'मिथ' को बचाने में ज़रा भी दिलचस्पी नहीं दिखा रहे। कुढ़कर लोगों ने उनका नाम ही बदल दिया। अब कोई भी उन्हें उनके असली नाम से नहीं पुकारता। सब 'सोऽहं' 'सोऽहं' चिल्लाते। मगर सोहन चचा को इस पर भी कभी कोई आपत्ति नहीं हुई।

मुहल्ले को क्या पता कि सोहन चचा के भीतर ही भीतर कैसी उथल-पुथल चल रही है! पता तो तब चला, जब एक दिन उन्होंने अपने आराध्य के प्रति खुल्लमखुल्ला विद्रोह कर डाला।

'अजी, ये बंगाली क्या जानें, राजनीति कहते किसे हैं'—हमारी दूकान के

सामने खड़े रामकृष्ण मिशन के दो साधुओं को देखकर सोहन चचा अचानक अपने चबूतरे से ही जाने किस अदृश्य श्रोता को सम्बोधित करते हुए चिल्लाए–'इनका कोई ठिकाना है? कभी बर्लिन, कभी मास्को! अच्छा हुआ, बहुत अच्छा हुआ जो हरवा दिया उसे महात्मा ने...'

साधुओं ने चौंक कर बारी-बारी से सोहन चचा की ओर घूमकर देखा और हँसने लगे। पिताजी को भी हँसी आई और उनके होंठ भी फड़फड़ाए। मगर वे बोले तभी, जब साधु लोग सामान लेकर विदा हो गए।

'यार सोहन, तू तो पहले कुछ और ही कहा करता था। त्रिपुरी का कलंक...और जाने क्या-क्या! भूल गया उन गालियों को? अब अचानक पलटी क्यों खा रहा है?'

सोहन चचा हमारी तरफ पीठ किए दूकान के भीतर झाड़ू लगाने में व्यस्त थे। बिना अपनी जगह से हिले-डुले वहीं से डायलॉग बोलने लगे।

'इसमें पलटी खाने का क्या है? सारी दुनिया पलटी खा रही है। मैं हूँ कौन, पलटी कभी नहीं खाऊँगा कहने वाला? अरे, द्रोण को हरवाने के लिए युधिष्ठिर तक से झूठ बुलवा दिया था कि नहीं? क्यों बुलवाया था, तुम्हीं बताओ! उससे क्या कृष्ण कलंकी हो गए? ...ये तो महाभारत है दद्दा, महाभारत। अब तो रामराज्य लाने के लिए भी महाभारत ही लड़ना पड़ेगा।'

'क्यों सोहनलाल, क्यों?...इसमें महाभारत कहाँ से आ गया?'

सोहन चचा इस वक़्त टोके जाने के मूड में नहीं थे। अपनी ही रौ में फिर से चालू हो गए।

'तुम क्या समझते हो, महात्मा कोई परमहंस बनके लड़ाई के मैदान में उतरा था? वो तो बनिए का बच्चा था और बनियों से निपटना जानता था। फ़ालतू ही रोपना छाँटना से क्या फ़ायदा!...'तुम मुझे खून दो; मैं तुम्हें आज़ादी दूँगा।'...अरे! क्यों दो खून? ज़बर्दस्ती?...ये कोई अस्पताल है? काली का थान है? आदमी न हुए बकरे हो गए। बुड्ढा समझ गया था यह गड़बड़ आदमी है। फाउल करेगा और खेल बिगाड़ेगा। इससे तो जवाहरलाल ही अच्छा है। थोड़ा तेज़ भागता है और पच्छिम की तरफ़ भागता है तो क्या हुआ? दुनिया गोल है। आखिर में पहुँचेगा तो अपने घर ही। नहीं! उससे वैसा खतरा नहीं है, जैसा इन बड़ा छलछलाट-बलबलाट दिखाने वाले काली के भक्तों से, बहुरूपियों से है।...क्या ग़लत सोचा उसने–क्या ग़लत किया उसने–तुम्हीं बताओ।'

सोहन चचा उठ कर खड़े हो गए और एक हाथ कमर पर रखे, दूसरे हाथ से

झाड़ू डुलाते हुए हमारी दूकान की ओर बढ़ने लगे। मानो अब हमारी ही बारी हो।

'इसका मतलब, सोहनलाल! अब तू भी बापू का चेला बन गया। क्यों?'—पिताजी ने चुटकी ली।

सोहन चचा एकदम भड़क गए। 'मैं किसी का चेला-वेला नहीं। मैं तो सिर्फ़ अपना चेला हूँ। समझे दद्दा! सोऽहं।

'मगर यार, ये मन्त्र तो तूने सोऽहं बाबा से ही पाया था ना।'

'दद्दा, बेकार की बात मत करो। कोई बाबा-वाबा कौन होता है मुझे मन्त्र देने वाला! हमारे ऋषि-मुनियों की ईजाद है 'सोऽहं'। किसी के बाप की जागीर नहीं।'

'तू तो नाराज़ हो गया यार'—पिताजी ने पुचकारते हुए फिर टुचकाया—'लगता है सोहनलाल, अब तूने सचमुच उम्मीद छोड़ दी है।'

'कौन कहता है!'—सोहन चचा बौखला से गए। फिर अपनी बौखलाहट पर खुद ही झेंपते हुए धीरे से मुस्कराए और कहने लगे—'मैंने झूठ नहीं कहा था दद्दा! मैं तो अब भी अपनी बात पर क़ायम हूँ। तुम आज भी मुझसे लिखके ले लो, वे थे तो नेताजी ही।'

'तो फिर?'—पिताजी के माथे पर तीन सलवटें उभर आईं। 'ये तो फिर वही ढाक के तीन पात।'

'तो फिर क्या!'—सोहन चचा पिताजी की हैरानी का मज़ा लेते हुए बोले—'तुम तो बच्चों जैसी बातें कर रहे हो दद्दा! ये क्या सुभाष बाबू का ज़माना है? बाबा समझ गया था मन ही मन, कि अब यहाँ उसके करने-धरने लायक कुछ नहीं बचा। उसके चेले-चपाटियों ने भी समझा दिया होगा उसको, कि...'नो स्कोप बाबा, नो स्कोप।' बेचारा क्या करता! मुझे तो पक्का यक़ीन है दद्दा, कि वो गुप्त रूप से जवाहरलाल से भी ज़रूर मिला होगा और जवाहरलाल ने उससे भी कुछ वैसी ही बात कही होगी जैसी उसने करपात्री जी को कही थी—तुमको याद है?

'हाँ हाँ, याद है'—पिताजी अचानक झुँझला पड़े। 'करपात्रीजी भजन करें...।' जैसे भजन करना कोई खेल हो। मज़ाक हो। जो तुम्हारी समझ से बाहर है, तुम्हारे बूते का नहीं है, उसकी खिल्ली उड़ाना कितना आसान है! सुभाष में कम-से-कम कुछ आदर-भरम तो था। ये तो बिल्कुल ही नास्तिक है...ये नेहरू...।' और, हाँ, वे करपात्री जी नहीं, प्रभुदत्त ब्रह्मचारी थे। तू भूल गया?

सोहन चचा ज़ोरों से खिलखिला पड़े और...'अब तुम भी पलटी खा रहे हो दद्दा!'...कहते हुए विजेता की तरह अपनी दूकान की ओर वापस लपके। डायलॉग पूरा हो चुका था और अब वे काम पर लौट सकते थे। सन्तुष्ट और तृप्त।

सोहन चचा के 'डायलॉग' अभी तक मेरे कानों में गूँज रहे हैं। अपने बड़े भाई की दूकान में झाड़ू लगाते-लगाते वे काफ़ी मुखर हो जाते थे—बशर्ते कोई सुनने वाला मिल जाए। मजाल कि, कहीं एक कण भी धूल का उनकी झाड़ू की निगाह से बचा रह जाए। दो ही तो ख़ब्त थे उनके—एक तो यह सफ़ाई और दूसरा, अखबार। नहीं! एक तीसरा ख़ब्त भी था उनका। मगर उसकी चर्चा बाद में।

इतनी तन्मयता और इतने इत्मीनान से पूरे घण्टे भर तक झाड़ू लगाते मैंने किसी को नहीं देखा। वह भी अपनी नहीं, दूसरे की दूकान में। भले वह दूसरा उनका भाई ही क्यों न हो।

मैं हर साल यहाँ आता हूँ और हर बार सोचता हूँ, इस बाज़ारू दड़बे में आकर डल जाने और वहीं दो महीने ग़र्क कर देने का मतलब क्या है! क्यों नहीं मैं हर हफ़्ते किसी रमणीक स्थान की सैर करूँ? हिलस्टेशन में घर होने का फ़ायदा क्या? सुबह की सैर ज़रूर होती है, बस। मगर शाम तो अक्सर बाज़ार में ही गुज़रती है। बाज़ार भी कोई खास नहीं। लगभग वैसा ही, जैसा चालीस बरस पहले था। थोड़ी रँगी-चुँगी दूकानें ज़रूर नई चाल की दिखाई दे जाती हैं। मगर मैं उनके लिए बाज़ार नहीं आता। मैं तो सोहन चचा और उन्हीं जैसे कुछ और सदाबहार नमूनों से ही मिलने आता हूँ। पता नहीं, क्यों?

और जब सोहन चचा और उन्हीं जैसे ये गिने-चुने लोग भी यहाँ नहीं रह जाएँगे, तब? तब की तब देखी जाएगी।

जब 'चिलम' क्लब के सेक्रेटरी भवानीदास चाचा—यानी सोऽहं चचा के मँझले भाई साहब—ने चिलम क्लब की चाबी नए लड़कों को सौंपने से साफ इनकार कर दिया और, इतना ही नहीं, चाबी लेकर अपनी ससुराल, यानी नैनीताल भाग गए तो लड़कों ने क्या किया?

लड़के सीधे सोहन चचा के पास फरियाद लेकर पहुँचे। 'चचा!' अब बताओ हम क्या करें? हम बरसों से उजड़ी रामलीला और होली की बैठकों को ज़िन्दा करना चाहते हैं। हम एक विचार-मंच आरम्भ करना चाहते हैं। 'चिलम' में नए सिरे से नई जान फूँकना चाहते हैं। मगर हेडमास्साब कहते हैं 'चिलम' इस काम के लिए नहीं है। कोई और जगह ढूँढ़ो। हम कहाँ ढूँढ़ें चचा? इस पूरे बाज़ार में कहीं कोई जगह नहीं, जहाँ दस-बीस जने भी इकट्ठे बैठ सकें। बताइए हम कहाँ जाएँ?' 'अरे, मुझसे क्या पूछते हो बेटा!'—सोहन चचा बोले—'मैं न पढ़ने में न लिखने में, न गाने में न ध्याने में। मज़दूर आदमी मैं—तुम्हें क्या बताऊँ? भगवान ने तुम्हें अक़्ल दी

है। पढ़े-लिखे हो सबके सब। जो करोगे, ठीक करोगे। सिवा दिन भर चिलम फूँकने, ताश फेंटने और फालतू की गप्पबाज़ी के और अब रखा क्या है इस क्लब में! तुम लोग उसे नहीं सँभालोगे तो और कौन सँभालेगा? भाई साहब से, लगता है, तुमने ठीक से बात नहीं की। नाम का थोड़ा मोह तो होता ही है। डरते होंगे कि कहीं रही-सही साख भी क्लब की तुम लोग धूल में न मिला दो। लड़के ज़िम्मेदारी से काम करेंगे इसका भरोसा तो हो पहले। आखिर वे भी तो हेडमास्टर हैं। लड़कों की परख नहीं होगी उनको? तुम ढंग से उनसे बात तो करो।'

'चचा! हम तो कोशिश कर करके हार गए। पूरी योजना ले जाके उनके सामने पेश की। वे उलटे हमारा मज़ाक बनाने लगे। कहने लगे—'चिलम' गाने-बजाने की जगह है; बहस करने की नहीं। बहस तो सड़क पर भी कर सकते हो। उसके लिए कमरे की क्या ज़रूरत है? लाख कहा कि गाना-बजाना तो चलता रहेगा उसमें कोई कमी आने का तो सवाल ही नहीं है। हम तो सिर्फ़ उसका दायरा बढ़ाना चाहते हैं। ज़्यादातर सयाने लोग, जिनमें कुछ उत्साह था, उमंग थी, वे सब स्वर्ग सिधार गए। क्लब वैसे भी उजड़ रहा है। उसे हमारे हाथ सौंपने से उसका उद्धार ही होगा। मगर वे टाल-मटूल ही करते रहे। अब आप ही उनसे हमारी सिफारिश कर सकें तो करें...'

सोहन चचा एकदम भड़क गए। 'काहे की सिफारिश! तुम लोग लड़के हो, कि क्या हो! 'चिलम' क्या किसी के बाप की जागीर है? वह पूरे मुहल्ले की सम्पत्ति है। तुम सभी के पुरखों ने मिलके उसे बनाया था। पूरा मुहल्ला इसका गवाह है। क्लब तुम्हारा है, उन सबका है जो उसे चला सकें और आगे ले जा सकें।

'तो, आपकी क्या सलाह है चचा?'

'मेरी सलाह?'—सोहन चचा ने उस लड़के को इस तरह घूरकर देखा जैसे उसकी बुद्धि पर तरस खा रहे हों। 'मेरी सलाह क्या पूछते हो? जाओ और ताला तोड़ दो। खुलेआम क़ब्ज़ा कर लो उस पर। अभी, फ़ौरन मेरे सामने।'

बस, फिर क्या था। लड़कों ने उसी दिन ताला तोड़ दिया। इतना ही नहीं, भवानीदास चाचा को चिढ़ाने के लिए किसी मनचले ने दो तुकबन्दियाँ भी इस घटना के उपलक्ष्य में ठोंक दीं—

'चिलम का ताला टूट गया, सारा भण्डा फूट गया'

और

जिधर है लड़का, उधर है तड़का
भवानी भय्या! तू क्यों है भड़का?

भवानी भैया भड़के तो अवश्य थे। मेरे सामने-सामने की ही बात है, ससुराल से लौट के जब भवानीदास चचा को वस्तुस्थिति का पता चला तो वे भागे-भागे सीधे हमारी दूकान पर पहुँचे और अपने भाई की ओर पीठ करके उन्होंने बिलकुल परशुराम की तरह बौखलाते हुए—'बता जल्दी जनक राजा, ये शिवधनु का ने जर तोरा?'...वाले अन्दाज़ में मेरे पिताजी से पूछा—'ये किसकी करतूत है भगवान्? तुझे कुछ मालूम है?''

सोहन चचा उस वक़्त पुजारी चचा की दूकान की झाड़-पोंछ से बस निबटे ही थे। कमर पर हाथ रखके अपनी रीढ़ सीधी करते हुए वहीं से उन्होंने आवाज़ लगाई—'लड़कों का कोई क़सूर नहीं है भाई साहब! मैंने ही उनको बोला—क्लब तुम्हारा है, तुम्हारे पुरखों का है। किसी की जागीर नहीं।'

'ताले को हाथ किसने लगाया?'—भवानी चाचा गरजे।

सोहन चचा को हँसी आ गई। 'अब इससे आपको क्या लेना है? हाथ चाहे जिसने भी लगाया हो, ताला टूटा तो मेरे हाथ से ही। जो सज़ा देनी है, मुझको दो।'

बस, हेडमास्टर भवानीदास चचा ने उस दिन अपने छोटे भाई का बीच बाज़ार में वो खतड़ुवा किया, वो खतड़ुवा किया कि शायद ही मुहल्ले के समूचे इतिहास में दो सगे भाइयों के बीच वैसा विचित्र और वैसा इकतरफ़ा घमासान हुआ होगा। कितनी सुरीली और कितनी मज़ेदार लड़ाई थी वह। एक तरफ़ भवानी चाचा थे—तारसप्तक पर चढ़े हुए; और दूसरी तरफ़ अपने सोहन चचा थे—मन्द्र सप्तक पर गुनगुनाते हुए।

सोहन चचा को कभी अपने बड़े भाइयों से उलझते नहीं देखा गया था। शायद यह पहला और आखिरी मौक़ा रहा होगा जब लोगों ने उन्हें बड़े भाई को इस तरह जवाब और लगातार जवाब देते सुना था। शायद इसीलिए इस अभूतपूर्व ऐतिहासिक घटना का साक्षी भी कोई इक्का-दुक्का नहीं, पूरा मुहल्ला था।

और पूरा मुहल्ला ही इस बात का भी गवाह है कि इस घटना के कोई दो महीने बाद जब 'चिलम' के नए पदाधिकारियों ने अपनी 'नई' रामलीला की तालीम शुरू की तो उस तालीम का पूरा ज़िम्मा हेडमास्टर भवानीदास को ही सौंपा गया। इतना ही नहीं, जानकार लोगों का तो यहाँ तक कहना है कि 'सिर्फ़ तालीम ही क्यों, उस वर्ष की लीला में कैकयी की भूमिका भवानीदास चाचा ने खुद अपने लिए माँग के ली थी...' मैं तो तेरे लिए बेटा, लीनी जग में आज बुराई'...गाते-गाते सुना, उनका कण्ठस्वर बीच में ही अवरुद्ध हो गया था।

और जब भवानीदास चचा एक दिन अचानक बिस्तर पर लेटे-लेटे साँस

लेना भूल गए तो उनकी स्मृति को चिरस्थायी रखने का जो उपाय चिलम क्लब के नए सचिव हरिचरण को सूझा, वह भी कोई कम विचित्र और कम अभूतपूर्व न था : 'स्व. भवानी भाई मेमोरियल व्याख्यानमाला'।

मैं लालाबाज़ार से मल्लीबाज़ार की ओर लपका चला जा रहा था कि पाँव एकाएक ठिठक गए। लगा जैसे पाँव-तले ज़मीन के भीतर से आवाज़ आई हो।...'लल्ला! ओ लल्ला!'...

मुझे अपने बचपन के नाम से पुकारा जाना सख़्त नापसन्द है। और मेरे बिना जताए ही मुहल्ले को यह पता भी चल गया है शायद। क्योंकि अब कोई मुझे उस नाम से नहीं बुलाता। एक सोहन चचा को छोड़कर। हाँ, अगर किसी दिन सोहन चचा खुद मुझे मेरे असली नाम से पुकार बैठें, तो मुझे बिलकुल अच्छा नहीं लगेगा। बहुत, बहुत अजीब लगेगा। 'किस धुन में हो लल्ला?'—वे एकदम पास ही तो बैठे थे। वहीं बाज़ार के फ़र्श पर, पालथी मारे आराम से। उनके हाथ में तराज़ू था।...'बस, तुम्हारे लिए ही बचाके रखे थे। पहाड़ी आलू हैं। दो किलो होंगे।'

'दे दीजिए चाचाजी!' जेब से रूमाल निकाल कर बिछा दिया मैंने। 'कितने पैसे हुए?'

'अब तुमसे क्या नफ़ा लूँ लल्ला! बीस किलो आलू थे। पौने दो के भाव पटे थे। दो रुपये किलो बेचे। साढ़े चार रुपये कमा लिए। तुम साढ़े तीन ही दे जाओ।'

'नहीं, सोहन चचा, आप तो चार रुपये ही काटिए। काहे को नुकसान उठाएँगे?'—मैंने पाँच का नोट उनकी तरफ़ बढ़ाते हुए आग्रह किया।

मगर सोहन चचा तो सोहन चचा। पूरे डेढ़ रुपये मुझे वापस किए बिना उन्हें कैसे कल पड़े!

'और क्या हाल है लल्ला? कहीं घूमने नहीं जा रहे हो? न हो, भीमताल तक ही हो आओ। रेंजर साहब आजकल वहीं हैं। बढ़िया डाकबंगला रिज़र्व कर देंगे।'

मैं चौंका। रेंजर साहब! सोहन चचा अपने लड़के को रेंजर साहब कब से कहने लगे!

'ये आपने अच्छा सुझाया चचा!'—मैंने कहा। 'मैं तो खुद कहीं अच्छी जगह ढूँढ़ने की फिराक में था। गणेश अपनी मदद कर सकता है, यह बात तो मुझे सूझी ही न थी। मैं आज ही उसे लिखता हूँ। चचा, आप गणेश के पास ही क्यों नहीं चले जाते? इस उम्र में जब आपको आराम की ज़रूरत है।'

सोहन चचा का मुस्कराता चेहरा एकाएक सख़्त पड़ गया। 'आराम की ज़रूरत यहाँ किसको है लल्ला! जब तक ये हाथ-पैर चल रहे हैं, मुझे किसी का आसरा नहीं चाहिए।'

मैं कुछ हतप्रभ हो आया। इसमें आसरे की क्या बात है!

'लल्ला! मैं उन लोगों में नहीं जो औलाद के भरोसे अपना बुढ़ापा काटने की सोचते हैं। अरे, पढ़ाया-लिखाया तो क्या अहसान कर दिया? तुम्हारी औलाद है, उसे आदमी बनाना तुम्हारा फ़र्ज है। फ़र्ज पूरा किया, छुट्टी हुई। अब वो जाने, उसका काम जाने।'

'मेरा वो मतलब नहीं था सोहन चचा'—मैंने कहा।

'मैं तो एक बात कह रहा हूँ'—सोहन चचा बोले। 'ऐसा है लल्ला, आदमी को स्वावलम्बी होना चाहिए। मेरी तो भगवान् से बस एक ही माँग रहती है। मुझे जब बुलाना हो, फौरन बुला लेना। मगर हाथ-पाँव चलते बुलाना। किसी का मोहताज मत बनाना मुझे।'

जाने सोहन चचा की आवाज़ में ऐसा क्या था कि मैं एकबारगी चौंक गया। कुछ बात है। ज़रूर कोई बात है। मगर क्या? मैं कुछ समझ नहीं पाया।

मैंने सोहन चचा के एक तीसरे ख़ब्त का ज़िक्र किया था। वह तीसरा ख़ब्त यही था, जिसे वे 'स्वावलम्बन' कहते थे। बस यही एक भारी-भरकम शब्द हमने उनके मुँह से सुना है। पता नहीं, इस शब्द से उन्हें क्यों इतना लगाव था।

मगर मैं यह लगातार 'था' क्यों बोल रहा हूँ? सोहन चचा इस साल पचहत्तर बरस के हो रहे हैं। 'चिलम' क्लब के अपने साथियों को मैंने ही तो सुझाया था कि 'अरे, सोहन चचा पचहत्तर पार करने जा रहे हैं। कुछ तो करो।' नई बात थी ना, इसलिए वे लोग भी बड़े चक्कर में हैं कि क्या किया जाए? 'चिलम' के संविधान में—उसके क्षेत्र-विस्तार के बावजूद इस तरह का कोई प्रावधान नहीं है। मगर सचिव हरिचरण के दिल में मेरी बात बैठ गई है। समस्या मगर यह है कि इस 'स्वावलम्बी' आदमी का अभिनन्दन भी करें, तो कैसे करें? उपहार वे लेंगे नहीं; खामखाह और बिगड़ेंगे। कैसे क्या किया जाए!

हाँ, सोहन चचा इस उम्र में भी हफ़्ते में कम-से-कम एक बार गाँव-देहात का चक्कर काटते हैं। और जैसा पिछले पचास बरसों से वे करते आए हैं, उसी तरह मौसम के मुताबिक कोई एक सब्जी या दाल या कोई भी मौसमी फल एक टोकरे या बोरे में लाद लाते हैं और बाज़ार के फ़र्श पर कहीं भी बैठ जाते हैं। चार-पाँच रुपये से ज़्यादा उन्हें कमाना नहीं है। अपने कुरते की जेब को वे इम्पीरियल बैंक कहते हैं।

कितनी अजीब और अविश्वसनीय बात है! सोहन चचा के बड़े भाई की आटे-चावल और घी-तेल की दूकान थी। इतनी बड़ी और इतनी चलती दूकान, कि उसी के बूते पुजारी चाचा हवेली के मालिक बन बैठे। मगर सुबह से शाम तक उसी पैसों की खदान में बैल की तरह खटने वाले सगे छोटे भाई का उसमें कोई हिस्सा नहीं! ऐसा क्यों?

वह दूकान तो बहुत पुरानी थी। उनके बाप की जमाई हुई। बूढ़े दादाजी की भी मुझे खूब याद है। कितना चाहते थे वे सोहन चचा को! वही तो उनके लाड़ले थे। क्या उनकी कमाई तीनों भाइयों में नहीं बँटी होगी? सोहन चचा का हिस्सा कहाँ गया?

क्यों नहीं सोहन चचा ने अपनी अलग दूकान खोली? क्यों उस ज़माने में भी उस दूकान के चबूतरे के एक कोने में सोहन चचा का टोकरा अलग ही रखा रहता था—अपने अलग और बेमेल अस्तित्व की स्पष्ट घोषणा करता हुआ?

फ़र्क अगर पड़ा है, तो बस इतना ही, कि अब सोहन चचा को अपनी हाड़मारी की एवज़ में अपने भाई की दूकान के चबूतरे का वह कोना तक सुलभ नहीं। वह दूकान तो कभी की दूसरे को बेची जा चुकी। पुजारी चाचा को भला उसकी क्या ज़रूरत थी! वैसी तो जाने कितनी सारी दूकानें उन्होंने किराए पै उठा रखी हैं। और जिस कोठी में वे रहते हैं, उसमें चार-पाँच परिवार आसानी से समा सकते हैं।

क्या इतनी बड़ी दुनिया में इतनी कम जगह घेरकर भी कोई आदमी सोहन चचा की तरह ज़िन्दा रह सकता है?

सोहन चचा के दोनों भाई पढ़े-लिखे थे। जाने कितनी-कितनी बार खुद सोहन चचा की सिफ़ारिश पर पुजारी चचा ने मुझे अँग्रेज़ी और गणित में किनारे लगाया था। और, हेडमास्टर साहब का तो कहना ही क्या? हमारी पूरी बिरादरी में कोई उन जैसा नहीं हुआ।

तब फिर ऐसे दो-दो भाइयों के रहते हुए भी यह छोटा भाई प्राइमरी से आगे क्यों नहीं पढ़ सका? क्या भगवान् ने उसे इतना मन्दबुद्धि बनाया था?

ऐसा कैसे कहा जाए?

मैं भीमताल में पूरा एक पखवाड़ा बिताकर लौटा हूँ। सोहन चचा का सुझाव बहुत ही बढ़िया रहा। क्या अद्भुत डाकबंगला था वह, जिसमें गणेश ने मेरा सारा प्रबन्ध कर दिया था। पहली बार जीवन में ऐसा मनचाहा एकान्त मिला मुझे। खूब सैर-सपाटा भी किया; ढेरों कविताएँ भी लिख डालीं।

गणेश बहुत ही अच्छा लड़का है। समझदार इतना, कि कहीं मेरे एकान्त में खलल न पड़े, इस डर से मुझसे मिलने भी नहीं आता था। मैं ही कभी-कभार उसके यहाँ पहुँच जाता तो वह कितना खुश हो जाता था! वह चहल-पहल का आदी है और उसे नौकरी मिली है जंगलात की। कोई कम्पनी नहीं, कुछ नहीं। बेचारा बोर न हो, तो क्या हो! वैसे कितना सुशील और मिलनसार है! दोस्त तो वह मेरे छोटे भाई का है। मुझे बड़े भाई की तरह मानता है। मुझसे दसेक साल छोटा होगा। दाज्यू कहता है मुझे।

कई बार सोचा उससे सोहन चचा के बारे में बात करूँ। मगर जाने क्या होता था, बात शुरू ही नहीं हो पाती थी। उनका ज़िक्र छिड़ते ही वह कुछ अनमना सा हो आता था। या बात ही बदल देता था। यहाँ आने के पहले दिन खाने पर बुलाया था उसने। फिर मौक़ा नहीं मिलेगा सोचकर इरादतन मैंने बात छेड़ ही दी। 'यार गणेश'—मैंने उसे उलाहना देते हुए कहा—'इतना बड़ा घर है तेरा। चाचाजी को भी यहीं क्यों नहीं बुला लेता?

गणेश कुछ देर चुप रहा। फिर बोला—'आप क्या समझते हैं दाज्यू, मैंने उन्हें बुलाया ही नहीं? वे आते ही नहीं, तो मैं क्या करूँ? उन्हें वहीं अच्छा लगता है। यहाँ जंगल में जब मेरा ही मन नहीं लगता तो उनका कैसे लगेगा?'

'क्यों नहीं लगेगा?'—मैंने कहा। 'चाचाजी को तो घूमने-फिरने का शौक पहले से रहा है। इस उम्र में भी वे रोज़ तीनेक मील पैदल नाप आते हैं। आखिर तुम उनकी इकलौती सन्तान हो। उन्हें तुम्हारे पास अच्छा नहीं लगेगा तो और किसके पास लगेगा?'

गणेश फिर अपने भीतर गुम हो गया। मुझे लगा वह कुछ असमंजस में पड़ा हुआ है। 'कहीं नाराज़ तो नहीं तुमसे?'—मैंने पूछ ही लिया।

गणेश ने एकदम चौंककर मेरी ओर देखा। फिर मुँह फेर लिया। उसकी गरदन नीचे लटक आई।

'ऐसा है दाज्यू, बाबू यहाँ आए तो मैंने उनके लिए कपड़े सिलवाए। कहा, 'बाबू अब ये पोशाक छोड़ो। भद्दा लगता है।' बस इसी पर आग बबूला हो गए। 'मैं क्यों छोड़ू अपनी पोशाक? मुझे नहीं चाहिए, तुम्हारे कपड़े।' बस वही गन्दे-सन्दे कपड़े पहने घूमते थे। डी.एफ.ओ. साहब आए तो उनके सामने भी...। नौकर के होते हुए भी खुद नाश्ता ले आए बैठक में। साहब और क्या समझते! मेरा तो मन हुआ, धरती फट जाए तो मैं उसमें समा जाऊँ। फिर भी, मैंने उनसे कुछ नहीं कहा। बुरा तो लगता ही है दाज्यू! आखिर जानबूझ कर ऐसा स्वाँग करने

की उन्हें ज़रूरत क्या है? पता नहीं, कैसा दलिद्दर घुसा हुआ है उनके खून में। कुछ सुनना ही नहीं चाहते; समझना ही नहीं चाहते। उन्हें किस बात की कमी है? इस उम्र में भी साग का टोकरा सिर पर उठाए भरे बाज़ार में फिरते रहते हैं। लोग क्या सोचते होंगे—आप ही बताइए। क्यों अपने साथ-साथ मेरी भी मिट्टी पलीद करते हैं? मैंने तो अब उधर जाना ही छोड़ दिया। क्या मुँह दिखाऊँ! आखिर... क्या मतलब है इस ज़िद का? क्यों नहीं वे जिस तरह और सारे लोग रहते हैं, उस तरह रहते?'

अब चुप रहने की बारी मेरी थी। पर मुझसे रहा नहीं गया। 'ऐसा है गणेश',—मैंने कहा—'यह कोई आज की बात तो है नहीं। जैसे तुमको उनका ढंग-ढर्रा पसन्द नहीं, वैसे ही तुम्हारे ताऊ लोग भी उनसे चिढ़ते रहे होंगे। उन्होंने भी—तुम क्या समझते हो—कोई कम टोका-टोकी की होगी? मगर...चाचाजी तब भी किसी की परवाह नहीं करते थे और अब भी नहीं करेंगे। इसे तुम उनकी ज़िद कह लो, आदत कह लो, कुछ भी कह लो। जब उन्होंने अपने बड़े भाइयों की नहीं मानी तो तुम्हारी कैसे मान लेंगे?'

मुझे कल्पना भी नहीं थी कि मेरी यह बात गणेश को इस क़दर उत्तेजित कर देगी। एकदम बौखला गया वह तो—'हद हो गई...आप क्या जानते हैं? कैसे आप कहते हैं? मुफ़्त का नौकर मिला था उनको। वे क्यों टोकते उन्हें? किसलिए? बुरा अगर लगता था तो मुझको लगता था। माँ को लगता था, जिनके बुरा लगने की कभी कोई परवाह इस आदमी ने नहीं की। मुहल्ले वालों को तमाशा देखने को मिलता था। वे क्यों कुछ कहने लगे!...इज्ज़तदार लोग इज्ज़तदार की परवाह करेंगे कि ऐसे लोगों की?...और...सच बात तो ये है...मैं भी पहले यही समझता था कि ताऊ लोग ही ज़िम्मेदार हैं हमारी बदहाली के लिए। वे ही जल्लाद हैं, हैवान हैं जो मेरे सीधे-सादे पिता का खून चूस रहे हैं। मगर...अब तो मेरे सामने साफ़ है कि वे जैसे भी थे, जो भी थे, इनमें भी कोई क़सर नहीं थी। अपना ही माल खोटा तो परखैया का क्या दोष!...अच्छा हुआ जो भी हुआ। और होना भी क्या था इसके सिवा! इनका हिस्सा हड़पा गया, ये कुछ नहीं बोले। उलटे, मुफ़्त की बेगार बजाते रहे भाई की। बर्दाश्त करते-करते आखिर माँ तक मुझे लेके मेरे नाना के यहाँ चली गई और पूरे साल भर तक हम उस घर में नहीं लौटे। इनको कोई फ़र्क नहीं पड़ा। कैसे पड़ता। इन्हें उसी में मज़ा आता था ना—गुलामी और दलिद्दरी में। इनको क्या फ़र्क पड़ता था! मुझे तो इस दलिद्दरपन से तब भी घिन लगती थी। अब भी लगती है। दलिद्दरी आदमी लाख गुणी हो,

कुछ भी हो, कौन पूछता है उसे? आप मेरी जगह होते ना, तब पता चलता आपको, मैंने कैसा नरक भोगा है और अब भी भोग रहा हूँ।...पर उपदेश कुशल बहुतेरे...'

अचानक गणेश अपनी जगह से उठा और मेरे दोनों हाथ अपने दोनों हाथों से पकड़ कर मुझसे माफ़ी माँगने लगा। मैंने उसे वापस कुरसी पर बिठाया और कहा—'माफ़ी की इसमें क्या बात है गणेश? तुमने कुछ भी तो ग़लत नहीं कहा। ग़लती तो मेरी है जो खामखाह ज़िक्र छेड़ बैठा। तुम सच मानो गणेश, तुम्हारा जी दुखाने का मेरा क़तई कोई इरादा न था। मुझे ग़लत मत समझना। मैं उपदेश नहीं दे रहा था...मगर...तुम भी ठीक कहते हो। जो भुगतता है, वही जानता है। मगर...चाचाजी...

मुझे भावुकता बिलकुल पसन्द नहीं और मेरे सामने कोई इस तरह करे तो मुझे सचमुच बड़ी घिन लगती है। मगर...उस दिन, उस घड़ी, पता नहीं, मुझे क्या हो गया—मैं सँभाल ही नहीं सका अपने को। बेचारा गणेश तो हक्का-बक्का रह गया।

अगले दिन मैंने रानीखेत की बस पकड़ ली। गणेश से वादा किया—मैं अगले साल भी आऊँगा। गणेश ने भी मुझे आश्वस्त किया कि उसका तबादला भी हो जाएगा तो भी कोई फ़र्क नहीं पड़ेगा। वह जहाँ भी रहेगा, डाकबँगले की उसके रहते मुझे कभी कमी नहीं पड़ेगी।

मेरे सामने फ़िलहाल दो-दो समस्याएँ हैं। एक तो यह, कि सोहन चचा की पचहत्तरवीं वर्षगाँठ किस तरह मनाई जाए? हरिचरण और उसके साथियों ने सब कुछ मुझी पर छोड़ा हुआ है और मेरा दिमाग़ काम ही नहीं कर रहा। मगर दिमाग़ काम करे न करे, कुछ तो निर्णय लेना ही पड़ेगा। मुझी को उपाय ढूँढ़ना होगा।

दूसरी समस्या यह है कि सोहन चचा से जब भेंट होगी और वे गणेश के बारे में पूछेंगे तो मैं उन्हें क्या बताऊँगा? मुझे मालूम है, यह समस्या उस तरह है ही नहीं। फिर मैं क्यों इसे लेके परेशान हूँ?

मुझे यहाँ पहुँचे भी दो दिन बीत गए—मैं अभी तक उस तरफ़ नहीं निकला जिस तरफ़ सोहन चचा से भेंट होना लाज़िमी है। मैं क्यों उनसे मिलने से कतरा रहा हूँ, यह मैं खुद ही नहीं समझ पा रहा।

मगर कब तक कतराऊँगा? आज नहीं, तो कल मुझे सोहन चचा का सामना करना ही पड़ेगा। अगले इतवार ही तो उनका जन्मदिन पड़ रहा है। आजकल के भीतर ही मुझे मान-पत्र तैयार करके प्रेस में छपने दे देना है।

पक्ष

कुछ भी अच्छा नहीं लगता। कुछ भी। वह आँखें मूँदें चारपाई पर पड़ा है खाना खाने के बाद। उसने कहा था उसे भूख नहीं है और फिर खा लिया था चुपचाप। पत्नी का चेहरा देखकर। एक तो अपनी इच्छा क्या है इसी का निश्चय मुश्किल से होता है। दूसरे, हो भी, तो दूसरे की इच्छा के आगे अपनी इच्छा को चुपचाप झुक जाने देना जैसे उसकी मजबूरी है। अजीब अरुचि और झल्लाहट के बीच निगले गए वे कौर...और इसके पहले भी!...किसने चाहा था नहाए। किसने चाहा था दाढ़ी बनाए?—पत्नी नहीं टोकती तो वह सारा दिन वहीं छत पर लेटे-लेटे बिताना चाहता था। जब अन्दर से कोई इच्छा ही नहीं, प्रेरणा ही नहीं किसी काम को करने की, तो उसे आखिर किया ही क्यों जाए किसी के कहने से! मैं तो नहीं कहता तुम ऐसे नहीं, ऐसे रहो। ऐसे उठो, ऐसे बैठो। फिर मुझी को क्यों नहीं अपने ढंग से जीने दिया जाता।

ढंग! जीने का ढंग!!...एक कड़वाहट धीरे-धीरे उसके भीतर फैलने लगी। ढँग तो वही है जो वह मुझे सिखाना चाहती है। बेढंगा तो मैं हूँ कि मुझे कुछ भी अच्छा नहीं लगता। कुछ भी। पर मैं उसे कैसे समझाऊँ कि फिलहाल मुझे नहाना, खाना, दाढ़ी बनाना, गपशप, बाज़ार करना 'कुछ भी अच्छा नहीं लगता। तुम मुझे एक हफ्ते बिलकुल मेरे हाल पर छोड़ दो, किसी चीज़ के लिए रोको-टोको नहीं। जैसे मैं रहूँ वैसे रहने दो। इससे तुम्हारा कुछ नहीं बिगड़ता और मैं अपने-आप अपने ढंग से सही हो जाऊँगा। इत्ती-सी बात है। समझ लो तो कुछ नहीं है। न समझो तो पहाड़ है।

बगल के कमरे से बर्तन माँजने की एकरस आवाज़ें'...। नीचे मकान मालिक का रेडियो भी आज पता नहीं कैसे चुप है। ऐसा ही सुनसान रोज़ मिले तो? किसी को यकीन ही नहीं होता कि मेरे पास रेडियो नहीं है और मैं अखबार भी नहीं पढ़ता। क्यों पढ़ूँ? किसके पास इतनी फुरसत है? मुझे जिस चीज़ की ज़रूरत

ही महसूस नहीं होती क्यों खरीदूँ उसे। महज़ रद्दी बढ़ाने के लिए, महज़ दूसरों जैसा दिखने को दिखाने को, कि हाँ मेरे पास भी रेडियो है, मैं भी अखबार पढ़ता हूँ!

अब तो खैर, खरीदना ही पड़ेगा। अब तो मन्नो ने भी कह दिया बहुत बोर होती हूँ मैं दिन भर, जब तुम दफ्तर चले जाते हो। और पैसों का जुगाड़ भी उसी ने कर दिया है। वो बोर भी हो सकती है, इसका पता आज भी चला।

झाँय...झाँय...झाँय...आँखें मूँद लेने पर, जब चारों ओर सन्नाटा हो, कानों के पास यह क्या लगातार बजता रहता है? चीड़ के जंगल में दोपहर को खासतौर से जैसी झाँय झाँय होती रहती है वैसी ही। सच कैसा अजब साम्य है! ऐसे ही लेटे-लेटे चुपचाप यही झाँय-झाँय सुनते रहना अच्छा लगता है। यतीन को लगता है जैसे यह निहायत बेसिर-पैर की सृष्टि जो चारों ओर फैली हुई है...उसी के भीतर का वाहियात खालीपन ही है जो इस तरह बज रहा है। कहीं ऐसा तो नहीं—उसके मन में आया—कहीं ऐसा तो नहीं—कि यह आवाज़ और किसी को नहीं, सिर्फ मुझी को सुनाई पड़ती हो। नहीं! सुनाई तो सभी को देती होगी पर उस पर इस तरह ध्यान शायद ही कोई देता होगा जैसे मैं दे रहा हूँ—उसने सोचा। कहीं ऐसा तो नहीं कि यह आवाज़ मेरे ही भीतर से, मेरे ही दिमाग़ की खोखल से आ रही हो।

एकाएक उसे महसूस हुआ कि उसे चाय पीने की इच्छा हो आई है बेतरह और वह रसोई में घुसकर स्टोव जलाने लगा। 'तुम क्या कर रहे हो?' बाथरूम से पत्नी की आवाज़ आई। 'मैं चाय बना रहा हूँ। तुम्हारे लिए भी बनाऊँ?' 'नहीं भई, यह कोई चाय पीने का वक्त है?' ये लो इसे वक्त की पड़ी है। एक दो कौड़ी की इच्छा भी मेरी इसको नहीं पचती। वह अपनी झल्लाहट पर काबू पाने की कोशिश में चाय का सामान उठाकर ज़ोर-ज़ोर से पटकने लगता है। 'सुनो मैंने कामवाली की छुट्टी कर दी है।' पत्नी निचोड़े हुए कपड़े हाथ में लिए उसके पास खड़ी है। 'कोई दूसरी ढूँढो।'

वह चुप रहता है। पत्नी पर बेहद गुस्सा आ रहा है। क्यों कर दी लगी-लगाई कामवाली की छुट्टी? यह एक और समस्या है। अब कहाँ जाऊँ दूसरी ढूँढ़ने? मेरा क्या और कोई काम ही नहीं है?

पत्नी उसे ग़ौर से देखती है। पढ़ लेती है उसके चेहरे की सिलवटों को एक-एक करके। दस साल कम नहीं होते। वह उसकी नस-नस पहचानती है।

'तुम्हें कुछ पता भी रहता है कितनी चीज़ें चुराई हैं उसने?'

'अरे! यह तो....बड़ी आफ़त है। क्या चुराया साली ने?' वह पूछने-पूछने

को होता है। पर मुँह फाड़े हैरत का भाव काफी है। कुछ भी चुराया हो, अब जानने-सुनने से क्या फ़ायदा है? चुराया तो चुराया। सामान तो जो गया सो गया। और अब तो उसकी छुट्टी भी हो गई। मगर दूसरी नौकरानी? यह तो बड़ा चक्कर है। कहाँ से लाऊँ ढूँढ़कर? वह तो बिचारे शुक्ला जी ने लगवा दी थी। तिस पर यहाँ तो नौकरानियों का खासा यूनियन बना हुआ है। एक को छुड़ाओ तो बाकी सब सत्याग्रह कर देती हैं। कौन आएगी दूसरी ऐसे में काम करने?

मनोरमा सोचती है आज अभी वह सिर्फ़ इतना कह दे कि 'तुम फ़िक्र मत करो। मैं सब चला लूँगी' तो तुरन्त इस आदमी की सारी झुँझलाहट ग़ायब हो सकती है और ढेर-सा प्यार भी इसके मन में मेरे प्रति उमड़ आ सकता है। उसके दिमाग में बरसों पहले पढ़ी हुई कोर्स की हिन्दी की किताब का एक वाक्य गूँजने लगता है—'स्त्रियों को उनकी आर्थिक पराधीनता के कारण ही हम प्यार करने को विवश करते हैं। इसीलिए उनके भीतर-ही-भीतर विद्रोह उमड़ता रहता है।'

मनोरमा अब इस विद्रोह का अर्थ कुछ-कुछ समझने लगी है। विवाह से पहले माँ-बाप के घर जो ट्रेनिंग उसे दी गई थी उसे वह अपनी ओर से पूरा-पूरा निभाती आई है। एक-एक कर अपनी सारी उमंगें उसने बुझ जाने दी हैं। यतीन की आदर्श पत्नी और यतीन के माँ-बाप की आदर्श बहू बनने की कोशिश में। उसे आखिर क्या मिला? क्या यतीन के कुटुम्ब में उसे अपने माता-पिता के यहाँ का जैसा सहज अपनाव मिला? नहीं। क्या यतीन के लिए ही उसके किए-धरे की कभी कोई कीमत बनी? नहीं! नहीं! नहीं!...

मनोरमा सब समझती है; समझने लगी है अच्छी तरह, कि इस घर में उसकी हैसियत क्या है। नहीं! यहाँ उसकी भावनाओं का कोई मूल्य नहीं है! वह एक छाया है केवल, उसका कोई अपना व्यक्तित्व नहीं है, कोई पसन्द नहीं है, कोई इच्छा नहीं है।...एक नौकरानी से भी बदतर हालत है उसकी। नौकरानी भी अपनी बात मनवा लेती है। देखा नहीं किस क़दर धौंस दे रही थी। एक तो चोरी, उस पर सीनाज़ोरी।...और वह इस घर की मालकिन कहलाती है। जबकि सभी उस पर रौब गाँठते हैं। बच्चे तक। यतीन को कब उसकी परवाह रही? आज दस साल हो गए यतीन लगातार हर माह अपनी तनख्वाह का आधा हिस्सा अपने घर को भेज देता है। मनोरमा से उसने कभी कुछ पूछने की ज़रूरत नहीं समझी। मनोरमा ने कभी कुछ कहा? साल में एक बार मायके जाती है, वहाँ से दो-चार साड़ियाँ मिल जाती हैं उन्हीं से पूरे साल गुज़ारा करती है। यतीन ने कभी उसे कोई साड़ी खरीद कर नहीं दी अपने मन से।

ठीक है, यतीन खुद अपने लिए कभी कुछ नहीं खरीदता। न तो उसे कुछ खाने-पीने का शौक है, न पहनने का। बस दिन भर अपने-आप में खोया रहता है। यह भी सच है कि उसने कभी मनोरमा से कोई कड़वा लफ़्ज नहीं बोला। पर क्या इतना ही काफ़ी है? क्या यतीन की ज़िम्मेदारी सिर्फ़ अपने माता-पिता और भाई-बहनों के प्रति ही है? मनोरमा पहले यह सब नहीं सोचती थी। आजकल, पता नहीं क्यों, बहुत सोचने लगी है जब से यतीन का छोटा भाई प्रशान्त मेडिकल कॉलेज में पढ़ने लगा है, तब से तो और भी। आखिर और भी तो इनके यहाँ कमाने वाले हैं। क्या उनकी कोई ज़िम्मेदारी नहीं?...

सोचते-सोचते मनोरमा की आँखों में आँसू आ जाते हैं। यतीन कहाँ गया? शायद चाय का गिलास लेके ऊपर छत पर चला गया है। छुट्टी के दिन भी दो मिनट मनोरमा के पास बैठने की फुर्सत नहीं है उसे। एक रेडियो खरीदने को कहा, उसमें भी इतनी कट-कट हुई। क्या फ़ायदा ऐसी ज़िन्दगी से?

मनोरमा फूट-फूट कर रोने लगती है। धीरज का बाँध बुरी तरह टूट पड़ता है। जीवन असह्य लगने लगता है। माँ थी वह भी चली गई। बाबू बीमार ही रहते हैं। एक भाई है, वह भी जब से शादी हुई, बदलता जा रहा है। कभी खबर भी नहीं लेता। मनोरमा सहसा अपने को बिलकुल अरक्षित और अनाथ महसूस करने लगती है।

अभी परसों की ही तो बात है। दफ़्तर से लौटकर घर में घुसते ही यतीन ने कहा था, 'मन्नो! कुछ प्राइमरी स्कूल की अध्यापिकाओं की 'वाण्ट' निकली है। मैं चाहता हूँ तुम भी अर्जी भर दो।'

बाद में मनोरमा को खुद ही अपनी प्रतिक्रिया पर हैरत हुई। थोड़ा पछतावा भी हुआ यतीन का चेहरा देखकर। पर बात मुँह से निकल चुकी थी और भीतर की जिस घुटन से निकली थी उसे कैसे कोई समझ सकता है! और अब तो उस सारे किस्से की याद आते ही लगता है जो किया ठीक ही किया। कमज़ोर आदमी ही मारा जाता है। जो जितना झुकता है, उसे उतना ही ज़्यादा झुकाया जाता है। फिर तो आदत पड़ जाती है।

उसने कुढ़कर जवाब दिया था, 'तुम तो, खैर, चाहोगे ही। तुम क्यों नहीं चाहोगे! मगर कभी यह सोचा है कि मैं भी कुछ चाह सकती हूँ। मेरा भी कोई मन होगा। मेरी भी कोई इच्छा होगी?'

यतीन अवाक् जहाँ का तहाँ खड़ा रह गया था। फिर कहा था उसने, 'अरे

भई, तुम्हारी इच्छा न हो तो रहने दो। तुम्हीं ने तो कहा था एक दिन, मेरा मन नहीं लगता घर में बैठे-बैठे। कोई काम मिल जाता तो अच्छा होता। अब तुम्हीं...'

मनोरमा बीच ही में बुरी तरह भड़क उठी थी, ''मैंने जब कहा था, तब कहा था। अब मेरा मन नहीं है बस। तब मैं अपने मन से करना चाहती थी तो तुम नहीं चाहते थे। अब मैं नहीं चाहती तो तुम्हारे चाहने से मैं क्यों करूँ?'

क्या-क्या तो नहीं कह डाला था मनोरमा ने झोंक में आकर, 'तुम्हें आज मुझे नौकरी कराने की सूझ रही है, आखिर क्यों? इसीलिए न, कि भाई को भेजने के लिए पैसे कम पड़ रहे हैं और मैं तुम्हारे लिए आमदनी का एक ज़रिया बन सकती हूँ? उस वक्त तुम कहाँ गए थे, जब मैंने अपनी तरफ से इच्छा ज़ाहिर की थी? याद है उस वक़्त तुमने क्या कहा था, क्या बहाना बनाया था? मैं क्या नहीं समझती? तुम्हें मेरी सेहत की नहीं, अपने सुभीते की चिन्ता थी; अपने स्वाभिमान की चिन्ता थी। अब क्यों नहीं होती? मुझे नहीं करनी नौकरी-फौकरी। सबका ठेका क्या मैंने ही ले रखा है?'

क्या हो गया था मनोरमा को उस वक्त? जीवन-भर का सहा-भुगता सब एक ही दिन में निकल गया? उसे बाद में पछतावा भी हुआ। पर एक अजीब बात है। मनोरमा पछताना चाहती है, सचमुच पछताना चाहती है उस बात को लेकर। पर पाती है कि पछतावा बहुत गहरा नहीं है। उल्टे, कहीं गहरे में एक राहत है, एक सुकून है, जैसे कोई बहुत दिन का गड़ा काँटा निकल आया हो। यों उसे तत्काल महसूस हो गया था कि वह बड़ी ओछी बात कह गई है। पर रात तक वह इस ग्लानि से भी अपने-आप उबर आई थी और उसे पहली बार अपने 'कुछ' होने का सुखद अहसास हुआ था। और इसी विजय के अहसास में से एक करुणा भी उपजी थी अपने पति के प्रति। पर जाने कैसी उदासीनता है यह, जिसे भेदना उसके बस की बात नहीं रह गई है। कुछ भी नहीं घटित हुआ जैसे उसके लिए। वह सब पचा गया और मनोरमा एक अचम्भे में बन्द पड़ी-पड़ी करवट बदलती रही। अपनी करुणा भी कुछ देर बाद उसे स्वयं ही अतिरिक्त लगने लगी थी।

दूसरे दिन सुबह खाना खाते वक्त उसने यतीन से कहा था कि वह दफ़्तर से लौटते हुए फार्म ले आए, वह भर देगी, तो यतीन 'अरे हटाओ, रहने दो, जब तुम्हारी इच्छा नहीं, ज़बरदस्ती क्या फ़ायदा' कहके चला गया था। क्या वह नाराज़ है? क्या वह मेरी उपेक्षा करके बदला ले रहा है? ऐसा भी तो नहीं लगता। इस आदमी के साथ यही तो मुश्किल है। निश्चय ही वह समझ गया है और समझ

कर चुपचाप स्वीकार भी कर लिया है उसने। पर मनोरमा तब से मन-ही-मन और कुढ़ी जा रही है अपने भीतर आ रहे बदलाव को वह जितना ही मज़बूती के साथ महसूस करना चाहती है, उसे उतना ही असहज लग रहा है। जिसे सबसे पहले महसूस होना चाहिए था उसे ही नहीं हुआ तो वह अपनी इस नई अनुभूति का क्या करे, उनकी समझ में नहीं आ रहा है।

यतीन को लेटे-लेटे झपकी-सी आ गई थी क्या? धूप कित्ती सिमट आई है! सोने और जागने के बीच की सीमारेखा ही जैसे मिट गई है उसके लिए। कुछ भी अच्छा नहीं लगता। कुछ भी। अभी दोनों बच्चे स्कूल से लौट आएँगे और बस्ता फेंककर 'पापा' 'पापा' चिल्लाते हुए ऊपर आ धमकेंगे। सच, उसे लगता ही नहीं वह दो बच्चों का पिता है। घर छूटा; इस परदेस में आए भी सालों गुजर गए; पर वह जैसे वहीं का वहीं है। क्यों नहीं वह औरों की तरह सहज हो सकता? क्यों नहीं ढाल सकता स्वयं को परिस्थिति के मुताबिक? अजीब असहायता और बेचारगी मन पर घिरी रहती है। जीवन जैसे वहीं बीस साल पीछे दूर छूटा रह गया है। यतीन को आज भी अच्छी तरह याद है जब यूनिवर्सिटी पढ़ने गया था, वहाँ भी होस्टल में महीनों गाँ की याद कर-करके रोता रहता था। माँ के हाथ के बनाए शकरपारे एक-एक, दो-दो करके महीने भर चलाता था जिससे वहाँ से जुड़ा रहे।

अब भी साल में एक बार वह लम्बी छुट्टी लेकर घर जाता ही है। उसे लगता है वह ग्यारह महीने नौकरी इसीलिए करता है कि एक महीना घर पर रह सके। घर, याने जहाँ उसकी माँ है। कितनी वाहियात बात है मगर कितनी सच। ऐसा सच जिसे औरों से तो क्या, अपने से ही कबूल नहीं किया जा सकता। पर जो इसके बावजूद उससे चिपटा हुआ है उसे कहीं भी पूरी तरह होने नहीं देता। वहाँ उसे यहाँ का सब-कुछ भूल जाता है : यह नौकरी, ये संगी-साथी, ये शहर, यह दिनचर्या सब कुछ एक दुःस्वप्न की तरह झड़ जाता है। और... जब छुट्टियाँ खत्म होने लगती हैं तो कैसी तक़लीफ़ होती है! कोई नहीं समझ सकता। कोई नहीं।

छोटा था तभी से सोचा करता था माँ को अपने पास ही रखूँगा हमेशा। वैसा भी नहीं हो पाया। वह सपना पूरा होने की नौबत ही नहीं आई। अब तो असम्भव ही है। अब तो माँ भी बहुत बूढ़ी हो गई। आँखों में जाने क्या हो गया है, बिल्कुल दिखाई नहीं देता। आपरेशन के बाद भी हालत ज़रा भी नहीं सुधरी। किसी दिन माँ भी...! यतीन की आँखों के आगे अँधेरा छा जाता है।

हठात् यतीन को वह दिन याद आता है जिस दिन उसकी बारात घर से चली थी। एक दूर के रिश्ते की दीदी ने कहा था उससे, 'अपनी माँ के गले मिलो। यह रस्म है। इसका मतलब यह होता है कि तुम्हारी माँ ने तुम्हें आज से एक दूसरी स्त्री को सौंप दिया।' यतीन को कैसा-कैसा तो लगा था। वह बात उसके भीतर गहरे कहीं भिद गई थी एक गहरी करुणा के साथ। मन्नो को उसने एक बार बताया भी था। मन्नो ने क्या जवाब दिया था? मन्नो ने कहा था, 'क्या वाहियात रस्म है! कितनी बेकार की बात है।' और यह सुनकर यतीन को मन-ही-मन बुरा लगा था। क्यों लगा था? शायद उसे ऐसी प्रतिक्रिया की कल्पना नहीं थी। फिर उसने उससे कहा ही क्यों था? किस उम्मीद से कहा था?

...बच्चे क्या अभी तक आए न होंगे...? यतीन एकाएक हड़बड़ा कर उठ खड़ा होता है। छत पर नीचे की आवाज़ें मुश्किल से पहुँच पाती हैं। यह छत यतीन को बहुत प्रिय है। घर का हिस्सा होते हुए भी घर से अलग और निरपेक्ष...यहाँ वह अक्सर बैठता है जब कोई काम नहीं होता। सीढ़ियाँ उतरते हुए वह मन्नो का सामना करने के लिए ठिठककर सोचने लगता है; फिर एक नज़र घड़ी पर डालता है। अभी समय है और वह मन्नो को पिक्चर दिखाने ले जा सकता है। पर क्या वह यह प्रस्ताव सहज ढँग से मन्नो के सामने रख सकेगा? और क्या वह सहज ढँग से उसे स्वीकार कर लेगी? पता नहीं वह किस मूड़ में हो। बच्चे शायद इसमें मददगार हों।...और वह ज़ोर-ज़ोर से बच्चों को पुकारता हुआ सीढ़ियाँ उतर जाता है।

अभिभावक

राजा स्कूल चला गया। बिलकुल मन नहीं था उसका जाने का। नीचे बच्चों से लदा-फँदा ऑटो धड़धड़ा रहा था और भीतर वह अर्ज़ी लिखवाने को मचल रहा था—अपनी बड़ी बहन से, जो उसे ज़ोर-ज़ोर से समझा रही थी कि अरे, दो-चार दिन की ही तो बात है; फिर छुट्टी तो होनी ही है। क्यों खामख़्वाह ग़ैरहाज़िर होते हो? मगर राजा टस से मस नहीं हो रहा था। 'पढ़ाई-वढ़ाई कुछ होती नहीं... टीचर कॉपी जाँचने में लगे रहते हैं...क्लास में भी नहीं आते...फिर भी बैठे रहना पड़ता है।...लड़के कितना तंग करते हैं, तुम क्या जानो...मैं तो नहीं जाऊँगा, बस... ।'

इधर दोनों बहस में उलझे हुए थे, उधर ऑटो वाला चीखे जा रहा था और मेरा दिमाग़ ख़राब हुआ जा रहा था। रोज़ वही तमाशा! इसका स्कूल न हुआ, मुसीबत हो गई। जब देखो धुँधमारी! जब देखो धुँधमारी! झपट कर मैं अपने तख्त से कूदा और राजा पर बरस पड़ा...'नालायक! कामचोर! तू है कौन, मैं स्कूल नहीं जाऊँगा कहने वाला? क्या लाट साहब का बच्चा है?'

'हाँ। हूँ'...राजा ने एकाएक पलट कर जवाब दिया। मेरा तो माथा भन्ना गया। मैंने आव देखा, न ताव। तड़ातड़ उसके दो तमाचे रसीद कर दिए। 'बदतमीज़! सुअर के बच्चे! शर्म नहीं आती तुझे? मुँह लगता है?'...

क्या हो गया था मुझे? क्या हो गया है मुझे? यह माया बीच में न पड़ती तो...मैं तो पागल ही हो गया था। आखिर क्या ग़लत कह रहा था राजा! क्या मैं ही नहीं छाँटता रहा हूँ लाट साहबी? क्या मैंने ही नहीं सिखाया उसे स्कूल से नफ़रत करना?

क्या मैंने ही अपने बचपन के किस्से सुना-सुना कर उसका दिमाग़ ख़राब नहीं किया है?...कि किस तरह हमारे ज़माने में कैसे-कैसे मज़े लूटे हैं हमने! स्कूल भी तो स्कूल जैसा लगता ही कहाँ था... और होमवर्क कितना हल्का होता था! अध्यापक भी कितने मज़ेदार और मस्त क़िस्म के हुआ करते थे! अरे, उनकी

मार भी अक़्सर प्यार जैसी लगने लगती थी।...कैसे वे हमारी शैतानियों को भी अक्सर जानबूझ कर अनदेखा कर देते थे...कैसे हम लोग कक्षा से गोल मारके नीचे नाले की ओर भटकने चल देते थे...काफल के पेड़ पर चढ़ने या झाड़ियों में पके हिसालू तोड़कर खाने...। और कैसे तो दोस्त हुआ करते थे जो मेरे बदले खुद पिटने को हमेशा तैयार रहते थे...मुँह तक नहीं खोलते थे।...कैसे दुनिया भर की किताबें हमने स्कूल के दिनों में ही चाट डाली थीं। अरे, हाँ!!! स्कूल की पढ़ाई में भला किसका मन लगता था! वह तो रट्टू तोतों के लिए छोड़ दिया था हमने। और फिर भी देखो—कमाल की बात है ना, कि—बिना आँखें फोड़े ही, खेल-खेल में अपन पास भी हो जाते थे। पोज़ीशन भी ले आते थे...।

बेचारा राजा! उसे ये सारी बातें परीकथा की तरह लगती हैं। जाने क्या बात है, उसका कभी कोई दोस्त ही नहीं बनता। कक्षा से गोल मारकर बहते नाले के साथ दौड़ लगाना और पेड़ पर चढ़कर काफल तोड़ना, या काँटेदार झाड़ियों में हलवे की तरह हिसालू तोड़कर खाना क्या होता है, इसकी वह केवल कल्पना कर सकता है। या कल्पना भी नहीं कर सकता—केवल अचरज से आँखें फाड़े मेरा चेहरा ताकता रह सकता है। अपने सहपाठी लड़कों को भी वह सिर्फ चुग़लखोरों और आततायियों की तरह पहचानता है। क्या अपने स्कूल से, क्या अपने टीचरों से और क्या साथ के लड़कों से, वह सिर्फ़ नफ़रत कर सकता है। डर ही सकता है। डर और नफ़रत के सिवा और जाना ही क्या है उसने? और मुझे भी लत-सी पड़ गई है—उसके स्कूल और टीचरों का मखौल उड़ाने की। इसीलिए ना, कि वह वहाँ मेरी इच्छा से नहीं, अपनी माँ की इच्छा से पढ़ रहा है! मगर इसमें भला उसका या उसकी माँ का भी क्या क़सूर है? इस राजधानी के शहर में क्या कहीं एक भी ठिकाने का हिन्दी स्कूल है? आखिर भरती करवाने उसे मैं ही तो ले गया था। क्या झख मारकर मन-ही-मन मैं भी यही नहीं चाहता कि कहीं मेरे पड़ोसियों के बच्चों की तुलना में वह पिछड़ा न रह जाए!

हाँ, एक बार, बस एक बार यह राजा फर्स्ट आया था। फिर कभी नहीं आया। मुझे अच्छी तरह पता है, वह क्यों फर्स्ट के लायक होते हुए भी हर बार 'थर्ड' या 'फोर्थ' ही आता है; और कभी-कभी तो 'सेवंथ' तक। उसकी अँग्रेज़ी के टीचर की मैंने ग़लती जो निकाल दी थी। राजा का वाक्य सही था बिलकुल; मगर उस सही वाक्य को काट करके टीचर ने उसे 'सुधार' दिया था। देखके भी पहली बार तो मैं अनदेखा कर गया। मगर जब दूसरी बार भी फिर उसी तरह ग़लती सुधारी गई तो मुझसे नहीं रहा गया। मैंने राजा की कॉपी पर ही

एक कोने में अपनी टिप्पणी जड़ दी। और शायद यही बुरा हुआ। मुझे चेतावनी दी गई—"आपने की कैसे यह जुर्रत?"...जी हाँ, मुझे सचमुच फरमान मिला फ़ादर का, कि आइए मुझसे मिलिए और रू-ब-रू खेद प्रकट कीजिए। हद हो गई। भला बताइए, मैं क्यों जाता वहाँ अपनी बेइज्जती करवाने! वैसे भी, जाने क्या बात है,—अपना-अपना स्वभाव है—मैं तो अफ़सरों या हेडमास्टर टाइप के लोगों के साथ ठीक से—ठंडे दिमाग़ से—बिलकुल निपट ही नहीं पाता। जाने क्या बात है, हर ऐसे मौक़े पर मेरा रक्त चाप बढ़ जाता है खुद-ब-खुद, और मैं अपने को काबू में नहीं रख पाता।

सचमुच अगर मैं चला गया होता तो इतना तो तय था, कि तेज़ बातचीत हो जाती और राजा का टी.सी. थमा दिया जाता मुझे, कि जाइए आपके राजकुमार के लायक़ कोई दूसरा स्कूल ढूँढ़ लीजिए। हमारा पिंड छोड़िए। हाँ, सिर्फ़ एक बार, केवल एक बार मैं राजा के 'फादर' से जाकर मिला हूँ और उस अनुभव को दुहराने की इच्छा नहीं रखता। पता नहीं, क्या हो गया है लोगों को! खुशामद क़र-करके उन्हीं ने तो इनको सातवें आसमान पर चढ़ा दिया है। मैं तो नहीं हूँ उन रीढ़हीन अभिभावकों में जो इन लोगों के सामने नाक रगड़ते फिरते हैं। मैंने तो माया को भी मना किया था। मगर वह तो जब माने, तब न? हद हो गई इस डरपोकपने की भी। फादर की चिट्ठी न हुई, अदालत का सम्मन हो गया! कि जिसकी तामील करनी ही है।

मगर...! माया को भला मैं किस मुँह से मना करता! मना करने का कोई मतलब था? अरे, अगर मुझे इतना ही प्यारा था अपना स्वाभिमान, तो खुद जाके भिड़ना था ना। कर क्या लेते वे—निकाल ही न देते! कैसे निकाल देते! स्कूल किसी के बाप का है क्या?...जब तुम्हें पता है कि तुम्हारा पक्ष न्याय का पक्ष है तो हिचकने की क्या बात थी? भिड़ ही गए होते तो सचाई तो सामने आ जाती। उन्हीं की पोल खुलती। जाने कितने अभिभावकों को कितनी तरह की शिकायतें होंगी। सब इसी तरह कतराते होंगे। तुम ही ज़रा तन कर खड़े हो गए होते तो क्या दूसरे भी तुम्हारा साथ न देते? न भी देते मानो, अकेले ही पड़ जाते तुम, तो ऐसा कौन-सा आसमान टूट पड़ता! अरे, जिस स्कूल पर तुम आए दिन कुढ़ते रहते हो कि वह ठगी और झूठ और भेद-भाव, और...जाने किन-किन बुराइयों का गढ़ है, उससे एकबारगी पिंड ही छूट जाता तुम्हारा, तो...! नहीं नहीं! उनकी क्या मजाल थी कि तुम्हें टी.सी. थमा देते! इतना आसान है क्या स्कूल से निकालना एक निरपराध बच्चे को?

फिर तुम हिचके क्यों? पीछे क्यों हटे? तुम्हारे नहीं जाने से क्या तुम्हारे स्वाभिमान की रक्षा हो गई? तुम नहीं गए तो माया बेचारी को तो जाना ही था। क्या यह अच्छा हुआ कि तुम्हारे बदले तुम्हारी पत्नी को सुनना पड़ा? यह कैसा स्वाभिमान है, जो जूझना भी नहीं चाहता और बचे रहना भी चाहता है? तुम्हें शिकायत है मन-ही-मन, कि तुम्हारा बदला तुम्हारे लड़के से चुकाया जा रहा है क्योंकि तुमने उसके टीचर की ग़लती निकाली थी और इसका खेद प्रकट करने भी नहीं गए थे। इसलिए नहीं गए थे कि तुम्हें खेद नहीं था, गुस्सा था। और गुस्से में हेडमास्टर से झगड़ा हो जाने का डर था और तुम इस बखेड़े में पड़ना नहीं चाहते थे। है ना? तुम कोई जोखम नहीं उठा सकते। तुम सिर्फ झुँझला सकते हो और वह भी अपने ही घर में। तुम तो बस कतराना जानते हो और हमेशा कोई-न-कोई आड़ ढूँढ़ते रहना। कभी माया की, कभी अपनी व्यस्तता की, कभी स्वाभिमान की, कभी इस लाइलाज दुनिया की। है ना? तुम्हें आड़ की क्या कमी है! तो फिर...झुँझलाते क्यों हो? गरियाते भी क्यों हो—फादर को, टीचर को, अभिभावकों को? ठीक है, वे वहाँ झख मारके जाते हैं नाक रगड़ने को। और तुम नहीं जाते पर इससे क्या होता है! इतनी ही अकड़ है तो जिस ढँग का स्कूल तुम्हें सही स्कूल लगता है, पैदा कर दिखाओ। आखिर कैसे चल रही हैं ये झूठी और दिखावटी दूकानें, अगर तुम्हारे जैसों की ही मिलीभगत से नहीं तो? यह मिलीभगत नहीं, तो क्या है?

क्या मैंने ही राजा से नहीं कहा था कि हमारे ज़माने में इम्तहान के बाद छुट्टियाँ हो जाती थीं और सिर्फ उसी दिन स्कूल जाते थे जिस दिन रिज़ल्ट मिलता था?

क्या मैंने ही उससे नहीं कहा था कि संसार में जितने भी बड़े-बड़े लोग हुए हैं, उनमें से किसी को भी स्कूल की क़ैद अच्छी नहीं लगती थी?...कि उनमें से कोई भी स्कूल में अव्वल नहीं आया था? कि स्कूल की पढ़ाई से कुछ नहीं होता?...

क्यों बकता हूँ, मैं यह सब? वह कौन सी गाँठ है मेरे भीतर, जो मुझसे यह सब कहलवाती है? जबकि सच्चाई—और कड़वी सच्चाई यही है कि मैं चाहता हूँ राजा हर बार फर्स्ट आए और किसी से भी पीछे न रहे। नहीं तो...मुझे आखिर यह शिकायत क्यों है कि उसे फर्स्ट नहीं आने दिया जाता। उससे जानबूझ कर बदला निकाला जा रहा है।...क्या मैं भी अपने लड़कपनभर फर्स्ट आने के लिए ही नहीं तरसता रहा? क्या मुझे भी शिकायत नहीं थी—अपने अध्यापकों से, अपने

पिता से, और जाने किस-किस से? अपने बच्चों के सामने मैं जिस ज़माने की खूबियाँ गिनाते नहीं थकता, क्या उससे मुझे सचमुच कभी कोई शिकायत नहीं थी? क्या मेरे साथ कभी कोई अन्याय नहीं हुआ था? क्या अच्छी यादों के साथ-साथ खासी कड़वी यादों का भी मेरे भीतर एक लम्बा सिलसिला नहीं?...फिर मैं काहे को उस तस्वीर में मनमाने रंग भरता रहता हूँ? क्यों उलझन में डालता हूँ अपने बच्चों को, जो वैसे ही कोई कम परेशान नहीं!...

क्या मैंने ही राजा से नहीं कहा था इम्तहान हो जाने दो, फिर पचमढ़ी जाएँगे? कि छुट्टी चाहे जब से लगे, कोई फ़र्क नहीं पड़ता—ऐसी-तैसी तुम्हारे स्कूल की।...

मैं कैसे भूल गया यह सब?...'सुअर के बच्चे!'...यह मेरे ही मुँह से निकला था न? मुझे हो क्या गया है आजकल?

बेचारा राजा! 'हाँ, हूँ'—उसने कहा था। क्या ग़लत कहा था? हाँ, हूँ; बेशक मैं लाट साहब का बच्चा हूँ। तुम लाट साहब नहीं तो क्या हो, जो दो-दो दुनियाओं पर एक साथ सवारी गाँठते हो! एक ओर मेरे स्कूल पर लानत भेजते रहते हो दिन-रात, और दूसरी ओर, उसी में मेरे भविष्य की गारंटी ढूँढ़ते हो। एक ओर इस पढ़ाई का मखौल उड़ाते हो, और दूसरी ओर चाहते हो, मैं फर्स्ट आता रहूँ हर बार। क्यों? कभी नीचे खिसका नहीं, कि मुँह लटक जाता है तुम्हारा। क्या मैं नहीं जानता? क्या मैं लाचार नहीं—तुम्हारी इस दोहरी लाट साहबी को ही रात-दिन ढोते रहने को?...अपने ज़माने की डींग हाँकते रहते हो। अपने ज़माने के डँडे से इस ज़माने को पीटते नहीं थकते। और दूसरी तरफ़...इस ज़माने में भी किसी से पीछे नहीं रहना चाहते। भला क्यों?

राजा यह सब नहीं सोच सकता। राजा यह सब कुछ नहीं कह सकता। राजा केवल मेरी बौखलाहट पर हतप्रभ हो सकता है। या ज़्यादा से ज़्यादा वह अचानक बिफ़र सकता है, जैसे आज बिफर गया था। हाँ, हूँ मैं लाट साहब का बच्चा। तो फिर...?

मुहल्ले का रावण

नाम उनका कादिर मियाँ था, पर पूरे टिकुरिया मुहल्ले में उन्हें कोई इस नाम से नहीं पुकारता था। चिचिंड़े के अलावा भी कोई नाम उनका हो सकता है, यह हमें शायद ही कभी सूझा हो। चिचिंड़ा एक सब्ज़ी का नाम है जो तोरई से ज़्यादा लम्बी और चमकीली होती है। अगर तोरई पर रंदा फेरके सपाट कर दि74या जाए और रबड़ की तरह खेंच दिया जाए तो वह चिचिंड़ा की बहन बन जाएगी।

इस नामकरण की शुरुआत कैसे हुई, क्यों हुई, और चिचिंड़ा नामक सब्जी तथा कादर मियाँ की शख्सियत के बीच पुल किसने बाँधा, यह शोध का विषय है और मेरे बस का नहीं है। जहाँ तक इस सब्ज़ी का सवाल है, उसका स्वाद मैं भी नहीं जानता और न जानने की इच्छा रखता हूँ। शुरू से ही मेरे दिमाग में यह बात बैठ गई है कि इससे ज़्यादा रद्दी और नामाकूल सब्जी-सब्जियों की दुनिया में और कोई नहीं होगी। सुना उसमें एक साबुनी चिकनाई होती है, जो तोरई में नहीं होती। रूप-रंग भी उसका ज़रा बिदकाने वाला होता है। पर शाम होते-होते उसका तोरई की आधी कीमत पर भी बिक पाना मुश्किल हो जाता है। मैं ये ब्यौरे आपको एक 'इनसाइडर' की हैसियत से बता रहा हूँ, क्योंकि हमारे यहाँ सब्जियों का ही धन्धा होता था और चिचिंड़ों की दुर्दशा का मैं चश्मदीद गवाह रहा हूँ।

पर जाने क्यों मुझे लगता है कि अगर इस अभागी सब्ज़ी का नाम चिचिंड़ा नहीं होता तो इसकी यह दशा न होती। अगर तोरई के ही वज़न पर ओरई या गोरई जैसा नाम इसका होता तो सारी चिकनाई और सफ़ेद धारियों के बावजूद लोग इसे उतने ही चाव से खाते जैसे तोरई-लौकी खाते हैं। चिचिंड़ा में अंडे की, और जाने किस-किस की बू आती है।

तो टिकुरिया मुहल्ले में ही हम लोग भी रहते थे और चिचिंड़ा यानी कादिर

तरफ़ से करें, तो आपको हर दरवाज़े पर एक टाट लटका मिलेगा। पूरे बाज़ार में, जो आधा मील लम्बा और औसतन समझ लीजिए दस फुट चौड़ा है और कुल नौ मुहल्लों से मिल के बना है, इस तरह के टाट-घर तो आपको इक्के-दुक्के दूसरी जगह भी दिखाई दे जाएँगे। पर एक साथ डेढ़ दर्जन टाटों की इतनी लम्बी कतार आपको नहीं मिलेगी। कारण इसका ये, कि हमारे टिकुरिया मुहल्ले से लगा हुआ जो नाई बाज़ार है वहाँ सिर्फ़ दूकानें ही दूकानें हैं और उन दूकानों के दूकानदार इन्हीं टाट-घरों में रहते हैं। और मुहल्लों में आपको टाट नहीं, चिकें मिलेंगी। टाट और चिक का फर्क आप समझते ही होंगे। अगर आप बाल काटने, बाल ढकने या खाल उतारने का धन्धा करते हैं तो आप टाट ही लटका सकते हैं और अगर आपके पास पासिंग शो या विल्स की एजेंसी हो तो जाहिर है आपकी दूकान के ऊपर जो मकान है, वह आपका ही होगा और उसके खिड़की-दरवाज़ों पर चिकें ज़रूर पड़ी होंगी। चिकें तो यूँ वहाँ भी हो सकती थीं जहाँ दरवाज़ा गली से सटा हुआ है; पर वहाँ थोड़ी बेमेल पड़ जाएँगी, क्योंकि टाट का रंग ज़मीन के रंग से ज़रा भी अलग नहीं दीखता। फिर सँकरी गली से सटे हुए दड़बों पर चिक ठोक के आप करेंगे भी क्या? बाज़ार की तरफ़ मुँह हो, कुछ देखने लायक चीज़ें हों तो चिक का कोई तुक भी है।

तो हमारे कादिर मियाँ भी शायद इन्हीं टाटों में से किसी एक के पीछे रहते होंगे। होंगे इसलिए कहना पड़ रहा है कि हालाँकि हमारा मकान उनकी दूकान की बगल में ही था, वह दूकान यानी मकान किसी और का था और उसका पिछवाड़ा भी टाट वाला नहीं था। यह भी तो मुमकिन है कि चिचिंड़ा महाशय अपनी छह वर्षीया पुत्री सूफिया के साथ उसी दूकान के अन्दर रहते हों और इस तरह रहते हों कि टाट की भी गुंजाइश न हो।

और सचमुच कादिर मियाँ से जुड़ी जो भी आवाज़ें मेरे कानों में आज भी गूँजती हैं, वे सब उसी दूकान के भीतर से आती थीं और सुबह पाँच बजे से लेकर रात ग्यारह-बारह बजे तक आती थीं यानी वह दूकान कभी बन्द नहीं होती थी और यह तभी सम्भव है जब दूकान ही मकान भी हो।

'सूफिया! ऐ सूफिया! कहाँ मर गई। हरामज़ादी! दो मिनट दूकान में बैठते जान निकलती है। मार-मार के भुरता बना दूँगा। कहाँ गई थी बदजात!''

''बेटा सूफी! चल खाना खा ले। अरे मेरी रानी बेटी गुस्सा हो गई क्या? अब अब्बा की खैर नहीं। अब अब्बा की शामत आ गई। रानी बेटी सूफिया अपने अब्बा को पीटेगी। फिर ये गुलाबजामुन कौन खाएगा? और ये रबड़ी कौन

खाएगा? मेरा बेटा खाएगा। मेरा बेटा गरमागरम गुलाबजामन खाएगा। ये देखो आई हँसी, आई हँसी, आई हँसी आई...।''

और इसके तुरन्त बाद अगल-अगल के घरों में सूफिया के सचमुच खिलखिलाकर हँसने की आवाज़ का—कादिर मियाँ के बड़ी देर तक गूँजते अट्टहास का सुनाई पड़ना लाज़िमी था।

अब आप शायद यह जानने को उत्सुक होंगे कि हमारे कादिर मियाँ काहे की दूकान करते थे। आपने सवाल पूछा और मेरी आँखों के आगे मुहल्ले का नक्शा झूलने लगा। भैरवथान और हमारे नेपाली घर के बीच भिंचा एक दुमंजिला दड़बा और तीन हाथ ऊँची कादिर मियाँ की दूकान, जिसकी छत से पाँच-छह रस्सियाँ लटकी हुई...और उन रस्सियों पर झूलती लाल, हरी, सफ़ेद, पीली रंग-बिरंगी टोपियाँ और नीचे कई चौकोर पेटियों में खुँपी सस्ती अँगूठियों की बहार...

जी हाँ, कादिर मियाँ टोपियाँ बनाते थे। सिवा उन गिने-चुने मौकों के, जब वे सूफिया-संवाद में निमग्न रहते या जब वे हाथ पीछे बाँधे हुए चूड़ीदार पाजामे और चुन्नटदार हरे कुरते में तेज-तेज कदमों टिकुरिया मुहल्ले की लम्बाई नाप रहे होते—कौतुक भरी आँखों से सबकी गतिविधियाँ भाँपते हुए और टिप्पणियाँ जड़ते हुए—वे हमेशा टोपियाँ सिलते दिखाई देते थे। उनकी सिलाई मशीन शायद ही कभी चुप बैठती। उसे आराम तभी मिलता जब गले की मशीन चालू हो जाती। दिन में कम से कम दो शो इस दूसरी मशीन के होने लाजिमी थे। मैटिनी फटकार शो और इवनिंग पुचकार शो। ऐसा नहीं किया कि कादिर मियाँ टोपियों के अलावा और कुछ बनाना ही न जानते हों। हमने अपने बड़ों के मुँह से सुना है कि एक ज़माना ऐसा था जब हमारा कस्बा अपने थियेटर के लिए मशहूर था और साल में कम-से-कम साठ-सत्तर नाटक होते थे और उन नाटकों के लिए पोशाक बनाने का ज़िम्मा कस्बे में सिर्फ़ कादिर मियाँ का था। यह तो कादिर मियाँ की बल्कि हमारे कस्बे की ही बदकिस्मती कहिए कि कोढ़ीखाने के पादरी के साले ने सन् 1931 में आके हमारे हनुमना में 'दरबार' सिनेमा क्या खोला, देखते-ही-देखते हमारे शहर के पचास साल पुराने थिएटर का पटरा बिठा दिया और कादिर मियाँ धीरे-धीरे बेरोज़गार होते गए। बेरोज़गारी भी दोतरफा। नाटकों के पात्रों की पोशाक सिलने के अलावा वे उनमें माइनर रोल भी अक्सर ही, सुना, कर लिया करते थे। मुझसे एक बार खुद कादिर मियाँ ने कहा था कि 'बाणासुर' नाटक में वे खुद बाणासुर बने थे। हाँ, याद आया, जब 'बाणासुर' फिल्म लगी थी और मैं स्कूल की तरफ़ से देखने आया था तब मुझी से उसकी कहानी सुनके फिल्म वालों की माँ-बहन

को याद करते हुए उन्होंने यह जानकारी, अपने अतीत की, मुझे दी थी, जो न तो मुझे तब अतिरंजित लगी थी और न आज इतने बरसों बाद। मेरे बड़े भाई का तो यहाँ तक कहना था कि अगर कादिर मियाँ फिल्म में गए होते तो चन्द्रमोहन को पीट के धर देते।

मुझे याद है हमारे मुहल्ले का कोई आदमी जब पहले दाँव में कादिर मियाँ को चिढ़ाने में असफल हो जाता तो उसका दूसरा दाँव इस तरह का होता था :

"यार चिचिंड़ा। चल रहा है 'दरबार' में? 'लैला-मजनूँ' लगी है।"

"लैला-मजनूँ की..." चिचिंड़ा एकदम बिफर जाते।

"अरे मैं दिखाऊँगा यार। तेरी गाँठ ढीली नहीं होगी, तुझे पता है उसमें तेरी सुरैया का डाँस है। सहगल के गाने हैं।" कादिर मियाँ नकली हैरत से अपने 'शैतान' को घूरते और सुरैया और सहगल को भी उसी बुलन्दी से कोसते हुए आगे बढ़ जाते। सभी को मालूम था कि सामने-सामने कादिर मियाँ चाहे जितनी नफरत थूकते हों, रात के सेकंड शो में वे अपनी पसन्द की फिल्में चुपचाप देख आते थे। जब मुहल्ले का कोई उन्हें देख लेता और अगले दिन पूछता–"क्यों चिचिंड़ा! मज़ा आया?" तो वे तिलमिलाकर कहते–"तूने अपने बाप को देखा होगा। मैं और फिल्म! तेरी शामत आ गई क्या?"

मुहल्ले में कादिर मियाँ की इस रात्रिचर्या का पता सबसे पहले हमीं को चलता था। जिस रात देर तक सूफिया के सिसकने की आवाज़ आती, हम समझ जाते कि अब्बा फिल्म देखने गए। जिस दिन ऐसा होता उसकी अगली सुबह और दोपहर कादिर मियाँ के चीखने-चिल्लाने की आवाज़ बिल्कुल नहीं सुनाई देती।

मुहल्ले में जो सबसे बड़ी दूकान थी–वह जिस आदमी की थी, वह हमारा ही बिरादर था। हालाँकि हमारी उससे बोलचाल तक नहीं थी। वह पूरा खानदान अपनी बदतमीज़ी के लिए मशहूर था और फुटवा के नाम से जाना जाता था। लगभग एक-तिहाई सदी से कादिर मियाँ अपना राशन-पानी इसी दूकान से खरीदते आए थे। माहवारी हिसाब चलता था। ज़रूरत की सारी चीज़ें उस एक दूकान में सुलभ थीं।

खाने-पीने की दूकान से उधार लेना तो समझ में आता है। पर दर्जी से भी उधारी चल सकती है, यह आपने नहीं सुना होगा। मैंने आपको बताया कि कादिर मियाँ टोपियाँ बनाते थे। ठंडी, गरम, दुपलिया, सफ़ेद-लाल-पीली-नीली हर तरह की टोपियाँ बनाते थे और मुहल्ले ही क्यों शहर भर में नरमुंडों को कादिर मियाँ ही ढकते थे। उस ज़माने में नंगे सिर रहना बदतमीज़ी समझी जाती थी।

यह बारहमासी धन्धा भी था और मौसमी भी। मुझे याद है एक बार उनकी दूकान सफ़ेद टोपियों से पटी रही थी लगातार कई महीनों तक। वह स्वतन्त्र भारत का पहला चुनाव था और हनुमना का गढ़ काँग्रेस ने ही जीता था। फिर दूकान धीरे-धीरे तिरंगी हो चली थी। पर लाली के नीचे बाकी सारे रंग दब गए थे और सचमुच उस साल हमारे यहाँ से जो जीता था वह सोशलिस्ट उम्मीदवार ही था। उससे अगली बार मैं लखनऊ से छुट्टियों में घर लौट के आया तो क्या देखता हूँ कि कादिर मियाँ की दूकान एकदम केसरिया हो गई है। शायद इसी को देखते हुए लोगों ने और कादिर मियाँ ने भी डंके की चोट पर भविष्यवाणी कर दी थी कि देखना अबकी दीपकवाला जीतेगा और सचमुच वैसा ही हुआ।

और फिर भी इस मौसमी और सदाबहार धन्धे के बावजूद कादिर मियाँ हमेशा खस्ताहाल ही नज़र आते थे। लोगों का कहना था कि चिचिंड़ा के पास बहुत रकम है और वह सारा खज़ाना उसने अपनी बेटी के ब्याह के लिए जमा किया है। बीवी कभी की अल्ला मियाँ को प्यारी हो चुकी थी और सूफिया ही कादिर मियाँ का सर्वस्व थी। पर कादिर मियाँ के लँगोटिया यार लालू सेठ का कहना था—और मेरी राय भी यही थी—कि चिचिंड़ा बहुत चटोर है और जो कुछ कमाते हैं सब पेट के गड्ढे में डाल देते हैं। पैसे आए नहीं कि फूँके। मिठाई के बगैर उनसे रहा नहीं जाता था। खड़े-खड़े आधा सेर रबड़ी चाट जाते थे। कड़की के दिनों में भी—उधारी ज़िन्दाबाद—उनका वही ढँग रहता था। शराब वे पीते थे या नहीं, मैं कह नहीं सकता। पर पैसे उन्होंने किसी के मारे हों ऐसा कभी नहीं सुना गया।

मुहर्रम के दिनों में कादिर मियाँ टोपियाँ सिलना बन्द कर देते थे और मिठाई का खोमचा लगाते थे। जन्माष्टमी के दिनों में जो पँजीरी का प्रसाद बनता था, वह मुझे बेहद पसन्द था और यह मुहर्रम वाली मिठाई भी मुझे वैसा ही स्वाद देती थी—बल्कि कादिर मियाँ के हाथ की बनी वह ज़्यादा ही स्वादिष्ट होती थी। पँजीरी में मेवे का तो सवाल ही नहीं और कादिर मियाँ अपनी उस खास मिठाई के अन्दर ऐसे-ऐसे मेवे डालते थे कि दूसरे खोमचे वाले उनका सपना भी नहीं देख सकते थे। इस खोमचे से उनकी क्या आमदनी होती होगी, यह तो वही जानें पर जिस तरह खोमचा लगते ही हम बच्चे उन पर टूट पड़ते थे और आधा घण्टे के अन्दर सब साफ़ कर देते थे और एक हाथ की मुट्ठी में हमारे अधन्ने बटोर के जेब में डालते हुए कादिर मियाँ जिस उल्लास के साथ 'खेल खतम पैसा हजम' कहते हुए खोमचा समेटते थे, उसे देखते हुए हमें यही लगता था कि वे

मदारी हैं। पूरे बाज़ार में सबसे बढ़िया ताजिया हमारे मुहल्ले में बनता था और दशहरे के दिन जो नौ रावणों के रथों का जुलूस निकलता था। उसमें भी हर साल पहला नम्बर हमारे मुहल्ले के रावण का ही होता था। कई रातों की मेहनत इसके पीछे हुआ करती थी और आखिरी रात को कादिर मियाँ हम लोगों को ज़रा जल्दी ही खिसका देते थे। हम सबका यही ख्याल था कि हमारे रावण के पहले नम्बर पर आने का राज़ उस आखिरी रात की उस आखिरी कारगुज़ारी में ही निहित था। पूरा हनुमना कादिर मियाँ के इस हुनर का कायल था और खुद कादिर मियाँ को भी इसका पूरा अहसास था।

मामूली कहा-सुनी तो फटफुटवा और कादिर मियाँ के बीच पहले भी होती रही होगी। कौन यकीन करेगा कि जो आदमी अपनी बदमिज़ाजी के लिए मुहल्ले भर में बदनाम हो और आधे से ज़्यादा लोगों को फूटी आँखों भी न सुहाता हो, ऐसे आदमी के साथ कादिर मियाँ जैसे चुहलबाज़ और नेकनीयत आदमी की एक-तिहाई सदी के दौरान कभी खटकी ही न होगी। पर उस दिन जो कुछ हुआ, वह कल्पनातीत था।

मुहल्ले में फटफुटवा की गिरी हुई साख का इससे बड़ा प्रमाण और क्या हो सकता है कि सबसे बड़ी दूकान होते हुए भी सिवाय एक कादिर मियाँ के कोई उसके यहाँ फटकता तक नहीं था। बदमिज़ाजी के अलावा उसके हिसाब की गड़बड़ियाँ भी आम चर्चा का विषय थीं। इसके बावजूद उसके यहाँ ग्राहकों की भीड़ लगी रहती थी। ये ग्राहक कुछ तो दूसरे मुहल्लों के लोग होते थे, पर ज़्यादातर आस-पास और दूरदराज़ के गाँवों के। जिन्हें लाला फटफुटवा की विशेषताओं के बारे में कोई खास इल्म नहीं हो सकता था।

वह इतवार का दिन था और मैं अपनी दूकान पर बैठा हुआ था। कोई बारह-एक का समय होगा। कादिर मियाँ ऊपर टेढ़ी बाज़ार से आते दिखाई दिए। पीछे से किसी ने चिढ़ाया—'चिचिंड़ा!' कादिर मियाँ ने पलट के देखा और जिधर से आवाज़ आई थी उस तरफ मुँह करके चिल्लाए—'कौन कम्बख्त सुबे-सुबे अपने आप को रो रिया है?'...और मुस्कराते हुए आगे बढ़ गए। इतने में मेरे सामने की दूकान के लाला भीकम सिंह ने भी अरहर तौलते हुए कादिर मियाँ को सुनाते हुए मुझे आवाज़ लगाई—'लल्ला, ज़रा दो चिचिंड़ा तो तोलना।' इस पर कादिर मियाँ ने कनखियों में मुस्कराते हुए मुझे देखा और लाला के पास जाकर जैसे पुचकारते हुए फुसफुसाए—"दो क्या करेगा लाला? उससे काहे रो रिया है? मुझसे बोल—मेरा चिचिंड़ा हाज़िर है तेरी खिदमत के ल़िए। निकालूँ?"...इससे पहले कि

भीकम सिंह कोई जवाब लौटाए, खिलखिलाते हुए कादिर मियाँ अपना कुरता लहराते हुए आगे बढ़ लिए। और दिन वे बिना हमारी दूकान पर रुके आगे नहीं बढ़ते थे। चाहे दूकान पर मैं ही क्यों न बैठा होऊँ। पर उस दिन वे सीधे चले गए। एक मिनट बाद ही मेरे कानों में कादिर मियाँ की आवाज पड़ी–''चोप कद्दू की औलाद।''...मेरी समझ में नहीं आया कि इस रोज़मर्रा के नाटक में मुहल्ले वालों को ज़्यादा मज़ा आता है कि कादिर मियाँ को? टोपियाँ सिलते-सिलते वे कम-से-कम तीन-चार बार मुहल्ले के चक्कर जो लगाते हैं वह क्या सिर्फ़ इसलिए कि लोग उन्हें चिढ़ायें और उन्हें भी हर बार एक नई गाली ईज़ाद करने का सुख मिले? उन्हें ऊब भी नहीं होती इस रोज़मर्रा के थिएटर से?...अगर किसी एक दिन सहसा मुहल्ले के लोग तय कर लें कि उन्हें कादिर मियाँ को चिढ़ाना बन्द कर देना चाहिए, तो कादिर मियाँ क्या करेंगे?

थिएटर की बात से कहीं आप ऐसा न समझ लें कि कादिर मियाँ कभी सचमुच चिढ़ते ही नहीं थे। चिढ़ते न होते तो चिढ़ाए कैसे जाते। किसी-किसी मूड़ में उनका लीलाभाव भी बुझ जाता था। खासकर तब, जब कोई ऐसा आदमी उन्हें 'चिचिंड़ा' कहे जिससे वे सचमुच नाराज़ हों या तब, जब वे सूफिया की खोज कर रहे हों या जब उनकी जेब बिल्कुल ही खाली हो। ऐसे मौकों पर उन्हें चिढ़ाने वाले की काफी बुरी गत बन सकती थी।

पर उस दिन तो उनका मूड़ काफी अच्छा लग रहा था और उक्त तीनों कारणों में से एक भी मौजूद नहीं था। उन दिनों एक बार फ़िर से कादिर मियाँ की दूकान सफ़ेद टोपियों की फैक्टरी बनी हुई थी और शाम के वक्त बिला नागा उन्हें–बाप-बेटी दोनों को–किसना हलवाई के यहाँ दूध-जलेबी उड़ाते हुए कोई भी देख सकता था।

मेरे पास से गुज़रे उन्हें पाँच मिनट भी नहीं हुए होंगे कि एक ज़ोरों का हल्ला सुनाई दिया और कादिर मियाँ का चीखना। मैं उस वक्त सचमुच चिचिंड़ा तोल रहा था। एक सेकण्ड में मेरी समझ में आ गया कि चिचिंड़ा और फटफटुवा के बीच ज़ोरों की ठन गई है। ग्राहक को निपटाकर मैं दूकान से कूदा तो क्या देखता हूँ कि दोनों फटफुटवा ब्रदर्स कादिर मियाँ पर पिले हुए हैं और तड़ातड़ उन्हें मारे जा रहे हैं और कादिर मियाँ अपने को सँभालने की कोशिश करते हुए गालियाँ बके जा रहे थे...अगले ही क्षण मैंने देखा कादिर मियाँ चीखते हुए अपनी दूकान की ओर भागे जा रहे हैं और एक फटफटुवा थोड़ी दूर तक उनका पीछा करके वापस लौट रहा है। मुहल्ले के सारे दूकानदार अपनी दूकानों के आगे खड़े

तमाशा देख रहे हैं। सुरेन्द्र की दूकान के आगे चार-पाँच लोग ज़ोर-ज़ोर से बहस कर रहे थे। मैं भी नज़दीक जाके उनकी बातचीत सुनने लगा।

''देखो साले दो-दो चिपटे हुए थे हरामज़ादे।''

''गाली पहले चिचिंड़ा ने दी।''

''क्या गाली दी? फटफुटवा कहा होगा और क्या?''

''नहीं। चीनी लेने गया था। कहा अरे फटफुटवा! डंडी तो मत मार। इस पर छोटे फटफुटवा ने कहा—ज़बान सँभाल के बोल बे चिचिंड़ा।''

''फिर?''

फिर चिचिंड़ा ने कहा—चिचिंड़ा तेरा बाप होगा। इतने में बड़ा भाई भीतर से निकलकर आया और बोला—साले का सौदा बन्द कर दो। चल साले, अभी इसी वक्त हमारा दो महीने का हिसाब चुकता कर।

''अच्छा तो फिर चिचिंड़ा क्या बोला?''

चिचिंड़ा सारे मुहल्ले को सुनाते हुए चीखने लगा—देखो साले कल के छोकरे मुझे धौंस बता रहे हैं। अरे सालो, तुम्हारे बाप के ज़माने से सौदा खा रहा हूँ। कभी एक पैसा भी, तुम्हारा बकाया रखा हो कोई कह के तो देखे ज़रा।

''बड़े फटफुटवा से तो इसकी बहुत ही पटती थी।''

''फिर चिचिंड़ा ने चीनी का पूड़ा 'ऐसी की तैसी इस फटफुटवे की' कहते हुए दूकान में फेंक मारा। बस बड़ा भाई आपे से बाहर हो गया और बाहर निकल के उसने चिचिंड़ा को कालर पकड़ के इतनी ज़ोर का धक्का मारा कि चिचिंड़ा ज़मीन पर गिर पड़ा। उसने उठके उसे माँ की गाली दी और एकाध हाथ भी रसीद कर दिया। बस फिर दोनों भाई चिचिंड़ा पर टूट पड़े।''

''नाक से खून बह रहा था। तुमने देखा?''

''इतने सारे लोग खड़े तमाशा देख रहे थे? जब फटफुटवा ने धक्का दिया तो तुमने रोका क्यों नहीं?''

''मैं क्यों बीच में पड़ूँ? गाली खानी थी क्या?''

आँखों देखा, कानों सुना हाल इतना ही है। सुना बाद में लोग एक-एक करके कादिर मियाँ के पास जमा हुए और हरेक ने उन्हें यही राय दी कि थाने में रपट कर दो। फटफुटवा के मारे मुहल्ले में जीना हराम हो गया है। कुछ तो सबक मिले उसको।

सुना सबकी सलाह सुनने के बाद कादिर मियाँ ने लोगों ने कहा—''ठीक है मैं रपट लिखाता हूँ आप लोग भी जिनने देखा है, मेरे साथ चलिए।''

"हाँ, हाँ, क्यों नहीं...क्यों नहीं" करते हुए सुरेन, महेन, भीकम सिंह, टीकम सिंह और सारे शुभचिन्तक खाना खाने चले गए। कादिर मियाँ ने सफ़ेद टोपियों का गट्ठर बाँधा और घण्टा दो घण्टा इन्तज़ार करके निकल पड़े। दिनभर सूफ़िया अकेली सिसकती रही। रात काफी देर में कादिर मियाँ लौट के आए और फटफुटवा को नींद से बाहर निकाल के उसका हिसाब चुकता कर दिया।

सुबह पूरे मुहल्ले ने आश्चर्यचकित होकर देखा—कादिर मियाँ की दूकान खाली पड़ी है और बाप-बेटी दोनों का कहीं पता नहीं है।

पता चला इस्माइल अलीगढ़ वालों ने अपनी कोठी में एक कमरा खाली करके कादिर मियाँ को दे दिया है। इस्माइल अलीगढ़ वाले हमारे कस्बे के रईसों में हैं। 'पासिंग शो' की एजेंसी है उनके पास।

उसके बाद हफ्तों तक कादिर मियाँ हमारे मुहल्ले में नहीं दिखाई दिए और एक दिन सबने सुना वे अपनी सूफ़िया को ले के शहर छोड़ के चले गए।

इस्माइल साहब का कहना था कि कादिर मियाँ को उनके किसी रिश्तेदार ने काशीपुर में दूकान खुलवा दी है। पर मुहल्ले के लोगों का, खासकर लालू सेठ का कहना था कि इस्माइल अलीगढ़ वालों से कादिर मियाँ की कभी पट ही नहीं सकती थी। कादिर मियाँ उस हादसे के बाद न तो मुहल्ले में रहना चाहते थे, न इस्माइल खाँ साहब का अहसान उठाना चाहते थे। लिहाजा उन्होंने शहर ही छोड़ दिया।

भगवान जाने सच्ची बात क्या थी। मुझे सिर्फ़ इतना याद है कि उस साल दशहरे में हमारे मुहल्ले का रावण नहीं बना। नौ की जगह सिर्फ़ आठ रावणों का जुलूस निकला।

डंक

कौन? अरे आ गए? बड़ी जल्दी आ गए आप! और दिन तो...भूल गए आप? अब भी नहीं पहचाना?...पचीसों मरतबा मैंने यहीं इसी खड्ड से आवाज़ दी है आपको,...और हर बार आप आए हैं।...देर-अबेर ही सही...बिला नागा आप आए हैं। अब सोच क्या रहे हैं? बस आँख बन्द करिए और सीधे कूद पड़िए। एक सेकण्ड के अन्दर आप यहाँ पहुँच जाएँगे...

देखा? आपने देखा? मैंने कहा क्या था आपसे?...उफ़! छुइए मत, देखिये, बस, हाँ इसी जगह...कितनी बुरी तरह काटा है! गुझे पता नहीं मैं कब चीखा। चीखा भी या नहीं...यह तो आप ही जान सकते हैं। तब आपको क्या बताऊँ! जब तक डंक इतना तीखा नहीं होता कि खून का ज़र्रा-ज़र्रा तड़पने और बिलबिलाने लगे, तब तक मैं आपको...आवाज़ देना तो दूर रहा, चूँ तक नहीं करता। मामूली चोटों की तो मुझे आदत पड़ गई है—मामूली से कुछ ज़्यादा में भी बकबका के छुट्टी पा जाता हूँ—या चुपचाप एक कोने में बैठा झींकता रहता हूँ। ज़बान की लगाम बिल्कुल ढीली छोड़ देने से जो राहत मिलती होगी उसका भी मैं आदी हो गया हूं ऐसा तो नहीं कह सकता।

मेरे एक दोस्त हैं जो सुबह बिस्तर छोड़ने से लेकर रात बिस्तर हो जाने तक मुसलसल स्वगतभाषण करते रहते हैं। बस, सामने कोई आदमक़द दीखता रहे, इतना ही उनके लिए काफ़ी है—वह चाहे उनकी बीवी हो, चाहे उनका लड़का हो। चाहे कोई दोस्त हो...आप उनके साथ पृथ्वी की परिक्रमा पैदल कर आइए तो भी उनकी भड़ास पूरी नहीं निकलेगी। आप रास्ते में ही ढेर हो गए तो वे आपकी लाश पर पाँव रख के तब तक बुदबुदाते जाएँगे जब तक आप उनकी आत्मकथा सुनने के लिए फिर से ज़िन्दा न हो जाएँ। अगर उनके मुँह से निकला हर शब्द हवा में छप सकता तो मैं सच कहता हूँ अभी तक यह अन्तरिक्ष काला पड़ गया होता और आसमान की स्याही भी कभी की चुक गई होती।

माफ़ कीजिएगा, मैंने आपकी नींद खराब कर दी। जहाँ भी आप हों—पुआल पे या पलंग पे, गुदड़ी में या डनलप में, बाबू लेन में या बजरिया में, चाणक्यपुरी में या स्वर्गाश्रम में—आपको वह पूछने का पूरा-पूरा हक है कि मैं कौन हूँ, जो कभी भी किसी भी वक़्त—जागते में, सोते में, खड़े में या पड़े में—कभी भी, किसी भी वक़्त आपके सर पे आ धमकता हूँ। आप मेरे लगते क्या हैं?...अब आपको क्या बताऊँ, पहले दरवाज़ा खोलके मुझे अन्दर तो कीजिए—महसूस तो करने दीजिए मुझे—कि मैं चूहा नहीं, आदमी हूँ। तब न मेरी ज़बान खुलेगी? तब न बता पाऊँगा मैं आपको अपने बारे में, कि मैं डरा हुआ नहीं हूँ। कि मैं भागा हुआ भी नहीं हूँ। कि मुझे शरण या संरक्षण आपका कुछ भी नहीं चाहिए। कि, मैं आपका सबसे बड़ा दुश्मन और सबसे बड़ा दोस्त हूँ...यह देखिए मुझसे पहले ही वह यहाँ पहुँच गया और मेरी ज़बान पे चढ़ गया...मैं यह सब नहीं कहना चाहता था—क़तई नहीं कहना चाहता था—मैं फिर कोशिश करूँगा—

क्या आप मुझे पहचान रहे हैं?...कल रात आपको मय आपके सामान के स्टेशन से यहाँ तक किसने पहुँचाया था? क्या आपको मालूम है इस शहर में साढ़े पाँच हज़ार रिक्शा हैं, देश भर में सबसे ज़्यादा? क्या आपको मालूम है सबसे कम किराया और सबसे ज़्यादा होड़ भी यहीं है। आपका लड़का डिप्टी कलेक्टर के इम्तहान में बैठा है ना इस साल? मुझे मालूम है आपने कितनी मजबूरियों के बीच उसे यहां तक पहुंचाया है। मुझे मालूम है आपको ज़िन्दगी में पहली बार दस हज़ार रुपया घूस भी देनी पड़ी है। भगवान करे, आपका यह पाप फल ही जाए और आपका लड़का निकल ही जाए। एक सौ बीस जगहें और सात हज़ार उम्मीदवार...साढ़े पाँच सौ सवारियाँ और साढ़े पाँच हज़ार रिक्शे...! कैसे होगा? मगर होगा, ज़रूर होगा। आप बेफिकर रहिए। उसे स्पेशल कोचिंग मिली है उन दस हज़ार रुपयों से—वह ज़रूर निकल आएगा। आपका सारा दलिद्दर दूर करेगा... और ये जो कई महीनों से आप परेशान घूम रहे हैं, अपने आपसे मुँह छिपाते फिर रहे हैं—मैं आपसे कहना चाहता हूँ यह बिल्कुल फिजूल बात है—मैं भी यही करता—मुझे भी यही करना चाहिए था।

मेरा भाई घर से भाग गया है—सुना वह यहीं-कहीं रिक्शा चला रहा है। उसमें कहीं कोई कमी नहीं थी। उसे डिप्टी कलेक्टर तो कम-से-कम होना ही चाहिए था। यह मेरी ही चूक थी—उसके बाप की जगह मैं था—मैं अपने लिए तो नहीं, मगर उसके लिए ज़रूर, कोई अच्छी जगह चाहता था। बस ज़रा-सी एक बात थी जो मुझे निभानी थी और वहीं मैं चूक गया। तब से मैं झुलस रहा

हूँ एक ऐसे पश्चात्ताप में, जिसके बारे में दुनिया की कोई डिक्शनरी आपको कुछ नहीं बता सकती। मैंने उससे क्या कहा था—"जो मैं अपने लिए नहीं कर सका, वह तेरे लिए कैसे कर दूँ? किस मुँह से तुझे ऐसा बोलने की हिम्मत हुई?" पाँच साल गुज़र गए, मेरे भाई का कोई अता-पता नहीं। मैंने उसे कभी हल्की डाँट तक नहीं पिलाई थी...जितनी मार आदमी अपनी पूरी ज़िन्दगी में नहीं खाता होगा, उतनी तो मैंने अपने बचपन में ही खा ली थी...इसलिए मेरी खाल तो कछुए की खाल है...मगर वह!...उसकी ज़िन्दगी बिगाड़ने का मुझे क्या हक था?

भगवान करे...मैं कहता हूँ...वह छोटा-सा पाप, जो मैं नहीं कर सका और आप कर गुज़रे...वह छोटा-सा पाप आपके लिए भगवान् ही सिद्ध हो और आपका लड़का डिप्टी कलक्टर बन ही जाए। आप खामखाह अपनी नींद खराब कर रहे हैं। भगवान् आपकी मदद करेगा—हमारे पाप-पुण्य से उसे कुछ भी लेना-देना नहीं है—वह सब कुछ देखता-समझता है और एक ग़रीब आदमी का लड़का डिप्टी कलक्टर बन जाए तो उसे अच्छा ही लगेगा। वह झूठी अन्तरात्मा थी, जिसने मुझमें ऐन मौके पे वो अड़ियलपन पैदा किया था। सच्ची अन्तरात्मा तो यह है जो आज मुझे तड़पाती है कि मैंने क्यों नहीं उसी वक़्त मेडिकल बोर्ड के चीफ़ को दो सौ रुपए पिला दिए। पता नहीं वह कहाँ होगा, क्या खाता-पीता होगा और कैसे रहता होगा! हो सकता है उसने...! कुछ भी हो सकता है। और इसका ज़िम्मेदार कौन है? आप बेफिकर रहिए। आप पकड़े नहीं जाएँगे। आपको पकड़ने वाले खुद ही डाकू हैं...और वे खड़गसिंह नहीं हैं और न आप बाबा भारती हैं।

एक छोटा-सा पाप...इस पाप के महासागर में एक नन्ही-सी बूँद...और आप खुद भी जी सकेंगे और दूसरों को भी जिला सकेंगे। जीत भी आखिर उसी की होती है जो पहले कभी जीता हो। 'हार की जीत' गप्प है—इस भयानक होड़ में जो एक बार हारा, वह फिर कभी नहीं संभल सकता। मुझी को देखो, मेरा पुण्य मुझ पर थूक रहा है। मेरी कमर टूट चुकी है। मैं अब कभी खड़ा नहीं हो सकता। मैं अपनी बीवी के दो नम्बर नहीं बढ़वा सका जबकि कॉपी मेरे प्रिंसिपल के पास थी और कहने भर की देर थी। उस ज़रा से जुमले के बदले मेरी बीवी को सेकण्ड क्लास मिल सकता था और मास्टरी मिल सकती थी और हम अच्छा मकान ले सकते थे, दही-दूध भी खा सकते थे, और अपनी बीमारियाँ घटा सकते थे। अब आप खुद सोचिए एक स्कूल के मास्टर को मिलता ही क्या है? क्या आप भी स्कूल मास्टर हैं? मैं तो समझता था आप ए.जी. ऑफ़िस के बाबू होंगे।

नहीं?...तो फिर क्या हैं आप?...अफसर, पत्रकार, वकील, प्रोफेसर, विद्यार्थी, दुकानदार...कुछ तो आप होंगे ही—मुझे इससे मतलब नहीं। आप हैं, बस इतना ही मेरे लिए काफ़ी है। मेरी बीवी कहती है मैं आजकल बहुत बड़बड़ाने लगा हूँ। मगर यह झूठ है। मुझे तो लगता है मैं गूँगा ही पैदा हुआ हूँ और यह मेरी गुँगलाहट ही मुझे आप से जोड़ती है। जो मुझे भी नहीं सुनाई देता वह आप को सुनाई देता है। मुझे अच्छी तरह पता है जब एक नंगे तार की तरह यह घर मुझे घूरता है—यह दुनिया मुझे घूरती है एक पागल कुत्ते की तरह और दाँत गड़ा देती है मेरे भीतर, बहुत भीतर...तब जो चीखता है इतनी ज़ोर से, वह मैं नहीं, कोई और है...और मैं उसका गुलाम हूँ...ज़र-खरीद गुलाम...जिसकी कभी छुट्टी नहीं होती...

अब देखिए वह आदमी...जिसका मैंने आपसे ज़िक्र किया था—वह...मेरा इतना खैरख्वाह, मुझ पे इतना मेहरबान...मुझे क्यों आख़िर उससे इतनी कोफ़्त होती है? जबकि अगर उसे किसी जादू के ज़ोर से पता लग जाए कि मैं उसके बारे में क्या-क्या सोचता हूँ तो वह खुदकुशी कर लेगा। मुझ पर उसे जाने क्यों इतना भरोसा है कि उसके टूट जाने पर वह ज़िन्दा नहीं बचेगा। उसकी कुल ज़िन्दगी उसका कुलकुलान सिर्फ़ इस मुगालते पे टिका है कि वह आदमी नहीं, खुदा है। जबकि एक पिन चुभोने-भर की देर है, वह बिलबिला उठेगा। उसकी कोई दोस्ती दो महीने से ज़्यादा नहीं टिकती। फिर भी वह प्यार का सागर है और अगर आपको जानना हो कि पानी में डूबकर मरने से ठीक पहले कैसी और कितनी घुटन होती है तो वह...आपको यह भी बखूबी सिखा सकता है। फिर भी वह प्यासा है और उसकी प्यास अनन्त है। मैं उससे कहना चाहता हूँ तुम ब्रेन-सिफलिस से मरोगे। कोई दूसरी मौत तुम्हें बदी ही नहीं है।

कितनी वाहियात बात है कि मैं उसके बारे में यह सोचता हूँ, जिसने मुझे नौकरी दिलाई है और ऐसे-ऐसे अहसान किए हैं जिनमें से एक-एक अहसान, एक अहसानमन्द आदमी की गरदन तोड़ देने को काफ़ी हैं। मैं उससे कहना चाहता हूँ...जाने क्या-क्या कहना चाहता हूँ...पर वह मेरे गले की फाँसी है, मेरे हाथों की खुजली है, पाँवों की बेड़ी है। वह ज्योतिष भी जानता है। जाने कितने जोगियों से उसने मुझे मिलवाया है—जाने कितनी अजीबोग़रीब सिद्धियों के बारे में उसने मुझे बताया है—अभी थोड़ी देर पहले वह मुझसे एक नेपाली छोकरी का बखान करके गया है। यह उसकी दूसरी खोज है। इससे पहले तक़रीबन एक साल तक वह किसी कमला के पास जाता था और दूसरे दिन सबेरे-सबेरे मेरे

पास आके फिर नए सिरे से वे सारी बातें बताता था जो वह दर्जनों बार पहले भी सुना चुका होता था...वह मेरा इस्तेमाल एक डायरी की तरह करता है और आगे भी करता रहेगा जब तक हम दोनों में से कोई एक मर नहीं जाएगा। जब कमला चली गई तो यह महीने भर तक रोता-कलपता रहा। वो थी कर्नाटक यानी धारवाड़ की और इसका गुरु, जिससे इसने दीक्षा ली है, वह भी धारवाड़ का। मुझे एक लम्बा लेक्चर पिलाया था इसने इसी बात पर, कि देख लो जो भूमि सन्तों की खान है, वही वेश्याओं की भी।

अभी पिछले दिनों एक बड़े नामी संगीतकार से मेरी मुलाक़ात हुई थी। वे भी धारवाड़ के थे। शहर के बड़े-बड़े नामी-गिरामी लोग जुटे हुए थे वहाँ। मैंने यही जुमला उनके सामने भी दुहरा दिया। सबके चेहरे फक् पड़ गए--मुझे भी फौरन महसूस हो गया कि मैंने हद दर्जे की गुस्ताखी कर दी है। मगर संगीतकार एकटक मुझे घूरते रहे और यकायक बोल पड़े, ''आपने बिल्कुल सही कहा। मेरी खुद की मौसी, जो मुझे माँ से भी ज़्यादा प्यार करती थी, वह भी वेश्या हो गई थी। उसने मेरी पढ़ाई के लिए पिताजी को बम्बई से पैसे भिजवाए थे। पिताजी ने मनीऑर्डर वापस कर दिया था और उसे लिख दिया कि आइन्दा कभी ऐसी जुर्रत न करे। मैं अनपढ़ा ही रह गया और इस घटना के करीब साल भर के अन्दर मेरी मौसी भी मर गई। मैंने अपने पिताजी को ही माँ से कहते सुना था कि उसे बड़ी खराब बीमारी हो गई थी।''

यह किस्सा सुनाते हुए उस महान् गवैये की आवाज़ डबडबा आई थी और आँखें भी।...मंडली में काफी देर तक सन्नाटा छा गया था। खुद मैं भी सकते में आ गया था। हालाँकि महफिल उसके बाद भी जमी और खूब जमी। पर मेरा मन नहीं लगा...मेरी कमबख्ती देखिए कि वह किस्सा मैं इस पाजी को भी, जाने क्यों सुना बैठा। अब यूँ तो इसका रोना भी मुझे उतना ही अश्लील लगता है। मगर इसका वह हँसना...ऐसी ग्लानि मुझे अपनी ज़िन्दगी में कभी नहीं हुई। अभी मुझसे कह रहा था...ठीक उसी दिन जैसी वल्गर हँसी हँसते हुए...''तुम भी तो नेपाल के हो यार, बिल्कुल तुम्हारे जैसी भोली और अल्हड़ है वह। एकदम फ्रेश, ताज़ा ककड़ी की तरह रोएँदार...अरे, कमला तो भुट्टल थी इसके कम्पैरिज़न में।'' कमला!...मैं सोचने लगा, क्या कमला भी किसी गवैये की मौसी रही होगी? इसी ने तो मुझे बताया था कि कमला एक-एक करके पैसे जोड़ रही है। उसकी सबसे बड़ी तमन्ना है : ''वापस अपने देश में जाके अच्छी तरह रहना और हो सके तो घर-गिरस्ती भी बसा लेना...।

"...मैं आजकल दस की जगह बीस देने लगा हूँ उसे। वो भी पहले जैसा रुक्खड़ नहीं बोलती...मगर आज वो बिफर गई...मैंने उसे रोज़ की तरह सहलाते हुए जब उससे कहा तुम तो मेरी लक्ष्मी हो, उसने मुझे एक ज़ोर का धक्का दिया और ही-ही करके हँस पड़ी। मैं तो सचमुच डर गया। कैसी डरावनी और भुतैली हँसी थी वह!...बोली, "फालतू बात मत करो। काम करो और भागो और अपने घर में बको ये अंडबंड...!" वो जितनी जल्दी गुस्सा होती, उतनी ही जल्दी ठण्डी भी पड़ जाती है। जब मैं जाने लगा तो कहने लगी, "जल्दी आना। तुम्हारे जैसा ग्राहक अपुन को कहाँ मिलेगा जो बेकाम का पैसा देता है। तुम नाराज़ मत होना, हमारा टैम खराब होता है...फालतू की बात नहीं करने का, समझा...?" मैं बीमारी से डरता हूँ, वह अच्छी तरह जानती है और फिर भी बुरा नहीं मानती। एक बार जाने उसका क्या दिमाग़ खराब हो गया कि उसने मुझे ग़न्दी से ग़न्दी गालियाँ दीं और धक्का दे के गली में फेंक दिया। वह समझ गई है कि मैं और कहीं नहीं जा सकता...अब मैं जो कुछ भी बकता हूँ, चुपचाप सुनती रहती है..."

मैंने कहा ना, मैं इसका टेप-रिकॉर्डर हूँ—वैसे तो इसकी बड़बड़ाहट से सभी लोग परेशान हैं—इसके घर के लोग तो सबसे ज़्यादा। मगर मुझे तो परेशान होना भी नसीब नहीं है। मैं आकाश-पाताल कहीं भी जा छिपूँ, यह सुदर्शन चक्र की तरह मुझे ढूँढ़ निकालेगा। नहीं! मैं इससे पीछा नहीं छुड़ा सकता। मैंने अपनी पूरी ज़िन्दगी में सिर्फ़ एक आदमी का अहसान लिया है और उसका बदला चुका रहा हूँ। मेरे स्कूल का मैनेजर भी इसका दोस्त है—दोस्त क्या, वह भी इसका अहसानमन्द होगा। दोस्त इसका कोई नहीं हो सकता। जाने क्या बात है कि सभी इसको मानते हैं; चाहे भीतर ही भीतर इससे कितना ही कतराते रहें। हो सकता है मेरी ही तरह और लोग भी इससे घबड़ाते हों और सिर्फ़ इससे जान छुड़ाने के लिए ही इसका कहा कर देते हों। मैं तो और क्या कर सकता हूँ, सिर्फ़ इसकी बकवास सुन सकता हूँ। मेरे पास इसे देने के लिए अपने वक्त के सिवा और है भी क्या? सो यह मुझी को घेरता है।

दरअसल मैं दब्बू हूँ। इस्तेमाल भी आखिर उसी का तो होगा जो इस्तेमाल करने देगा। वह निरा लम्पट होता या मैं ही निरा खरा होता तो ये नौबत ही क्यों आती?...मैं आखिर क्यों ये सब बक रहा हूँ और किससे बक रहा हूँ? क्या मैं उससे भी गया बीता हूँ? उसके सामने मैं होता हूँ; मेरे सामने कौन है? वह मुझे भी बकाता है, मुझसे भी उगलवाता है...हर बार उससे छूटने के बाद मेरा जी करता है मैं तड़ातड़ अपने मुँह पर तमाचे मारता जाऊँ...मैं कसम खाता हूँ

कि अब से कभी उसके सामने मुँह नहीं खोलूँगा। मगर जैसे ही वह आता है, मैं फिर फिसल जाता हूँ। नहीं, उसका कोई कसूर नहीं। अहसान-वहसान सब धोखा है, वह अहसान नहीं जताता कभी। क्या मैं उसके लिए ज़रूरी हूँ? क्यों हूँ? क्या इसमें मेरा भी हाथ नहीं? क्यों मैं उससे उलझता हूँ? आप समझ रहे होंगे मैं बेकार हूँ, मजबूर हूँ। मैं झूठ बोल रहा था। मैं चाहूँ तो एक दिन बैठ के उसकी सारी हवा निकाल दूँ। वह कभी नहीं आएगा और कोई दूसरा खोज लेगा। इस शहर में उसके चाहनेवालों की कोई कमी नहीं है। मुझे अच्छी तरह मालूम है। मैं दो-टूक बोल सकता हूँ और उससे मुझे वैसा खतरा भी नहीं है। वह खुदकुशी भी नहीं करेगा। वह बाहर से जितना मुलायम और लिजलिजा है, भीतर से उतना ही भोथरा और सख्त है—उसे कोई नहीं पिचका सकता।

सच बात तो यह है कि मुझे उससे ईर्ष्या है। उसकी नैतिकता, वह चाहे जितनी गलीज़ हो, उसका अभेद्य कवच है, जबकि मेरी नैतिकता खुद मेरे लिए मखौल है। वह भगवान से, वेश्या से, नगरसेठों से, फ़कीरों से, सबसे अपना उल्लू सीधा कर सकता है और उसकी आत्मा पर एक भी खरोंच नहीं पड़ती। वह अपनी नालायकी को भी अच्छी तरह भुना लेता है। वह अपनी ग्लानियों से भी आत्मविश्वास कमाता है और अपनी गलीज़ कमज़ोरियों को भी दूसरों पर चिपकाकर उनका लहू पी सकता है और इस सबके बाद भी खुद को यकीन दिला सकता है कि वह तो सिर्फ़ भगवान् की इच्छा का पालन कर रहा है।

आखिर मैं यह सब उसके मुँह पर क्यों नहीं कह सकता? इस सीले हुए, उखड़े पलस्तर की दीवारों वाली कोठरी में मैं किसको यह सब सुना रहा हूँ? इससे उसका क्या बिगड़ता है? और मेरा क्या बनता है? वह अभी भी आराम से अपने सौ रुपये वसूल रहा होगा। वह जो कुछ बखानता है, उससे क्या मुझे घिन ही होती है? क्या वह मुझे नहीं जानता! उसके पास जो कारण है, मेरे पास तो नहीं है और फिर भी मुझे कुतुहल है—बेहद-बेहद कुतूहल है—मैं खुद जाके देखना और अनुभव करना चाहता हूँ कि वेश्या कैसी होती है, कैसे बोलती है और कैसे खुद को बेचती है और आदमी वहाँ जाते हुए या वहाँ से बाहर निकलते हुए कैसा दिखाई देता है और कैसा अनुभव करता है। बिना यह जाने मुझे कल नहीं पड़ेगी।

मैं भी कैसी फालतू बातें सोचता हूँ! क्या यह सच नहीं कि उससे सुन-सुन के और कल्पना के सहारे मैंने जितना जान लिया है, वह खुद उसके जानने से भी ज़्यादा है। बल्कि वह तो कुछ जानता ही नहीं...वह तो सिर्फ़ भोगता है... बल्कि जैसा वह बताता है, उस हिसाब से तो वह भोगता भी कहाँ है, सिर्फ़ खुजली

मिटाता है। फिर मैं क्यों चाहता हूँ वह एक दिन मुझसे कहे कि, "तुम भी मेरे साथ चलो उस नेपाली छोकरी के पास।" जबकि मैं जानता हूँ वह कभी नहीं कहेगा। वह मेरी सचमुच इज़्ज़त करता है और मेरे पास इस तरह आता है जिस तरह एक पापी एक पादरी के पास जाता होगा। जो असली पापी होता है वह पादरी की ज़रूरत समझता है और उसका इस्तेमाल करना जानता है। ईर्ष्या अगर होती होगी तो पादरी को ही होती होगी। उसको क्यों होने लगी—उस पुराने पापी को? मगर मैं भी उल्लू का पट्ठा हूँ—उसे खामखाह चढ़ा रहा हूँ। वह पापी-वापी कुछ नहीं है।

मैं शर्त बद सकता हूँ कि अपनी पैंतालीस बरस की ज़िन्दगी में उसने कभी एक क्षण के लिए भी यह नहीं सोचा होगा कि उसने कोई ग़लत काम किया है। ग़लत काम तो वह कर ही कैसे सकता है? सारे पाप-पुण्य तो उसके इर्द-गिर्द चक्कर काटते हैं। वह उनकी धुरी है। फिर वह मेरे पास क्यों आता है? क्या वह मुझे सिर्फ़ एक अच्छा आदमी समझता है और मेरी अच्छाई से अपने अहं की मालिश कराता है? याकि उसे सचमुच बहुत अन्दर से मेरी ज़रूरत है? अगर ऐसा हो, तो इसका मतलब यही न हुआ कि उसमें भी कहीं छेद है, वह भी कहीं से रिसता और टपकता है। मैं तो उससे नहीं दबता। उसके बर्ताव में मैं ढूँढ़कर भी ऐसा कुछ नहीं निकाल सकता जिससे मैं खुद को यह यकीन दिला सकूँ कि वह मेरा बुरा चाहता है। याकि मुझे निगलना चाहता है?

मैं कहाँ से उस पर चोट करूँ? वह कहीं से भी तो खुला हुआ नहीं है। जिरहबख़्तर पहने है वह अपने बारे में अपनी बहुत ऊँची राय का। और उससे ठीक उल्टी मेरी हालत है। जो कुछ मुझे दीखता है, इसी खड्ड से दीखता है। यह बर्दाश्त से बाहर है। क्या इसीलिए मैं चिल्लाता हूँ? क्या इसीलिए मुझे लगता है कि मेरी चिल्लाहट चाँद-तारों तक पहुँचती है?

जो हो, मुझे उस आदमी से नफ़रत करने का पूरा-पूरा हक है क्योंकि वह मेरी भावनाओं का शोषण कर रहा है और अनजाने कर रहा है। वह कैसे जानेगा? जानने और महसूसने के सारे दरवाज़े तो वह अपने ही हाथ से बन्द करता जा रहा है और एक दिन आएगा जब वह हाथ-पैर भी नहीं हिला सकेगा—पत्थर हो जाएगा और मैं तब भी उसके आस-पास नन्हे तिनके की तरह लहराऊँगा। मुझे कोई नहीं मार सकता क्योंकि मुझे हर कोई मार सकता है। मैं इतना निरीह हूँ कि मुझे हर कोई हलाल करना चाहता है। मैं वहाँ क्यों जाना चाहता हूँ—मुझे यहीं से सब कुछ दिखाई दे रहा है...वह नेपाली छोकरी और

उसकी छातियों में मुँह गड़ाए जाने क्या-क्या बड़बड़ाता वह मेरा दोस्त...मुझे साफ़ दिखाई दे रहा है।

हो सकता है अबकी वह काफ़ी आगे बढ़ जाए और वहीं पहुँच जाए जहाँ कि उसे पहुँचना है। आखिर वह कमला जिस तरह से 'काम करो और भागो' कहती थी, वैसा तो यह नहीं ही कहेगी। इससे, बहुत सम्भव है, वह सचमुच काम कर ही ले जाए और...और किस क़दर रोया था यह उस दिन वहाँ से लौट के...जब खोली पर ताला लटका मिला और पड़ोसी ने बताया कि 'कमला अब कभी नहीं आएगी। वह अपने देस चली गई है।' मुझे तो यह अजूबा ही लगता है कि कोई वेश्या वापस लौट जाए और वह भी कमला जैसी, जिसने इसे एक दिन चाँटा तक जड़ दिया था, कि "ये तेरा घर नहीं है। कोठे पे चढ़ा है तो कोठे जैसी बात कर।" वह कहाँ गई होगी आखिर? लौट के तो नहीं ही आई। क्या ऐसा भी हो सकता है? किसी दूसरी जगह गई हो तो एक बार हो भी सकता है। मगर अपने देस में...? भगवान् जाने। क्या पता वह भी किसी गवैये की मौसी हो! क्या उस गवैये जैसा दिल किसी और का नहीं हो सकता जो उस कमला का कुछ लगता हो या नहीं भी लगता हो और कमला के सम्पर्क में ठीक वैसे ही आ गया हो, जैसे मेरा दोस्त आया था और उस आदमी में कमला को सचमुच वैसा कुछ मिल गया हो, जिसका ग़न्दा थिएटर मेरे दोस्त ने उसे दिखाया था?

मुझे अपने दोस्त की इसी बेशर्मी से ईर्ष्या होती है। अगर मैं इसकी जगह होता—उतना ही ज़रूरतमन्द और उतना ही अन्धा...तो भी, उस चाँटे के बाद तो नहीं ही जाता...और यह उसके बाद भी साल-भर तक उससे बुरी तरह चिपटा रहा। मैं इसे अच्छी तरह जानता हूँ और इसीलिए तो यह भी मुझसे सब कुछ उगल देता है क्योंकि इसे भी मालूम है कि मैं इस सबके बावजूद इससे नफरत नहीं करूँगा। क्यों नहीं करूँगा आखिर?...इसका यह मुगालता मुझे तोड़ना ही पड़ेगा। कहीं वह नेपाली छोकरी...जैसा यह बताता है कि अभी एकदम फ्रेश है...कहीं वह इसके चक्कर में...? नहीं मैं इसके साथ ज़रूर जाऊँगा एक बार कम-से-कम। फिर दुबारा मिलूँगा उससे अकेले में, सिर्फ़ एक बार। और उसे सावधान कर दूँगा।

यों तो इसकी ज़रूरत क्या है—ऐसे लोगों से निपटने का गुर उसे सिखाया ही गया होगा।...फिर भी, हो सकता है...यह मुझे बताता था उन दिनों, कि कमला ही इसे ज़िन्दा रखे हुए है।...मैं जाऊँगा, ज़रूर जाऊँगा...एक दिन उस नेपाली छोकरी के पास और इसकी पोल खोल दूँगा—बता दूँगा उसे कि देखो ये आदमी,

तुम्हारे पास जितने लोग आते हैं, उन सबसे ज़्यादा खतरनाक है जो बिना कोई रिस्क उठाए सब कुछ पाना चाहता है और तुममें अपनी बीवी और प्रेयसी और माँ की, जाने किस-किसकी तलाश कर रहा है। इससे होशियार रहो और इसे मार डालो। ये तुममें काली का रूप देखता है; मगर अभी तक इसका सामना सच में किसी काली से पड़ा ही नहीं है। तुम तो इसे नंगा कर दो और ठीक वहीं पर निशाना लगाओ जहाँ पर चोट लगने से ये मर सकता है। तुम्हीं इसे मार सकती हो क्योंकि तुम्हीं इसका कवच हो। तुम अपना पेशा जानती हो। मगर उतना काफ़ी नहीं है।

इस जोंक को सचमुच मार डालना इतना आसान नहीं है। यह उल्टे सबको चूस लेता है और बखूबी बचा रहता है। यह इस कदर लिजलिजा है कि इसकी नस पकड़ना नामुमकिन है। मगर मैं तुम्हें बताऊँगा इसकी नस कहाँ है। मुझे सब पता है। मगर मुझसे नहीं होगा। यह काम सिर्फ़ तुमसे होगा और मैं तुम्हारे साथ हूँ। क्योंकि इसने मेरे साथ भी वही सलूक किया है। बिना तुम्हारी मदद के मैं इसका कुछ भी नहीं बिगाड़ सकता—सिर्फ़ जब ये चला जाता है मुझे इस खड्ड में फेंक के—तब सिर्फ़ चिल्ला भर सकता हूँ—जैसे अभी चिल्ला रहा हूँ।

रामरिख बाबू

मज़ा आ गया। रामरिख बाबू को सचमुच मज़ा आ गया। कछुए की तरह हफ्तों घर में घुसे रहने वाले रामरिख बाबू का जीवन आज मुद्दत बाद सब्ज़ी मार्केट में घुसते ही सहसा धन्य हो गया। "...और दो जनता पार्टी को वोट!...और हटाओ इन्दिरा को! फिर लेना ककड़ी आठ आने किलो।"...हाथ की ककड़ी हाथ से इस तरह छूट के गिरी कोट-पतलून वाले के, कि जैसे ततैया ने काट खाया हो। बाप रे बाप! एक कुँजड़िन का ये हौसला! क्या केंड़ेबाज़ औरत है! रामरिख बाबू जहाँ के तहाँ खड़े रह गए। दस सेकण्ड का वह 'सीन' उन्हें लगा किसी बढ़िया से बढ़िया ड्रामे से ज़्यादा याद रहेगा। क्या खा के ऐसा डायलॉग कोई बोलेगा।...किस क़दर कटा था वो कोट पतलून वाला...अरे, उसने उन्हें भले न पहचाना हो—वे खड़े ही ऐसी जगह पर थे—पर उन्होंने तो उसे पहचान ही लिया था। वाह रे वाह हाण्डू! अण्डर सेक्रेटरी! पैंतालीस बँगले वाले! तू एक कुँजड़िन से पिट गया? मज़ा आ जाएगा यार लोगों को...कल दफ्तर में घुसते ही...मुद्दत हो गई कोई चुटकुला सुनाए...। अरे, सारा दफ्तर मय बड़े बाबू के रामरिख के चुटकुलों के लिए तरस रहा है और रामरिख बाबू हैं कि औरों की ही नहीं, खुद अपनी ही नज़र में चुटकुला बने जा रहे हैं। साँप ही सूँघ गया है जैसे उनकी विदूषक प्रतिभा को।

दस सेकंड।... रामरिख बाबू अभी और दो-एक सेकंड खड़े रहते अगर ततैया की तरेरती आँखें उनकी सराहती आँखों से न टकरा गई होतीं। हड़बड़ा कर प्लास्टिक की कण्डी झुलाते हुए रामरिख बाबू फ़ौरन आगे बढ़ गए। कहीं मुझे भी कुछ जड़ न दे! इसका क्या भरोसा! अभी थोड़ा सब्जी मार्केट में टहलेंगे...आँख-कान सेंकते हुए उधर सोहागपुरी के यहाँ तक भटकेंगे। फिर लौटते में यहीं इसी कुँजड़िन के पास से लौकी-टिण्डे खरीद लेंगे। अभी जल्दी क्या है! अभी तो सात भी नहीं बजे। कितने दिनों बाद ये चहलपहल देख रहे हैं। पता नहीं क्या हो गया है आजकल

रामरिख बाबू को! न किसी से मिलना-जुलना अच्छा लगता है, न कहीं आना-जाना। बस पड़े-पड़े मोढ़े में बरामदे से जो एक टुकड़ा आसमान दिखाई देता है उसी को ताकते रहते हैं और सोचते रहते हैं। जाने क्या सोचते रहते हैं...। पूरी ज़िन्दगी इतना नहीं सोचा होगा जितना इन दो महीनों के अन्दर सोच डाला। रामरिख बाबू के अपने घर की बोली में वो मुहावरा है ना...सोच-गुम्म पड़ जाना...कुछ वैसा ही। गुम्म चोट का ऊपर से कुछ पता नहीं चलता,...जिसे लगती है, वही जानता है, बल्कि कभी-कभी तो वह भी नहीं जानता। सचमुच इन दिनों कोई लँगोटिया से लँगोटिया भी हाथ में हाथ लेकर और आँख में आँख डालकर पूछे, कि 'रामरिख बाबू किस सोच में पड़े हो?' तो रामरिख बाबू, जो यूँ अमूमन अपना जी हलका कर लेने का कोई मौका नहीं चूकते—कुछ भी नहीं बोल पाएँगे—बस टुकर-टुकर ताकते रह जाएँगे उस हमदर्द दवाखाने को...।

पन्द्रह बरस से जो जानते-पहचानते हैं उन्हें, उनकी भी हिम्मत नहीं कि रामरिख बाबू से कुछ कहें, कुछ पूछें। पहले-पहल लोगों को कुछ अजीब भी लगा हो तो अब नहीं लगता। मान लिया है मन-ही-मन लोगों ने इस बात को, कि रामरिख बाबू अब चुटकुले नहीं सुना सकते। क्यों नहीं सुना सकते? उन्हें हुआ क्या है...यह जानने में भी अब किसी को दिलचस्पी नहीं। रामरिख का मसखरापन भी एक रुटीन था और उसी तरह अब उनके लिए रामरिख की मनहूसियत भी एक रुटीन है। कारकुन से ज़्यादा रुटीन कौन समझेगा। पूछा तो था बड़े बाबू ने एक दिन कि—"अरे यार रामरिख बाबू, बहुत दिनों से कोई डायलॉग नहीं हुआ, क्या बात है?"—तो रामरिख बाबू ने बड़े ठण्डे लहजे में जवाब दिया था "बड़े बाबू, मैं तो खुद चलता-फिरता मोनोलॉग हूँ। डायलॉग क्या बोलूँ!"...कोई समझा हो, न समझा हो मगर उस दिन के बाद किसी ने रामरिख बाबू से डायलॉग की फ़रमाइश नहीं की।

...वो रहा अण्डर सेक्रेटरी! पहुँच गया ना अपनी जगह? सब्जी मार्केट के उस परले सिरे पर जो आमने-सामने दो रँगी-चुँगी दुकानें हैं, इनका नाम रामरिख बाबू ने 'चौहत्तर बँगले', रख छोड़ा है। चौहत्तर बँगले—माने सेक्रेटरी और डिप्टी सेक्रेटरी। यूँ इस पैंतालीस बँगले वाले को भी कई बार अपनी नायलॉन बीवी के साथ इन्हीं दुकानों से सब्ज़ी खरीदते रामरिख ने देखा है। बस में रामरिख बाबू चौदह सौ चौंसठ क्वार्टर्स से चढ़े थे—उसी बस में यह भी पैंतालीस बँगले से चढ़ा था और रामरिख बाबू को थोड़ा अचरज भी हुआ था कि आज यह बस में कैसे चढ़ रहा है। पिटने की शुरुआत भी दरअसल वहीं से हो गई थी कि

रामरिख बाबू बैठे थे और पैंतालीस बँगला खड़ा था और काफ़ी मुसीबत से खड़ा था। उससे भी हैरतअंगेज़ बात यह थी कि उसके हाथ में एक प्लास्टिक का झोला था। देखकर रामरिख बाबू के भीतर अरसा पहले सुना हुआ बड़े बाबू का एक वाक्य बज गया था—"इस महंगाई ने बड़े-बड़ों का पित्ता पानी कर दिया है",—और उसी के साथ अपना यह डायलॉग भी..."बस यही सोच-सोच के खुश रहिए बड़े बाबू",...और..."बड़े-बड़ों का पित्ता क्या पानी होगा बड़े बाबू! अपना ज़रूर पानी भी पित्त हुआ जा रहा है।"

...अरे ये तो यहाँ भी ककड़ी ही खरीद रहा है। कुछ सस्ता मिलने के लालच से गया होगा उधर। या फिर उसके यहाँ ज़्यादा अच्छी ककड़ियाँ रही होंगी। नहीं जी; जो ककड़ी उसके हाथ में थी उससे ज़्यादा हरी और ताज़ा तो वह कुंजड़िन दिखाई दे रही थी। माथे पर चौड़ी बिन्दी, पान रचे होंठ, बड़ी-बड़ी परवल जैसी आँखें...क्या मटक-मटक कर बोली थी वो डायलॉग!...भिंडी जैसी उँगलियाँ और लौकी जैसी बाहें और भटे जैसे—छी! मगर आज से पहले तो कभी दिखी नहीं। नई-नई आई है; मगर तेवर तो देखो, जैसे पूरी सब्ज़ी मार्केट बस उसी की सल्तनत हो। कैसे घूर के देखा था उसने...पता नहीं शायद उसने समझा हो मैं उसी को घूरने खड़ा हूँ। उसे क्या मालूम, मैं तो उसके डायलॉग का मारा हुआ हूँ।

रामरिख बाबू ठिठक कर चौहत्तर बँगले की बहार देखने लगे। पैंतालीस बँगले वाला ककड़ियाँ ले चुका था और अब परवल खरीद रहा था। क्या भाव होगी परवल? इस मौसम में एक बार भी परवल खाने को नहीं मिली। रामरिख बाबू को परवल बहुत पसन्द है। दही डालकर या फिर टमाटर में। पूरे बाज़ार में परवल सिर्फ़ इसी के पास है। रामरिख बाबू हिसाब लगाने लगे। सौ ग्राम ही सही...ज़्यादा से ज़्यादा पचास पैसे लेगा और क्या! रामरिख बाबू को कुछ याद आ गया। और वह मुस्कराने लगे। पता नहीं क्यों रामरिख बाबू को सब्ज़ी मार्केट में ही अपना बचपन याद आता है। उन्हें लगता है वे आदमियों के नहीं, सब्ज़ियों के बीच बड़े हुए थे।

रामरिख बाबू ज़रा हट कर 'चौहत्तर बँगले' के लड़के के पास खड़े होकर धनिया-मिर्च लेने लगे। उधर बाबू लाइन में पाँच-पाँच पैसे की ढेरियाँ लगी रहती हैं। यहाँ उतनी ही धनियाँ-मिर्च तीस पैसे की पड़ती है फिर भी रामरिख बाबू यहीं से खरीदते हैं। इतना रिश्ता चौहत्तर बँगले के साथ वे जोड़े रहना चाहते हैं। यहाँ बड़ी भीड़ होती है और दस पाँच मिनट खड़े-खड़े असली बाज़ार की चहल-पहल देखी जा सकती है। यह उनका रामझरोखा है। क़रीने से सजी सदाबहार

सब्ज़ियों का मेला वे निहारते रह सकते हैं। उनकी ठंडक और तरावट उनकी आत्मा में उतर जाती है। यह सब्जियों का त्यौहार है। ओलगी संगरात है...क्या मज़ा आता था उन दिनों! रामरिख बाबू के घर की दो दूकानें थीं। एक सब्ज़ियों की और दूसरी पान की। उनके बचपन ने यहाँ से वहाँ तक हरा ही हरा देखा। उसमें सब्ज़ियाँ ही सब्ज़ियाँ रहीं। कौन जानता था कि ऐसा भी वक्त आएगा जब बरसों तक रामरिख बाबू को एक सब्ज़ी से चलाना पड़ेगा और उसके बाद फिर ऐसा भी वक्त आएगा जब हफ्ते-हफ्ते तक सिर्फ आलू-प्याज़ के पानी में रोटी भिगोनी पड़ेगी।...रामरिख बाबू जो मुस्कुराए जा रहे हैं, उसकी भी वजह है। वहाँ सारी सब्ज़ियाँ मिलती थीं। बस एक परवल नहीं होती थी वहाँ। मगर कभी-कभी गर्मियों में पान की टोकरी खोलने पर उसमें तोहफ़े के तौर पर रखे दस-बारह परवल मिल जाते थे तो मज़ा आ जाता था। रामरिख बाबू के चाचा ने उन्हें बताया था कि परवल यूँ तो पान की बेल में ही लगने वाला फल है मगर इतना नाजुक और ऊँची जात का फल है कि उसी बेल में लगता है जिसकी जड़ों में पानी के साथ-साथ थोड़ा घी भी पिलाया गया हो। रामरिख बाबू ग्रेजुएट भी हो गए तब तक भी उनका यह पैदाइशी इल्म खोटा नहीं पड़ा था। आज भी, जबकि सारी पोल खुल चुकी है—आज भी रामरिख बाबू को परवल की सब्ज़ी में घी की खुशबू आती है।

लो, धनिया मिर्च भी मिल गई। मगर रामरिख बाबू अभी जहाँ के तहाँ खड़े सब्ज़ियाँ निहार रहे हैं। यह कैसी भीड़ है जो छँटने में ही नहीं आती! पता नहीं, इतनी सब्ज़ी लोग क्या करते हैं। रामरिख बाबू के कान उधर ही लगे हैं। वह परवल के भाव जानना चाहते हैं मगर कोई पूछ ही नहीं रहा है। परवल ही क्यों, किसी भी चीज़ का भाव कोई नहीं पूछ रहा है। रामरिख बाबू को सौ ग्राम परवल लेनी है... भाव पूछके क्या करना है। ''देना भाई सौ ग्राम परवल''...और नोट बढ़ा दो। जो रेज़गारी वापस आए उसे बिना देखे जेब में डाल लो...। रामरिख बाबू निश्चिन्त होकर आगे बढ़े और दो बॉब-कट मछिलयों से चौहत्तर बँगले वाले के निपटने का इन्तज़ार करते हुए नीचे टोकरी में रखी ककड़ियों के रोएँ सहलाने लगे। एकदम फ्रेश! जैसे अभी-अभी तोड़ी हों...अफ़सोस, कि रामरिख बाबू गैया न हुए कि एक मुँह तो मार ही देते! माल तो असली यहीं आता है। छँटा-छँटाया, बासी-तूसी, कचरा-मचरा भर उधर बिकने जाता है। जैसे भिखमंगे बैठे रहते हैं ना, ठीक उसी तरह दस-पाँच गाँव वाले वहाँ कद्दू और बैंगन-चौल ^ लेके बैठे रहते हैं। कभी-कभी कोई बनिया बासी गोभियों के बोरे खोल के बैठ जाता है।

ककड़ियाँ मिलती भी हैं तो ऐसी बदरंग, बेडौल और चीमड़, जैसे कद्दू के यहाँ पैदा हुई हों और भटे के संग ब्याही गई हों।

''कहिए बाबू जी!''

रामरिख बाबू चौंक पड़े। इस साले को कैसे पता चल गया मैं बाबू हूँ? महिलाएँ पर्स खोल रही हैं। ''परवल कैसे लगा रहे हो?'' रामरिख बाबू ने डपटकर पूछा और खुद ही झेंप गए। चौहत्तर बँगले वाला रेज़गारी गिन रहा है। रामरिख बाबू का जी चाहा फ़ौरन यहाँ से फूट निकलें—इसके पहले कि वह उन्हें भाव बताए, वे उसे ताव बता दें। इस बीच उन्होंने परवल छोड़ के ककड़ी खरीदने का फ़ैसला कर लिया था। अब कैसे होगा? एक ही चीज़ ले सकते हैं। दरअसल यहाँ आना ही नहीं था—बुरे फँसे। ''कहिए बाबू जी''...चौहत्तर बँगले वाला इस तरह मुस्करा क्यों रहा है? क्या उसने सुना नहीं? सुना होगा तभी तो हँस रहा है। इसमें हँसने की क्या बात है? रामरिख बाबू ने झोला आगे करते हुए लापरवाही से कहा—''सौ ग्राम परवल दो।'' और चौहत्तर बँगले वाला बजाय परवल तोलने के उन्हें ताके जा रहा है। ''क्या बात है बे?''...रामरिख बाबू के होंठों पर बुरी तरह फड़फड़ाया। ''सौ ग्राम परवल क्या करोगे बाबूजी! ढाई सौ ग्राम कहो तो तोल दूँ...''

''सुनो...अच्छा, रहने दो। ककड़ी तोल दो ढाई सौ ग्राम।''

''लाओ दो''—चौहत्तर वाले ने उकता कर डलिया आगे खिसका दी। रामरिख बाबू ने तीनेक छोटी-छोटी ककड़ियाँ उठा के डलिया में डाल दीं। ''लीजिए तीन सौ ग्राम हैं। पचहत्तर पैसे।''...रामरिख बाबू सकपका गए। पचहत्तर पैसे?...कहाँ आ फँसे!...उन्होंने दो का नोट जेब से निकाल कर यूँ बढ़ाया जैसे कलेजा निकाल के दे रहे हों। अब ले लो सवा रुपए में खरीद लो सारी मंडी। इतने में तीन दिन आराम से कद्दू खाते। बीवी देखेगी तो कहेगी यह क्या ले आए?

रामरिख बाबू का चेहरा घाम लगे कद्दू के कौंले पत्तों की तरह कुम्हला गया। ठीक तो कहा था उसने...''और दो वोट जनता पार्टी को। और हटाओ इन्दिरा को।''...कहाँ गई वो जनसंघर्ष समितियाँ? और कहाँ गए वे समाजवादी, जो दावा करते थे कि महीने भर के अन्दर इन व्यापारियों की अक्ल ठिकाने लगा देंगे? मूँगफली का तेल बारह रूपे किलो हो गया है। इन हरामियों को जनता ही ठीक कर सकती है। अगर बारह सौ पचास और चौदह सौ चौंसठ क्वार्टरों के सारे लोग धरना देके बैठ जाएँ और तय कर लें कि ककड़ी एक रूपे किलो से आगे नहीं जाएगी तो किसकी मजाल है जो चूँ भी कर जाए। सिर्फ इतना ही ये लोग

करें कि चौहत्तर बँगले वालों और पैंतालीस बँगले वालों को मार्केट में घुसने ही न दें। कह दें, आप लोग आलू-प्याज़ खाइए। हमें इनसे निपट लेने दीजिए जिन्हें आपने आसमान पै चढ़ा रखा है। फिर देखो तीसरे ही दिन भाव ज़मीन पर आते हैं कि नहीं।...रही बाकी चीज़ें तो...खरीदना ही बन्द कर दो एक महीना, दो महीना।...पीने दो इन चौहत्तर बँगले वालों को 'ग्रीन लेबल' और 'सुप्रीम'। अगर हर शहर के बारह सौ पचास और चौदह सौ चौंसठ वाले मिलके ये तय कर लें कि चाय पीनी ही नहीं है, खरीदनी ही नहीं तो झख मार के भाव गिरेंगे कि नहीं!, अरे, जब कोई पूछेगा ही नहीं, तो चीज़ें अपनी औक़ात में खुद-ब-खुद आ जाएँगी। अँग्रेज़ी राज में जैसे शराब की दूकानों पर लोग धरना देते थे वैसे ही अब हर चीज़ की दूकान पर धरना क्यों नहीं देते? समझ में नहीं आता इतनी ज़रा सी बात इन लोगों के ज़ेहन में क्यों नहीं घुसती। रामरिख बाबू की चाल एकाएक तेज़ हो गई। जनता पार्टी भी बेचारी क्या करेगी! वो क्या कहा था मोरारजी भाई ने—जिसे लेकर बड़ा तूफ़ान मचा था—फ़ज़ल भाई खामखाह लाल-पीले हो रहे थे। अरे ठीक तो कहा क्या ग़लत कहा मोरारजी भाई ने कि अमीर ही ग़रीबों का शोषण नहीं करते। मौका हाथ लगने पर गरीब भी अमीरों का और दूसरे ग़रीबों का शोषण करते हैं। मानना पड़ेगा भाई; झख मारके मानना पड़ेगा। रामरिख बाबू की बीवी के बच्चा होने वाला है। महीने भर से महरी की तलाश हो रही है मगर महरी नहीं मिलती। दस के रामरिख बाबू बीस देने को तैयार हैं मगर कोई तैयार नहीं है। क्यों नहीं है? इसलिए नहीं है कि रामरिख के यहाँ गैस का चूल्हा नहीं है, मिट्टी का चूल्हा है और उसके बरतन रगड़ कर माँजने पड़ते हैं जबकि उतनी देर में गैस वाले तीन घर निपटाए जा सकते हैं। साठ सीधे किए जा सकते हैं। बमुश्किल एक महरी तैयार हुई भी, तो पहले ही दिन खटक गई। क्योंकि उसने सर्फ की माँग की और रामरिख बाबू की बीवी ने कह दिया कि क्या तुम अपने घर में भी सर्फ से बरतन माँजती हो? इतना कहना था कि वो सीधे चल दी और लौट के नहीं आई। ये तो हाल हैं! महरियों को भी क्या दोष दें। महरियों को भी तो उन्होंने बिगाड़ा है जो चौदह सौ चौंसठ से लगी अरेरा कॉलोनी में रहते हैं और पचास रुपया महीना देकर 'सर्फ' से बरतन मँजवाते हैं। फिर काम वाले अकड़ेंगे क्यों नहीं? लालच की तमीज़ भी तो दूसरों को देख-देख के ही आती है।

रामरिख बाबू के पाँव अब उन्हें उस जगह ले आए थे जिसका सपना उन्होंने कल रात देखा था। सच में रामरिख बाबू ने कल सपना देखा था कि वे सोहागपुरी

पान खा रहे हैं। पूरे भोपाल में सिर्फ यही तो एक दूकान है जहाँ सोहागपुरी मिलता है। पान वाले का अपना बगीचा है पान का। उसने वादा किया है कि वह एक दिन ज़रूर रामरिख बाबू को अपना बगीचा दिखाने को ले जाएगा। रामरिख बाबू के जीवन की परम जिज्ञासाओं में एक यह भी है कि पान की खेती आखिर होती कैसे है। वैसे भी रामरिख बाबू को पनवाड़ियों और कुँजड़ों से कुछ ज़्यादा ही लगाव है। उन्हें लगता है उनका वर्ग-चरित्र वही है हालाँकि उनके पुरखे खेती-बाड़ी करते थे। दुकानदारी तो मजबूरी का नाम महात्मा गाँधी था और एक ही पीढ़ी चल पाया था। रामरिख बाबू भी जब कभी अपनी बाबूगिरी से अकुला जाते हैं, पान का ठेला लगाने की सोचते हैं। सोहागपुरी की दोस्ती ने इस मंसूबे पर धार चढ़ा दी है। पान थोक पै वो सप्लाई करेगा। और लगा के बेचेंगे रामरिख बाबू।...रामरिख के पान...लबों की शान'...। पूरे भोपाल में अपने ढँग की वह एक ही दूकान होगी जिस पर लोग मक्खियों की तरह टूटेंगे। इस शहर के लोगों को तो न पान लगाने की तमीज़ है, न खाने की। वो तो इन्हें यू.पी. वाले ही सिखा सकते हैं।

रामरिख बाबू का बीड़ा लग गया है। आज महीने भर बाद पान खाएँगे। मगर इसे तो जैसे कोई मतलब ही नहीं...इसे तो जैसे कोई फर्क ही नहीं पड़ता कि रामरिख बाबू इतने दिन तक क्यों नहीं आए। चल निकली है ना दूकान! इसलिए पट्ठे का दिमाग भी चल निकला है।

''क्यों भई?''—चवन्नी में से दस के बजाय पाँच पैसे का सिक्का पाकर रामरिख बाबू हैरत में आ गए।

''बाबूजी अब बीस कर दिए हैं। पंदरा में पड़ता नहीं खाता।''

'लूट साले तू भी लूट'...रामरिख बाबू सिक्का जेब में डालते हुए जिस रास्ते से आए थे उसी रास्ते तेज़ी से मुड़ चले। गया, ये चौरसिया भी गया। सबके सब चोर और लुटेरे हैं। उन्होंने मुड़कर देखा। चौरसिया उसी तरह व्यस्त था। मेरी नाराज़गी इसके लिए बेमानी है। पर ऐसा कौन है जिसके लिए रामरिख बाबू की नाराज़गी कोई माने रखती हो। मनहर आया था। कह रहा था क्या बात है भाभी कह रही थी तुम्हारे भाई साहब आजकल बेहद चिड़चिड़े हो गए हैं। ज़रा-ज़रा सी बात में झल्ला पड़ते हैं। बात रामरिख बाबू के कलेजे में उतर गई थी। सचमुच क्या वे इतने चिड़चिड़े हो गए हैं? मनहर नहीं बताता तो वे इस तरह सोचते भी नहीं। पहली बार ही जैसे उनको सूझा कि हाँ यह सच तो है। वे चिड़चिड़े तो हो ही गए हैं। पत्नी जब भी बाज़ार करके लौटती है, घर में एक

'सीन' क्रिएट हो जाता है। हर बार पत्नी वही एक जुमला दुहरा देती है। ''तुम तो जाने किस दुनिया में रहते हो''। सचमुच रामरिख बाबू की समझ में नहीं आता कि दुनिया क्यों बदलती है। जब वे नहीं बदले तो दुनिया को क्यों बदलना चाहिए। मगर जिस दिन से मनहर ने वो बात कही, रामरिख बाबू सोच में पड़ गए हैं। उन्हें यह मानने में बड़ी तकलीफ़ हो रही है पर मानना पड़ रहा है कि नहीं वे भी बदल रहे हैं–बुरी तरह बदल रहे हैं और सारी दुनिया इसी पर तुली हुई है कि रामरिख बाबू का दिमाग़ खराब हो जाए। अगर कोई जादुई मशीन हो जो मोढ़े पर पड़े-पड़े एक टुकड़ा आसमान को तकते रामरिख बाबू के भीतर चल रहे मोनोलॉग को ज्यों का त्यों छापता चले तो खासा उपन्यास बन सकता है। वह पूरा उपन्यास बन सकता है। वह पूरा उपन्यास एक लम्बी चिट्ठी की शक्ल ले लेगा और वह चिट्ठी उस टुकड़ा आसमान को ही सम्बोधित होगी। कहते हैं एक उपन्यास छपा है जिस पै नोबेल पुरस्कार भी मिला है और उसमें ऐसी कई चिट्ठियाँ हैं। रामरिख बाबू के घर जो अखबार आता है 'नई दुनिया'–उसी से उन्हें उस उपन्यास का पता लगा है। बड़ी कुलबुलाहट होती है रामरिख बाबू को...काश! वह उपन्यास वे भी पढ़ सकते। देखते तो सही उसका हीरो ऐसा कैसे है। मगर रामरिख बाबू को इतनी अँग्रेज़ी कहाँ आती है। रामरिख बाबू के लिए वह सिर्फ एक अफवाह है। मगर कितनी प्यारी अफवाह! वे उस पर सौ फ़ीसदी यकीन करते हैं। यह आइडिया ही कितना ग़जब है कि उपन्यास का हीरो और कुछ न करे, बस चिट्ठियाँ लिखता रहे–कभी प्रधानमन्त्री को, कभी एक दिवंगत सन्त को, कभी भगवान् को। ज़्यादातर चिट्ठियाँ उसमें भगवान के नाम की हैं–अखबार में यही लिखा था और वे ही सबसे ग्रेट हैं। रामरिख बाबू को तब से यही लग रहा है कि ऐसे एक हिन्दी उपन्यास का हीरो बनने के सारे के सारे लक्षण उनमें मौजूद हैं। फ़र्क अगर पड़ेगा तो सिर्फ इतना पड़ेगा कि जहाँ उस अँग्रेज़ी उपन्यास का हीरो उन सारी चिट्ठियों को मन-ही-मन लिखता और मन-ही-मन छोड़ता है, वहाँ रामरिख बाबू का हिन्दी हीरो कुछ चिट्ठियाँ सचमुच लेटर बॉक्स में छोड़ देगा। रामरिख बाबू के पास जो सर्वोदय वालों की डायरी है उसमें उन्होंने प्रमुख-प्रमुख नेताओं के घर के पते टीप रखे हैं। उसमें कदमकुआं का नम्बर सबसे पहला है। अभी चौहत्तर बँगले के यहाँ से ककड़ी खरीद के जब रामरिख बाबू सोहागपुरी की तरफ बढ़ रहे थे तो उनके दिमाग में एक पक्का इरादा बना था कि अब कदमकुआं को बस आज ही रात बैठ के लम्बी चिट्ठी लिख डालनी है। सुनते हैं, वहाँ सब की सुनवाई होती है। रामरिख की भी होगी।

अच्छा तो ये होता कि रामरिख खुद वहाँ जा के मिलते और मुखा-मुखी बात करते। पर इतने बड़े नेता के पास इतना वक्त कहाँ?...और मिलना हो भी जाए तो उनके सामने मारे श्रद्धा और भक्ति के रामरिख बाबू की घिग्घी ही बँध जाएगी। यह भी हो सकता है कि बजाय बोलने के वे रोना ही शुरू कर दें। नहीं नहीं! इससे तो पहले चिट्ठी लिख के डाल दें—वो ज़्यादा अच्छा होगा। उस चिट्ठी में वे अपना दिल और दिमाग दोनों उँड़ेल देंगे। वह उनका नैवेद्य होगा। वह उनके भावों की बाढ़ होगी! ऐसी बाढ़ जो खुद अपना बाँध बना लेगी और रामरिख को डूबने से बचा लेगी।

रामरिख बाबू फिर उसी सब्ज़ी मार्केट से गुज़र रहे हैं पर अब उनकी आँखें कुछ भी नहीं देख रही हैं। कान कुछ भी नहीं सुन रहे हैं। वे भीतर ही भीतर डबडबा रहे हैं...उन्हें एकाएक एक कविता याद आई है जो फ़जल भाई ने सुनाई थी।...फ़जल भाई खुद कितनी बढ़िया शायरी करते हैं। पर एक ही ऐब है उनमें...वे अब भी इन्दिरा गाँधी को छोड़ नहीं पा रहे हैं। जब देखो तब जनता पार्टी की बुराई करते हैं। रामरिख बाबू को इससे बहुत डर लगता है...वे बहस नहीं कर सकते...कभी-कभी उन्हें फ़जल भाई की बातें ठीक-ठीक लगने लगती हैं जिससे अकुला कर वे और ज़ोर-ज़ोर से 'नहीं-नहीं' करने लगते हैं। उन्हें अपने चारों ओर फ़जल भाई ही फ़जल भाई दिखाई देने लगते हैं। अब देखो ना, वो औरत भी तो यही कह रही थी। क्या फर्क है उसमें और फ़जल भाई में? अगर फ़जल भाई से लगाकर उस कुँजड़िन तक सारे के सारे लोग इसी तरह सोचने और बोलने लगे तो क्या होगा? अन्धेर हो जाएगा अन्धेर!...''और दो भोट जनता पारटी को। और हटाओ इन्दिरा को?''

...बाप रे बाप! इससे बड़ा अपशकुन क्या होगा कि जिनके सुबह के बाद शाम के खाने का भी भरोसा नहीं है, वे ही लोग इस तरह मखौल उड़ाने लगें अपनी ही करनी का। अपनी ही बुद्धि का। यह मखौल नहीं तो क्या है। ... मगर ये लोग कर भी तो ऐसा ही रहे हैं।...लक्षण अच्छे नहीं हैं...रामरिख बाबू के कानों में कोई फिर से चिल्लाने लगा 'और दो जनता पारटी को भोट'...! नहीं! कुँजड़िन, नहीं!...मैंने भी जनता पार्टी को ही भोट दिया था। उस दिन मैं सुबह पाँच बजे ही उठ गया था। और छः बजे नहा धोके तैयार हो गया था। पत्नी बोली थी—''तुम तो ऐसे तैयार हो रहे हो जैसे पूजा करने जा रहे हो''। मैंने कहा था ''तो और क्या! पूजा करने तो जा ही रहा हूँ। चलो तुम भी चलो। पहली बेलपत्री हमीं दोनों चढ़ा आएँ।'' उसकी समझ में क्या आता। उसमें और इस

कुँजड़िन में फर्क ही क्या है!...नहीं! ...वह नहीं आई, सो नहीं आई। और मैं ही अकेला गया और सबसे पहला भोट मेरा ही पड़ा।

रामरिख बाबू ठिठक गए। आलू प्याज़ तो ले ही लें, फिर उस ततैया के यहाँ से लौकी-कद्दू ले लेंगे। लौकी यूँ महँगी है पर उसकी लौकियाँ बासी दिख रही थीं। क्या पता दे ही दे। तीस पैसे बचेंगे उसमें पाव भर भी मिल जाए तो चलेगा। वह आइडिया बढ़िया आया। कदमकुआं की चिट्ठी की इससे बढ़िया शुरुआत क्या होगी?...''नर जिसकी अनझिप आँखों में, नारायण की व्यथा भरी है''...सबसे ऊपर टॉप पर इन्वटेंड कॉमा में इसे जड़ दूँगा।...जैसे उन्हीं पै लिखी गई हो। नाम भी हू-ब-हू मिल जाता है और काम भी। उन्हीं की मूरत है बिलकुल। समझ ही जाएँगे। पढ़ भी लेंगे आगे मेरी सारी बकवास। ...मेरे परम पूज्य या परम आत्मीय नेता! ...नहीं, यह तो नहीं जमा।...बाबूजी कहो, बाबूजी। डॉक्टर राजेन्द्र प्रसाद भी बाबूजी ही कहलाते थे। इस देश की जनता की पुरानी आदत है कि जिसे सबसे ज़्यादा प्यार करती है उसे बापू या बाबूजी कहने लगती है। ठीक भी है।...तो यही तै रहा।

रामरिख बाबू ने घड़ी पर नज़र डाली। अभी नौ नहीं बजे। नौ बजते-बजते घर पहुँच ही जाएँगे। पत्नी को आजकल घबराने का रोग लगा है। चौदह सौ चौसठ में इधर आए दिन चोरियाँ हो रही हैं। सुना है बड़े घरों के लड़के भी इसमें शामिल हैं। तो क्या वे तफ़रीहन चोरियाँ करते हैं? वैसे भी घर में रखा क्या है जो चोर आएँगे। चोर इतने उल्लू के पट्ठे नहीं होते कि फूटे बर्तन-भाँड़े और चिथड़े उठाने आएँ। दो-चार गहने जो थे, सो भी बबलू को इस साल पोलीटेकनिक में दाखिल करवाने में उठ गए। अब बचा क्या। खाक?

पत्नी ज़रूर बिगड़ेगी कि बारह आने पैसे क्यों ककड़ियों में फूँक आए। अरे फूँक दिए तो फूँक दिए। क्या मैं इतना गया—बीता हो गया कि एक ककड़ी तक नहीं खा सकता? बहुत ही कुढ़ी तो कह दूँगा चलो आज सब्ज़ी मत बनाओ; रायता ही बना डालो। वह सचमुच इनका रायता बना डालेगी। उसका बस चले तो वह मेरा भी रायता बना के रख दे। बस स्टॉप पर जाने कितनी देर खड़ा रहना पड़े। अपने हिस्से की ककड़ी क्यों न वहीं खड़े-खड़े टूँग लूँ। फिर बने बाकी का रायता। मेरी बला से।

कुँजड़िन अपनी ओर आते हुए रामरिख बाबू को बड़े गौर से देख रही है। 'यह वही आदमी है जो अभी थोड़ी देर पहले मुझे खड़ा-खड़ा घूर रहा था'... उसके चेहरे पर रामरिख बाबू को यही लिखा मिला। उन्होंने जेब में पड़ी अठन्नी को

फिर से छू के टटोला। कहीं ऐसा तो नहीं कि वह चवन्नी ही हो। नहीं, वह अठन्नी ही थी। आश्वस्त होकर रामरिख बाबू ज़मीन पर बैठ गए और दो मरगिल्ली लौकियों पर नाखून गड़ाते हुए उनके स्वाद और भाव को इकट्ठा भाँपने लगे। तभी उनके कान में एक कर्कश आवाज़ पड़ी "ऐ बाबू! ये क्या कर रहे हो? लेना हो तो लो। नहीं तो जाओ।" रामरिख बाबू मुस्कराने लगे। उनकी समझ में नहीं आया वे क्यों मुस्करा रहे हैं। "ये कटेगी भी?" उन्होंने मुस्कराते हुए पूछा—"क्या भाव दे रही हो?" कुँजड़िन ने झटके से लौकी उनके हाथ से छीन ली और छन्न से उसके दो टुकड़े कर दिए। "क्या हुआ है इसको? बोलो।"..."पाव भर दे दो"—रामरिख बाबू बोले—"...पाव भर का भाव क्या पूछते हो? अच्छी पूरी लौकी कटवा दी। आधी तो ले जाओ कम-से-कम!...ये लो तीन पाव है, चलो बारह आने दे दो। तुम भी क्या कहोगे।" "...अरे! कहाँ है भई तीन पाव? लो अठन्नी रखो"—झोला फेंकते हुए रामरिख बाबू बोले। अठन्नी उन्होंने कुंजड़िन के आगे फेंक दी।

मगर कुँजड़िन ने लौकी वापस टोकरी में डाल ली और अठन्नी ज़ोर से रामरिख बाबू के झोले में फेंकती हुई बोली—"अठन्नी में बाज़ार ही खरीद लो ना।"...रामरिख बाबू झम्म से उठे और चल दिए। पीछे से सुनाई दिया—"लौकी खाएँगे! कद्दू खाओ कद्दू।"

डॉन क्विकजोट

पता नहीं उसका क्या नाम था। कुंदन सिनेमा में गेटकीपरी करता था, इतना ज़रूर याद है। सिनेमा का गेटकीपर—वह भी एक छोटे-से कस्बे का—एक बाज़ारू लड़के के लिए काफ़ी महत्त्व रखता है। वह भी ऐसा, जैसे कोई ट्रैजिक हीरो ही रोल करते-करते परदे से टपक पड़ा हो। उस जैसा धीर और गम्भीर गेटकीपर शायद ही आज तक किसी सिनेमा हॉल को मिला हो। कम-से-कम मुझ पर तो उसकी ऐसी ही छाप पड़ी हुई है जो इतने बरसों बाद भी अभी तक ज्यों की त्यों बरकरार है। पता नहीं, क्यों इन्हीं दिनों बार-बार वह मेरे दिमाग़ पर दस्तक दे रहा है। मैं समझ नहीं पा रहा हूँ, वह क्यों इस कदर मेरे पीछे पड़ा हुआ है। क्या लेना-देना है उसे मुझसे? क्यों चाहता है वह कि मैं उसका बाकायदा आवाहन करूँ? जैसे सुना, कुछ लोग मृतात्माओं का करते हैं।

वह बहुत ही कम—शायद ही कभी—बोलता था और जब बोलता था तो ऐसा लगता था जैसे बोलने में उसका मुँह दुख रहा हो। आवाज़ भी उसकी सचमुच के गले से नहीं, किसी गहरे कुएँ से आती प्रतीत होती थी। दूर से यों वह खासा लम्बा दीखता था पर जैसे-जैसे वह पास आता जाता वैसे-वैसे उसका क़द सिकुड़ता जाता। हाथ की उँगलियों के बीच हमेशा जलती सिगरेट होती। सिगरेट नहीं तो चाय का गिलास। जैसे अन्न खाकर नहीं, सिगरेट और चाय पी-पीकर ही वह इतना बड़ा हो गया हो—कुछ ऐसी उसकी काठी थी। ऐसी अतल उदास आँखें और हमेशा भिंचे रहने वाले होंठ मैंने और कहीं देखे हों, मुझे याद नहीं पड़ता। हालाँकि यह लिखते-लिखते उसका हुलिया और प्रसिद्ध चित्रकार रामकुमार की एक शुरू के दिनों की पेंटिंग अनायास एक साथ आँखों में उभर रही हैं। मैं अलग नहीं कर पा रहा हूँ दोनों को एक-दूसरे से—पता नहीं क्यों। एक खड्ड-सा खुला जा रहा है—मेरी याद्दाश्त के बीचोंबीच...और वह उसमें धँसा जा रहा है...मुझे भी अपने साथ लेकर। नहीं! मैं उसे धँसने

नहीं दूँगा। बमुश्किल कितनी मुद्दत बाद तो वह मेरी पकड़ में आया है। मैं कैसे उसे फिर से गुम हो जाने दूँ?

वह आ रहा है...कुंदन सिनेमा की ड्यूटी पूरी करके जब वह जौहरी बाज़ार की ओर आता है, तब ऊपर गंगोला मुहल्ले के मोड़ पर मुझे वह इस तरह प्रकट होता दिखता है जैसे वाक़ई ज़मीन के भीतर से निकल रहा हो और धीरे-धीरे ऊपर आ रहा हो। उसकी चाल-ढाल कुछ ऐसी है जैसे सचमुच का जीता-जागता आदमी नहीं, एक तस्वीर चल रही हो अपनी चौखट समेत। बस वही एक कत्थई कॉर्डराय की पैंट, वही एक धारीदार कमीज़ और वही एक स्वेटर...फिर भी कितना सुघड़ और सलीकेदार! कौन कहेगा उसे, गेटकीपर है! वह तो मालिक है उस जादूघर का। हाँ जो मालिक कहलाता है, वह ज़रूर गेटकीपर लगता है। मैं उसका इशारा समझता हूँ और गेट पर पहुँच जाता हूँ। खेल शुरू होने के कुछ मिनट बाद। ऐसा कम ही होता है कि मुझे बिना खेल देखे वापस लौटना पड़े। साढ़े पाँच आने वाली एक सीट वह मेरे लिए कैसे मुफ्त बचा लेता है यह राज़ मैं किसी को क्यों बताऊँ? यह मेरे और उसके बीच की बात है। इसमें मेरे स्कूल और मुहल्ले के दोस्त कहाँ आते हैं! मैं चाहूँ तो फिल्मों के बारे में उन्हें ऐसी-ऐसी बातें बता सकता हूँ जिन्हें सुनकर उनकी जान जल जाए। यह मैं चाहता भी हूँ—उनकी जान जलाना—मगर...इसमें मेरा भेद खुल सकता है। मेरे दोस्त को भी परेशानी हो सकती है। क्या मैं इतना भी नहीं जानता?

यह कुंदन सिनेमा की बात है जो हमारे जौहरी बाज़ार से कोई फर्लांग भर की दूरी पर ऊपर पलटन बाज़ार में पड़ता है। पर मेरे हीरो का कार्यक्षेत्र वहीं तक सीमित नहीं है।

जौहरी बाज़ार यानी सुनार मुहल्ले के बीचोंबीच, जहाँ मेरा घर है, उसी के दुमंज़िले की खिड़की पर लगे कैमरे की आँख अब जिस जगह पर केन्द्रित है वहाँ पत्थरों से पटे बाज़ार के फर्श पर वह सिगरेट पीता खड़ा है। उसके पाँवों के पास कई छोटी-छोटी ढेरियों में सजी छोटी-छोटी किताबें हैं। अभी थोड़ी ही देर पहले उसकी जगह मैं था। वह चूँकि सिनेमा का गेटकीपर है, इसलिए गेटकीपरी से बची फुर्सत की घड़ियों में वह ये किताबें बिछाकर बैठता है। नहीं, बैठा हुआ तो उसे कभी नहीं देखा गया। बैठने का काम मेरा है। या किताबें हैं जो बैठी रहती हैं। वह तो सिगरेट या चाय पीता हुआ पास ही खड़ा रहता है। या टहलता रहता है मेरे इंतज़ार में। बीच-बीच में वह एक नज़र कलाई पर बँधी घड़ी पर डाल देता है और एक नज़र मेरी दुमंज़िले वाली खिड़की पर।

यह चलती-फिरती दूकान है। शाम का शो शुरू होने के वक्त यह दूकान यहाँ से उठकर कुंदन सिनेमाहाल के बरामदे में तीसरे दरजे के गेट के सामने चली जाएगी। 'अनमोल रतन', 'अछूत कन्या', 'रामराज्य', 'डॉक्टर कोटनिस की अमर कहानी'...फिल्मी गानों की किताबें। इन गानों की किताबों के अलावा दो-तीन ढेरियाँ और होती हैं—बिलकुल अलग तरह की किताबों की। ये अलग तरह की किताबें सिनेमा के गानों की किताबों की तरह नई न होकर सेकिंड होतीं। लोग आते और उन्हें उलटते-पलटते। पर, बस उलटते-पलटते। खरीददार कोई बिरला ही होता। उनके दाम भी चार आने से लगाकर एक रुपए तक हुआ करते थे। हाँ, अब याद आया, पहले ये किताबें किराए पर दी जाती थीं। पर वह घाटे का सौदा साबित हुआ! लोग ले जाते और फिर लौटाते नहीं। इस तरह कई किताबें गायब हो गईं जिन्हें, जैसा कि उसने काफ़ी बाद में मुझे एक दिन बताया, वह किसी भी कीमत पर नहीं बेचता। तब फिर उनकी नुमाइश लगाने की क्या तुक थी? बस इतना ही, कि देखें लोग कुछ पढ़ते भी हैं कि नहीं। उसे इस बारे में कोई मुग़ालता नहीं कि जो लोग किताबें लेकर नदारद हो गए, वे सचमुच उनके प्रेमी थे। प्रेमी वह, जो प्रेम की कीमत चुकाने को तैयार रहे। ये पढ़े-लिखे अनपढ़ क्या जानें, क्या असली है, क्या नकली। सोचते होंगे, इस आदमी के लिए तो ये रद्दी हैं, कबाड़ है। अरे, अगर ऐसा ही होता तो मैं नाममात्र का किराया लेकर लायब्रेरी क्यों चलाता?

मैं शायद उसके मन की बात को अपनी तरह से समझा रहा हूँ। मुझसे वह इतना बोलता ही कहाँ था! पर मुझे यक़ीन है—पक्का यक़ीन, कि मैं उसके मन की बात को समझने और समझाने में कोई गलती नहीं कर सकता। इस यक़ीन की वजह आप मुझसे पूछें तो मैं वह भी साफ़ नहीं बता सकूँगा। मैं, यानी एक सातवें दरजे में पढ़ने वाला लड़का, जो उसकी ग़ैरहाज़िरी में उसकी उस दूकान की देखभाल किया करता था। पता नहीं कैसे करता था! आखिर मुझे स्कूल से लौटते-लौटते साढ़े तीन या चार तो बज ही जाते होंगे। दिन का शो चूँकि तीन बजे शुरू होता है इसलिए ढाई बजे से तो वह गेट पर तैनात हो ही जाता होगा। उस बीच कौन उसकी किताबों की देखभाल करता था? इंटरवल के दौरान भी तो बाहर जाने का पास बाँटने को वह गेट पर मौजूद रहता ही था। उस वक़्त ज़रूर वह दूकान मेरे ज़िम्मे होती थी और शाम के शो के वक़्त भी।

बस थोड़े-से अधन्ने, थोड़ी-सी इकन्नियाँ और दो-चार दुअन्नियाँ। उसके

आने का समय भी हो ही रहा है। अक़्सर दो रुपया भी पूरा नहीं होता। लड़के को बहुत ही शर्म आती है, बहुत ही बुरा लगता है, जिस दिन यह रक़म एक रुपए तक भी नहीं पहुँच पाती। पर गेटकीपर के चेहरे से कुछ भी पता नहीं चलता। बिक्री ज़्यादा हो या बहुत कम हो, वह उसी निर्विकार मुद्रा में लड़के के पास से पैसे लेकर उन्हें गिने बगैर, एक नज़र तक उन पैसों पर डाले बिना उन्हें अपनी पैंट की जेब में डाल लेता है और एक इकन्नी निकालकर लड़के की ओर बढ़ा देता है? पर यह क्या? लड़का 'नहीं-नहीं' क्यों कर रहा है। इधर-उधर क्यों हो रहा है? यह उसकी मेहनत की कमाई है आखिर। जितनी देर वह वहाँ गेटकीपरी करता रहा था, उतनी देर उसकी इस जागीर की देखभाल करने की कीमत। क्या उसे झेंप लग रही है? किस बात की झेंप? उसकी गाढ़ी कमाई के इन थोड़े से पैसों में भी अपना हिस्सा वसूल करने की झेंप? यानी मुफ़्त सिनेमा देखने के अहसान के ऊपर इस दूसरे अहसान का भी बोझ न उठा पाने की झेंप?

उस लड़के की भी तो एक अपनी दूकान है—उसके पिता की सब्ज़ी की दूकान—उसी मुहल्ले में। शाम को कभी-कभी उसे वहाँ भी तो बैठना पड़ता है। बादामी रंग की एक मोटी-सी कॉपी में उनका हिसाब दर्ज है। महीने की पहली तारीख से दसवीं तारीख के बीच उधारी होती है। पर लड़के को पता है, कम-से-कम आधे ग्राहक हिसाब नहीं करते। और पिता की हिम्मत नहीं, कि पैसे चुकाए बिना उन्हें सब्ज़ी देने से इनकार कर दें। रोज़ शाम को लड़का जब अपने पिता के सामने खड़ा होता है तो पिता उसके हाथ में एक छेदवाला ताँबे का सिक्का पकड़ा देते हैं जिससे सिर्फ सिंगडुवा लाला के यहाँ की गुड़ की चाशनी को फेंटकर खींची गई एक पतली-सी लाल रंग की लमलाकड़ी भर खरीदी जा सकती है और कुछ भी नहीं। इकन्नी से बड़े-बड़े काम हो जाते हैं। इकन्नी में चार गरम जलेबियाँ आ जाती हैं। इकन्नी में आलू-मटर की प्लेट आ जाती है। इकन्नी में दानसिंह के बक्से के भीतर मोटे ऊनी कपड़े में लिपटी और चाकू से काट-काटकर पांगर के पत्ते पर परोसी हुई मलाई बरफ भी खाई जा सकती है। ज़ाहिर है कि अगर लड़के ने ये सारे ऐश किए हैं तो गेटकीपर के सौजन्य से प्राप्त उन इकन्नियों के बूते पर ही। फिर क्यों इधर हाल-हाल में वह इतने नखरे करने लगा है? लेता क्यों नहीं चुपचाप अपनी मज़दूरी? ज़रा इस दृश्य को तो देखिए, जिसमें वह कत्थई पैंट और धारीदार कमीज़ वाला आदमी अपना इकन्नी वाला हाथ उसी तरह लड़के की ओर बढ़ाए चुपचाप खड़ा रह गया है और लड़का उसकी गिरफ़्त से छूटकर तेज़ भागता हुआ सामने अपने घर में दाखिल हो गया है। अब वह दुमंजिले की

अपनी कोठरी की खिड़की पर झूलती बाँस की चिक के पीछे छुपा हुआ अपने हीरो दोस्त की हैरान मुखमुद्रा का मज़ा ले रहा है। अब यों तो वह आदमी भी उसी ओर देख रहा है। परन्तु लड़के को पता है कि वह उसे खुद नहीं दिखाई देगा। यह भी एक सिनेमा है—कितना मज़ेदार सिनेमा! कि आप तो सबकी एक-एक हरकत देख रहे हैं मगर आपको कोई नहीं देख पा रहा है। लगता है, गेटकीपर की हैरान मुखमुद्रा, उसके सख्ती से भिंचे हुए होंठ भी अब कुछ ढीले पड़ गए हैं, पिघल रहे हैं। क्या वह मुस्करा रहा है? ग़ौर से देखने पर लड़के को तो यही लगता है कि वह मुस्करा रहा है। हालाँकि कोई और इस मुस्कराहट को नहीं भाँप सकता। सिर्फ लड़का है जो भाँप रहा है। और उस मुस्कराहट का जो भी मतलब है, उस मतलब को भी बख़ूबी समझ रहा है। हालांकि उस आदमी को मुस्कराते हुए कभी किसी ने नहीं देखा होगा। उसके माँ-बाप तक ने नहीं। क्या यह अचरज की बात नहीं! कि इस पूरे मुहल्ले में उसकी किसी से दोस्ती नहीं। दोस्त के नाम पर, संगी-साथी के नाम पर जो कुछ है, बस यह लड़का है। और इस दोस्ती का श्रेय भी इन दोनों में से किसी को नहीं, सिर्फ इन किताबों को है। न ये किताबें होतीं, न लड़का इनके आसपास मँडराया होता; और न इस तरह इस आदमी का ध्यान ही लड़के की ओर आकर्षित हुआ होता। पता नहीं कब लड़के ने अपने आप ही उसकी ग़ैरहाज़िरी में उसकी किताबों की चौकीदारी संभाल ली। उसके बाद भी तो बहुत दिनों तक वह इस लड़के के साथ एक अवाक् चित्रपट की तरह ही पेश आता रहा था। नहीं? यह तो अभी हाल की ही बात है कि उसके वे भिंचे हुए होंठ भी हरकत करने लगे हैं, और लड़के के साथ इन दिनों वह कुछ अजीबोगरीब, मगर बेहद दिलचस्प बातों का भी साझा करने लगा है। खासकर तब से, जब से लड़के ने अपनी इकन्नी ठुकराने का सिलसिला शुरू किया है।

लड़के के पास कई रीलें हैं फिल्मों की। आदमी की दी हुई। फिल्म कैसे बनती है, यह भी उस आदमी ने उसे समझाने की कोशिश की है, हालाँकि कहना मुश्किल है—वह समझा भी कि नहीं। पर ये जो सिनेमा के गानों के अलावा दो-तीन ढेरियाँ हैं किताबों की, उनकी बदौलत अब एक दूसरी ही दुनिया उसके भीतर खुल रही है जो उसे उन रीलों से भी ज़्यादा दिलचस्प लग रही है। एक बोरा ले आता है वह रोज़ अपने घर से। और वहीं बाजार के फर्श पर घंटों बैठा रहता है—उन किताबों को उलटता-पलटता।

बाज़ार से ज़्यादा दिलचस्प और आँख-कानों को रिझाने वाली भला और क्या चीज़ हो सकती है! खुले उजाले में कई-कई परदों पर एक साथ चलने वाला सिनेमा। सिनेमा की रील तो हद से हद ढाई-तीन घंटे चलती है। मगर बाज़ार तो सुबह से शाम तक चलने वाला अखंड सिनेमा है। कभी एक पल के लिए भी न रुकने वाला। लड़का आखिर इसी बाज़ारू-मिट्टी में उगा-पला-बढ़ा है। घंटों अपनी खिड़की पर या नीचे अपनी दूकान पर बैठा-बैठा वह इस सदाबहार लीला को देखते रहने का अभ्यस्त है। उसका प्रिय खेल—'सेवन टाइम' का खेल—भी अक्सर शाम को इसी बाज़ार में सम्पन्न हुआ करता है। उतनी देर को उसे अपनी यह किताबों की दूकान भी समेटकर एक कोने में या किसी दूकान के भीतर रख देनी पड़ती है। साल में कम-से-कम तीन-चार बार रास-मंडली और नौटंकी वाले भी यहीं अपना कार-बार जमाते हैं। मील भर लम्बा पत्थरों के बाज़ार का सबसे सपाट और चौड़ा हिस्सा यही तो है। इससे बढ़िया रंगमंच और कहाँ मिलेगा!

मगर यह भी क्या बात हुई कि अचानक इस रोज़मर्रा की सदाबहार लीला को एकबारगी परे धकेलकर एक दूसरा ही करिश्मा लड़के के सामने खड़ा हो गया जिसने जैसे रातोंरात उसकी दुनिया बदल डाली। इन ढेरियों में आखिर उसे ऐसा क्या मिल गया जिसके आगे मलाई-बरफ फीकी है, आलू-मटर की चाट भी बेस्वाद है, घर और स्कूल और खेल की जानी-पहचानी दुनिया भी जाने कहाँ बिला गई? बस यह किताब है और वह है। बल्कि वह भी कहाँ है! सिर्फ यह किताब के भीतर की, किताब के ही जादू पर टिकी हुई दुनिया है जिसके भीतर दाखिल होते ही बाहर की दुनिया एकदम बाहर ही रह जाती है। बेशक सिनेमा में भी यही होता है। मगर...सिनेमा की बात कुछ और है; इसकी बात कुछ और है। सिनेमा पहली बार देखा तब जैसा जादू लगा था अब वैसा नहीं लगता। सब एक जैसे ही लगते हैं। नहीं, यह सिनेमा का जादू नहीं है। कोई और ही जादू है जिसमें रील-फील, हाल-फाल, परदा-फरदा कुछ भी नहीं चाहिए। जिसमें फर्स्ट क्लास, सेकिंड क्लास, थर्ड क्लास कुछ नहीं। बोरे पर बैठकर भी बालकनी का मज़ा आता है। काहे का टिकट और काहे का गेटकीपर।

वह आदमी कब का अपनी ड्यूटी पूरी करके कुंदन सिनेमा से जौहरी बाज़ार तक का दो फर्लांग का फासला अपनी लड़खड़ाती चाल से नाप चुकने के बाद उसके पास आकर खड़ा है और इस बीच दो-तीन ग्राहक और एक गिलास चाय भी निपटा चुका है। पर लड़के को इसका ज़रा भी होश नहीं। इस बीच दो-दो

बार खिड़की के पीछे से माँ उसे बुला चुकी है। छोटा भाई अलग जाने कब से चिल्ला रहा है। पर उसे कुछ भी नहीं सुनाई दिया। सुबह का बासी भात जो उसके लिए गरम करके रखा था वह भी ठंडा हो गया होगा। सिगरेट हाथ में लिए उसके सिर पर खड़ा वह आदमी हैरान है। क्या इसे भूख भी नहीं लग रही है? नहीं, इसमें हैरानी की क्या बात है? वह इस वक्त डॉन क्विकज़ोट है जो जी-जान से समझाने में लगा हुआ है अपने साथी सांकोपांजा को, कि वे पनचक्कियाँ नहीं, सचमुच के राक्षस ही थे जो कैद करके रखे हैं राजकुमारी को। और उसका उन पर टूट पड़ना बिलकुल ठीक था। क्या हुआ जो तलवार के टुकड़े हो गए! सच्चे सूरमा क्या ऐसे विघ्नों की परवाह करते हैं? बेवकूफ सांकोपांजा! जिसे पनचक्कियों में पनचक्कियों के अलावा कुछ भी नहीं दिखाई देता। जिसे कभी भी भूख लग आती है, कभी भी प्यास लग आती है। क्या डॉन क्विकज़ोट को भी कभी भूख-प्यास सताती है? क्या लेना-देना है डॉन क्विकज़ोट को ऐसी फालतू बातों से?

मगर अफसोस, कि उसी फालतू दुनिया की एक निहायत फालतू आवाज़ आखिरकार लड़के की जादुई दुनिया का घेरा तोड़कर उसके भीतर दाखिल हो ही गई। कितनी कर्कश आवाज़ है यह? लड़का झुँझलाकर सिर उठाता है और अपने भाई की जगह उसे उस आदमी का चेहरा दीखता है—एक नया ही चेहरा। जैसे पहली बार देखा हो। मुस्कराता चेहरा। एक ऐसी मुस्कराहट, जो अब तक उस सफेद परदे जैसे चेहरे पर कभी नहीं दिखाई दी थी। वह सचमुच मुस्करा रहा है और उसके मुस्कराते होंठ कुछ बुदबुदा भी रहे हैं।...'आराम से पढ़ना इसे घर पर। ले जाओ।'

किताब को कलेजे से चिपकाए लड़का अपने घर में घुस रहा है। और भी तो कुछ कहा था उसने। क्या? ठीक से पल्ले नहीं पड़ा।

'...अरे रुक जा। फिर से गरम कर देती हूँ। ठंडा भात क्यों खा रहा है?'...

'नहीं माँ, गरम है।' कितना झूठ! जल्दी-जल्दी भात गटककर वह अपनी कोठरी में घुस गया है। क्या दुर्गत हो रही है बेचारे डॉन और सांकोपांजा की! कैसा कसाई है यह सराय का मालिक? कितने धूर्त बदमाश हैं उसके नौकर, जो बेचारे डॉन क्विकज़ोट और सांकोपांजा को कंबल पर गिराकर बेरहमी से उछाल रहे हैं जैसे वे आदमी न हों, गेंद हों। लड़के को हँसी भी आ रही है। रोना भी आ रहा है। अब क्या होगा? इस कंबलकांड के बाद अब इनका क्या होगा?

लो, अब तो कुछ दिखाई भी नहीं दे रहा है। इतनी जल्दी अँधेरा कैसे हो

गया!...'क्यों रे, आँख क्यों फोड़ रहा है? जा, ज़रा दूकान से कटहल तो ले आ। 'कल्याण' आ गया हो तो वो भी ले आना।'...माँ ढिबरी जलाकर रख गई है। वह खीझता हुआ उठता है। दूकान से कटहल और 'कल्याण' ला कर पटक आता है और ढिबरी के उजाले में किताब फिर से खोलकर बैठ जाता है। यहाँ डॉन क्विकज़ोट पिट रहा है। और इन लोगों को 'कल्याण' की पड़ी हुई है।

डॉन क्विकज़ोट और सांकोपांजा उसकी डेस्क के भीतर दुबके बैठे हैं। एक नए अभियान की तैयारी में। साइंस की क्लास चल रही है। फलालैन के कपड़े से काँच की छड़ को रगड़ रहे हैं मास्टर साहब। 'ये देखो–ये हुआ पॉजिटिव चार्ज' लड़का देखता है– कागज़ की चिंदियाँ काँच की छड़ से जा चिपकी हैं। 'अब देखो निगेटिव। ये आबनूस की छड़। इसे रेशम के कपड़े से रगड़कर बेलजार के पास ले जाते हैं। देखो, ये सोने की पत्तियाँ एक-दूसरे से चिपकी हुईं। छड़ को छुआते ही पत्तियाँ अलग हो गईं कि नहीं? क्यों हो गईं? *'लाइक पोल्स रिपैल ईच अदर, अनलाइक पोल्स अट्रैक्ट ईच अदर।'* यह हुआ विद्युत का नियम। समझे? ऐ लड़के, खड़ा हो जा। विद्युत का नियम क्या होता है–ज़रा बता तो।'

'सर, *लाइक पोल्स रिपैल ईच अदर...नहीं-नहीं, लाइक पोल्स अट्रैक्ट ईच अदर। ऐंड अनलाइक पोल्स रिपैल ईच अदर!'*

'खड़ा हो जा बेंच के ऊपर। गधा कहीं का!' कृपाशंकर मास्टर चिल्लाते हैं। लड़का जैसे ही बेंच पर खड़ा होने को होता है, वैसे ही कैसे वह किताब डेस्क के भीतर से खिसककर नीचे गिर पड़ती है। कृपाशंकर मास्टर साहब झपटते हुए आते हैं। किताब को ज़मीन से उठाकर देखते हैं। '...अच्छा तो ये पढ़ाई हो रही है तेरी! गेट आऊट! तेरे बाप को दिखाऊँगा ये किताब।' तड़ से एक तमाचा उसके गाल पर रसीद कर दिया है मास्टर साहब ने। फिर दूसरा। अब क्या होगा?

'गेट आऊट, आई से!' फिर से दहाड़ते हैं कृपाशंकर मास्टर साब। 'सर प्लीज...आइंदा कभी नहीं लाऊँगा। यह किताब मेरी नहीं है। आज ही वापस करनी है।' लड़का बुरी तरह बिलख रहा है। हिचकियाँ बँध गई हैं उसकी रोते-रोते।

कृपाशंकर मास्टर साहब उसे इतनी ज़ोर से धक्का देते हैं कि वह सचमुच कमरे से बाहर फिंका गया है। पीछे से किताब उसके सिर से आ टकराती है। जैसे किताब नहीं, पत्थर हो। किताब लगते ही उसकी हिचकियाँ थम गई हैं। किताब उठाकर वह हिरन की तरह कुलाँचें भरता हुआ सीधे माल रोड की तरफ दौड़ा जा रहा है। यह आखिरी घंटा नहीं है। अभी तो संगीत की क्लास बाकी है मगर कोई बात नहीं। ऐसी-तैसी संगीत की क्लास की।

मुश्किल से पचीस-तीस पन्ने बाकी होंगे। पदिया बादशाह के होटल में तेल की गरमागरम बूँदी छन रही होगी। वहाँ पाँगर के पेड़ के नीचे बेंच पर बैठकर पढ़ने में मज़ा आएगा। अभी भीड़ भी नहीं होगी। लड़के की जेब में आज एक इकन्नी है। कल ज़बर्दस्ती डाल दी थी जेब में उसी आदमी ने। उससे मना करते नहीं बना। कितने दिन...नहीं, कितने महीने हुए होंगे बूँदी का स्वाद चखे।

'इतना मत पढ़ा करो!'—पदिया बादशाह उसके हाथ में बूँदी की प्लेट थमाते हुए कह रहा है, 'सुबह जल्दी उठकर पढ़ाई करनी चाहिए।'

'अरे, कोर्स की किताब नहीं है। उपन्यास है—उपन्यास। समझे!' लड़के को पदिया बादशाह की अक्ल पर सचमुच तरस आ रहा है। इस पदिया को क्या पता, उपन्यास होता क्या है?

किस तेज़ी से उपन्यास खत्म हुआ जा रहा है। यह लो, खत्म भी हो गया। यह कैसा अन्त है? क्या सारे उपन्यास इसी तरह अन्त होते हैं! कुछ गड़बड़ ज़रूर है। यह कहानी इतनी जल्दी खत्म नहीं हो सकती। मगर पन्ने तो पूरे हैं। कहीं से फटी भी नहीं लगती। अचानक कुछ याद आ गया है। लड़के को अभी तक कैसे याद नहीं आई यह बात?

'यह दुनिया की सबसे मशहूर किताबों में से एक है। इससे कम-से-कम पाँच गुना बड़ी होगी। यह तो बहुत छोटा करके छापा है। हिन्दी तरजुमा!'

इसका मतलब...उस आदमी के पास ऐसी और भी किताबें होंगी। मगर घर में होंगी। दूकान में नहीं। दूकान की ढेरियाँ तो सभी उलट-पलट डालीं। एक भी तो ऐसी नहीं। एक वह क्या थी, जिसे उस दिन पढ़ना शुरू भर किया था कि पीछे से आदमी ने चुपके से आकर उसके हाथ से छीन लिया था और कहा था, 'तुम्हारे पढ़ने लायक नहीं है। अच्छे लड़के ऐसी किताबें नहीं पढ़ते।'

'क्यों? क्यों नहीं पढ़ते? इसमें ऐसी क्या बात है? क्या तुम भी नहीं पढ़ते? फिर रखते क्यों हो ऐसी किताबें?'...लड़का पूछना चाहता था। मगर पूछ नहीं सका। कभी-कभी आदमी का चेहरा इतना सख्त और भावहीन हो जाता था कि उसे डर-सा महसूस होता था।

मगर जब उसके दूसरे या तीसरे ही दिन किताब को पूरी अठन्नी चुकाकर एक मुहल्ले का ही आदमी उठाकर ले गया तो उससे रहा नहीं गया। पूछ ही तो लिया उसने—'आप ऐसी गन्दी किताब क्यों लाते हैं?'

आदमी ने घूर कर देखा था—'ये तो तुम उस आदमी से जाकर पूछो। मुझसे पूछने का क्या मतलब?'

लड़का उल्लू की तरह उसे ताकता रह गया। आदमी ने हाथ की सिगरेट नीचे फेंककर उसे जूते से कुचला और उसे बाँह से पकड़कर खींचने लगा—'चलो दिखाता हूँ तुम्हें, मैं कैसी किताबें लाता हूँ।' वह उसे अपने डेरे में घसीटकर ले गया। पहली बार।

दिन दोपहर अँधेरा छाया हुआ था वहाँ। ऐसी सीलन लगी और बदबूदार कोठरी थी वह, कि उसमें घुसते ही लड़के को उबकाई-सी छूटने लगी। उसने कल्पना भी नहीं की थी कि उसका हीरो ऐसे नरक में रहता होगा। इससे तो वह अपने घर का गाय का गोठ क्या बुरा है जहाँ दानसिंह मलाई बरफ वाला अपनी मशीन के साथ रहता है।

आदमी ने टार्च जलाई और कहा, 'देखो अपनी आँख से और बताओ, कोठरी के ऊपर से नीचे दाएँ-बाएँ सब ओर किताबें ही किताबें ठुसी पड़ी थीं। 'देखो, ग़ौर से देखो!' वह आदमी कह रहा था, 'मेरा एक ही शौक है। किताबें जमा करना। पिछले दस सालों की मेरी बस इतनी ही कमाई है—सब कबाड़ी-बाज़ार से खरीदी हुई। कौड़ी के मोल। मगर मुझे अच्छी तरह पता है, ऐसा खज़ाना किसी के पास नहीं है। ज़्यादा पढ़-लिख नहीं पाया तो क्या हुआ? किताबों के बारे में कभी धोखा नहीं खा सकता। समझे? बड़ा नाम सुना था तुम्हारे शहर का। सोचा था, ऐसी लायब्रेरी बनेगी जैसी कहीं नहीं होगी। मैं भी एक कोने में पड़ा रहूँगा इन किताबों के बीच। मगर कितना मारा-मारा फिरा! यहाँ किसी को मेरी किताबों की ज़रूरत नहीं। और तो और, ढँग का एक कमरा तक नसीब नहीं हुआ। अभी जितनी तुम देख रहे हो उससे भी ज़्यादा किताबें अपने हाथ से फेंक चुका हूँ। दीमकों ने चाट डालीं सब। जो बच गईं किसी तरह, उनको बचाने के लिए उन्हें फेंकना पड़ा। पर ये भी कब तक बचेंगी! चूहों को भी, लगता है किताबें बहुत पसन्द हैं। चलो, इस शहर के लोगों से तो अच्छे हैं। यहाँ के लोग तो—बुरा मत मानना—किताबों की तरफ झाँकना तक नहीं चाहते। होगी तुम्हारे यहाँ हंड्रेड परसेंट लिट्रेसी। उससे क्या होता है? मैंने दुनिया देखी है। पढ़े-लिखों की पोल-पट्टी सब जानता हूँ।'

उसने और भी कई बातें बताई थीं। पूरे साल भर में जितना नहीं बोला होगा, उससे ज़्यादा वह उस दिन बोल गया। सारी कसर निकाल दी उस दिन। पता नहीं, उसकी कौन-सी दुखती रग छेड़ दी लड़के ने—उसे इस क़दर बकाने को उस दिन।

पढ़ने का शौक उसे बचपन से ही था। मजबूरन पढ़ाई छोड़नी पड़ी। माँ-बाप बचपन में ही गुज़र गए। एक दूर के रिश्तेदार के यहाँ पला। लगातार लाँछना और अपमान सहते-सहते जब एक दिन बर्दाश्त से बाहर हो गया तो घर से भाग गया। पेट पालने को यह धँधा अपनाया तो धँधा तो क्या किया—यह मर्ज़ गले पड़ गया। किताबें बटोरने का। मगर सबसे बड़ा धक्का तो यहाँ आकर लगा। कितनी उम्मीद लेकर आया था। अब कहीं जाने की हिम्मत नहीं। आदमी को भी चाट जाए, ऐसी सीलन है इस कोठरी में। किताबों की कौन कहे। सिनेमा का मालिक भी एक ही कंजूस है। यह तहखाना उसी का है। पाँच रुपए इसका भी किराया काट लेता है। पचास की जगह पैंतालीस रुपए टिकाता है। गेटकीपरी की नौकरी का बस एक ही फायदा है। कुछ अच्छी फिल्में देखने को मिल जाती हैं मगर उन्हें देखने के बाद हर बार यही लगता है कि इससे बेहतर फिल्म तो मैं ख़ुद बना सकता था।

तब तो उसने नहीं कहा था। आज कहा। ''पढ़ गए? कैसी लगी? अच्छा तो यह किताब तुम ही रख लो। और भी तुम्हें जो भी किताबें पसन्द हों, मेरे यहाँ से ले आओ और अपने ही पास रखो। तुम्हारे पास जगह है किताबें रखने की?''

जगह तो लड़के के यहाँ भी कहाँ थी? पर इस आदमी से सच्ची बात बताने का मन नहीं हुआ। कह दिया—'है, मेरी कोठरी में है। आप तो छाँट-छाँटकर किताबें मेरे यहाँ रखवा दो। जतन से संभाल के रखूँगा और आप जब कहोगे, लौटा दूँगा।'

कहाँ गई होंगी वे सारी की सारी किताबें? कम-से-कम तीस-चालीस तो ढो कर लाया ही था वह उस सीलन भरी बदबूदार कोठरी से। उसे इतना तो अच्छी तरह याद है। ज़्यादातर अँग्रेज़ी की थीं, जिनमें 'डॉन क्विकज़ोट' और 'डेविड कॉपरफील्ड'...और जाने क्या-क्या था। कुछ किताबें हिन्दी की थीं। सब उपन्यास ही उपन्यास, और हाँ, एकमात्र किताब जो कविता की थी वह थी उमर खय्याम की रुबाइयाँ। कहाँ गईं वे सारी किताबें? न उन्हें कभी लौटाने की नौबत आई न पढ़ने की। ऐसा क्यों हुआ, कैसे हुआ, कुछ समझ में नहीं आता।

बस यहीं पर यह छोटी-सी रील एकबारगी, चुक गई। अब कुछ दिखाई नहीं दे रहा बस, यह आखिरी दृश्य है जो दिखाई नहीं देता। सिर्फ सुनाई भर देता है।

उसे टी.बी. हो गई है। वह भुवाली सेनीटोरियम में है। डॉ. मेहरबान सिंह की मेहरबानी से। उन्हीं ने उसके रोग का निदान किया। जाने कब से पाले हुए था यह रोग! अरे, किसी से बोले-चाले नहीं, तो कैसे पता पड़े?

वह अचानक ही दृश्य से गायब हो गया और फिर कभी लौटकर नहीं आया। उसकी जगह जब लड़के ने एक दोपहर दूसरे गेटकीपर को खड़ा देखा तो उसके मन में आया उसे उठाकर ज़मीन पर पटक दे, उसकी छाती पर चढ़ बैठे और अँधाधुँध घूँसे बरसाता हुआ पूछे—'तुम्हारी ये हिम्मत कि तुम उसकी जगह लो?'

शुरू में कई दिनों तक लड़के को उसकी याद आती रही। खिड़की के सामने वाली खाली जगह उसे अखरती रही। फिर धीरे-धीरे विस्मृति की धुँध उसे भी लील गई। पता नहीं, उसका क्या हुआ? हो सकता है, भुवाली सेनीटोरियम ने उसकी सेहत वापस लौटा दी हो। मगर ऐसा होता तो वह क्या फिर वापस लौटकर नहीं आता? उस शहर को छोड़कर और जा ही कहाँ सकता था वह? जो भी हो...इतना तो तय ही है कि वह वापस लौटकर उस लड़के की ज़िंदगी में फिर से दाखिल नहीं हुआ। अपनी किताबें वापस माँगने को भी नहीं।

सबसे कमाल और हैरत की बात तो यह है कि जब कई साल बाद लड़का एम. ए. पास करके लखनऊ से लौटा तो अचानक एक दिन नीचे गोठ की सफाई के दौरान कुछ किताबें उसके हाथ लगीं और वह सोचता ही रह गया कि ये किताबें आखिर हमारे घर में आईं कैसे? कुछ तो उनमें से बिलकुल ही सड़ गई थीं। कुछ अभी ठीक थीं। पर उन्हें पढ़ने की नौबत आती, इससे पहले ही उसकी नौकरी लग गई। और वह कस्बा छोड़कर बाहर चला गया।

और...अब आज, जब मैंने उन किताबों के असली मालिक को अपनी याद्दाश्त के मलबे से खोद निकाला है तो मैं अब यह याद कर पाने में नितान्त असमर्थ हूँ कि वे किताबें अगर थीं तो आखिर गईं कहाँ? इस घर से मेरा अब वैसे भी सम्बन्ध ही क्या है? सिवा कभी-कभार छुट्टियों में दो-चार दिन के वास्ते यहाँ आ गया तो आ गया। जो सचमुच यहाँ रहते हैं बारहों मास, उन्हें किताबों में—और, वह भी उस तरह की किताबों में भला क्या दिलचस्पी हो सकती है?

कथावाचक

कथा लिखने बैठा हूँ। किसकी और कैसी कथा? मत पूछिए कृपया यह। कहीं टोकते ही कथा खो जाए और उसके साथ मैं भी, तो? नहीं, आपने मुझे टोका, मैं यह नहीं कह रहा। मैंने ही खुद को टोका हो, यह भी तो हो सकता है। 'किधर को जा रहा हूँ मैं? कहाँ पहुँचना है? पहुँचूँगा भी, कि नहीं...' जिस आदमी को घर से पाँव निकालते ही इस तरह के संशय घेरने लगें, उसका पहुँचना क्या और न पहुँचना क्या? वह तो पहुँचकर भी कहीं नहीं पहुँचेगा—रास्ते में ही भटक जाएगा। तभी तो, आप देख ही रहे हैं—मैं देहरी पर ही ठिठका हूँ, आपको बातों में उलझाकर।

शायद छठी में, या सातवीं में पढ़ता हूँगा मैं तब, जब की यह कथा है। यह काल भी क्या अद्भुत वस्तु है! खुद तो लगता है, एक ही जगह खड़ा है—और हमको कहाँ से कहाँ पहुँचा देता है। बयालीस बरस बह गए—मैं ही जब बुढ़ाने लगा तो वे क्या अभी तक बैठे ही होंगे? बयालीस बरसों में एक बार भी जिस शख्स का ख्याल नहीं आया था मुझे, आज अचानक क्यों? क्या यह इस अस्पताल का, इस प्राइवेट वार्ड का कमाल है? बेहोशी दूर होने के बाद जिस तरह होश धीरे-धीरे लौटता है...और चीरे का दर्द जागता है। क्यों इतने बरस एक बार भी मुझे उनकी सुध नहीं आई? अभी ही क्यों आ रही है? वह भी इतनी धुँधली-सी...।

वे कौन? अरे वही, जिनकी यह कथा होगी। कथा भर तो रह गए हैं वे अब। 'अब' का भी क्या मतलब? तब भी क्या वे मेरे लिए कथा ही नहीं थे? ग्यारह बरस का रहा हूँगा मैं उस वक्त। ग्यारह बरस के लड़के की आँखों से दुनिया को देखा है कभी? किसी कथा-पुराण से कम लगती है? खास करके, जब वह लड़का एक सदाबहार कस्बे के सदाबहार बाज़ार की मिट्टी में उगा हुआ पौधा हो। नदी किनारे जनमे लोग जिस तरह नदी की खास आवाज़ को, नदी की अपनी बोली को पहचानते हुए बड़े होते हैं और फिर जहाँ भी जाते हैं, नदी

को अपने साथ ले जाते हैं, ठीक उसी तरह उस लड़के के भीतर वह बाज़ारू नदी अपने सारे कौतुक-कोलाहल के साथ अपनी रंग-बिरंगी आवाज़ों के साथ दिन-रात बहती रहती थी और अब भी बह रही है।

रघुनाथ मन्दिर में, जिसे पता नहीं सब कोई क्यों, देबाल का मन्दिर कहते थे, स्त्रियों के लिए कथा होती थी। छुट्टी-छपाटी के दिन लड़का वहाँ भी पहुँच जाता। अटपटा तो लगता ही होगा—स्त्रियों के बीच लड़कों का क्या काम, मगर कथा-रस का लोभ इस अटपटेपन पर भी हावी हो जाता। दोपहर में जो लड़का अपनी माँ के पल्लू से बँधा-बँधा वहाँ चूड़ाला और मदालसा की, सावित्री और अरुन्धती की कथा सुनता था, वही फिर संझा समय मुरलीमनोहर के मन्दिर में अपने पिता का सहचर बन जाता। वहाँ की दुनिया रघुनाथ मन्दिर की दुनिया की तुलना में कहीं ज़्यादा भरी-पूरी और चौड़ी दुनिया हुआ करती थी। लड़के को लगता है, सारे पुराण, योगवाशिष्ठ और रामायण-महाभारत सब उसी के घट में पैठे हुए हैं—उसी के घट से पनपे हैं। सच, ऐसा भ्रम उसे आज तक हो जाता है। आज भी वह लड़का मानो उसी तरह कथा सुन रहा है उसी बाज़ारू नदी के किनारे।

हाँ, याद आया—उनका नाम था रामचन्द्र ब्रह्मचारी। बदरीनाथ मन्दिर है ना, वहाँ पलटन बाज़ार के छोर पर? वहीं कथा बाँचने वे आए हुए थे उन दिनों। गाकर सुनाते थे कथा। बेहद बुलन्द आवाज़ थी उनकी। हारमोनियम पर गाते थे। बस दसेक दिन रहे होंगे वे। कहाँ के थे, क्या थे, यह किसको पता!

बदरीनाथ मन्दिर में भीड़ थोड़ी कम जुटती थी। लड़के के माता-पिता भी उस मन्दिर में बहुत कम जाते थे। पता नहीं ब्रह्मचारी के साथ कब-कहाँ मुठभेड़ हो गई पिता की। उनकी आदत थी—जोगी-भगौतियों को निहोरा करके घर ले आना और भोजन कराना। माँ यों तो कभी कुछ कहती नहीं, मगर लड़के को इतना तो समझ में आने लगा था कि घर की हालत ठीक नहीं चल रही है। यूँ खास कुछ नहीं खाते थे बाबा लोग। उबला हुआ आलू बिना नमक का, या सगिया मिरच या सिर्फ थोड़ा-सा दही और गुड़—यही फरमाइश होती उनकी। तो क्या इतना भी भारी पड़ने लगा था उसके घर को?

असल में पिता को महफिल-सत्संग से फुरसत कम ही मिलती थी। पिता को भी क्या दोष दें। मेहनत नहीं करते थे—ऐसा भी कैसे कहा जाए। मगर बिक्री-बट्टा कुछ खास नहीं होता था। कैसे होता—एक तो वैसे ही सीधे और लापरवाह, तिस पर उधार सामान ले जाने वालों की बहुतायत। हिसाब-किताब

में बहुत कच्चे। घर का दलिद्दर बस किसी तरह ढका-छिपा रहे, माँ इसी चिन्ता में घुलती रहती है, इतना लड़के की समझ में आ ही गया था। तभी तो उन दिनों वह अपना शाम का प्रिय खेल 'सेवन टाइम' छोड़कर दूकान में बैठने लगा था और उधार वाली कॉपी में खुद अपने हाथ से हिसाब भी लिखने लगा था।

पिता से वह क्या कहे और कैसे कहे, समझ नहीं पाता था। घर में उसे उदासी घेरती थी, पर बाहर की दुनिया इस कदर रंगीली और कौतुक भरी थी कि घर की उदासी उसमें कब कहाँ बिला गई, कुछ पता नहीं चलता था। पिता की दुनिया थी वह, और इसीलिए उसकी भी। मेले-ठेले कथा-कौतुक...एक से एक साधु-संन्यासी...कहाँ-कहाँ के आके नहीं जुटते थे वहाँ। किस कदर रमाने वाली कथाएँ होतीं उनकी। एक-से-एक बढ़कर—पूनागिरी-दूनागिरी, कैलास-मानसरोवर, हरद्वार-प्रयाग, काशी-गिरनार, रामेश्वर-कन्याकुमारी कहाँ-कहाँ नहीं पहुँचे होते थे वे। लड़के को लगता वे सारी दुनिया घूमे हैं। किताब के भूगोल से ये जोगियों के सफ़रनामे उसे कहीं ज़्यादा जीवन्त लगते। सारी नदियाँ, सारे पर्वत, सारे मैदान उसे उन्हीं के भीतर से प्रकट होते दिखाई देते। बंगाली, मद्रासी, पंजाबी, मराठी... तरह-तरह के बाबा लोग और तरह-तरह की बोली-बानी उनकी। फिर भी थी तो वह हिन्दी ही—वरना लड़के की समझ में वह कैसे आ जाती भला। अहा रे हिन्दी! तू बोली है, क्या है तू? किस-किस की जीभ पर चढ़के क्या-क्या नहीं बुलवाया तूने! क्या-क्या नहीं दिखाया-सुनाया। दुनिया-भर को बटोर लाने वाली, दुनिया भर की दुख-पीड़ा, दुनिया-भर का हँसी-ठठ्ठा, दुनिया-भर की कथा-कहानियाँ बटोर-बटोरकर लुटाने वाली, सबकी खोज-खबर रखने वाली तू सबकी दादी-माँ नहीं हुई तो क्या हुई! ओ हो, अब याद आया। रामचन्द्र ब्रह्मचारी मेरठ की तरफ के थे। हिन्दी भी उनकी बाकी सब बाबाओं से अलग एकदम खड़ी हिन्दी जो ठहरी! जी हाँ, एकदम लाठी-सी लगने वाली। मज़े की बात मगर ये, कि जो कथा वे गाकर सुनाते थे वह तो भागवत की कथा होती थी, संस्कृत में नहीं, ठेठ हिन्दी के ठाठ में। पता नहीं, किसने लिखी होगी वे कथाएँ भागवत की—वैसी सख्त और खुरदुरी हिन्दी में। कहीं बरेली वाले राधेश्याम कथावाचक ने तो नहीं? नहीं नहीं, वह तो जयदत्त पंडित जी थे राधेश्यामी तर्ज में कथा सुनाने वाले। उनकी भी याद अचानक अभी-अभी क्यों आने लगी? सुनार मुहल्ले में दुर्गा जी का थान है न—आँख सामने दीख रहा है—नारंगी चुरा खाता था लड़का भर दोपहरी, जब पूरा मुहल्ला सुनसान हुआ करता। वह नारंगी का पेड़ उसी मन्दिर के पिछवाड़े ही तो लगा हुआ था। उसी के आँगन में होती थी कथा जयदत्त जी की, नवरात्र

के दिनों में। रुक्मिणी मंगल, सत्यभामा-स्वयंवर, जाने कौन-कौन-सी कथाएँ। यह कथा पता नहीं क्यों दोपहर में ही होती थी। लड़के को इसलिए याद है कि स्कूल से भाग आता था वह सिर्फ कथा के लालच में; और दो-एक बार पिटा भी था इसीलिए। केवल संगीत से, केवल कथा से यह कथा वाले गीत और गीत वाली कथा उसे ज़्यादा ज़ोर से खींचती होगी। नहीं तो उस तरह के पागलपन की और क्या वजह हो सकती है?

थोड़ा ठहरिए तो सही—ऐसी जल्दी क्या मची है आपको? मैं तो सचमुच भटक गया। रामचन्द्र ब्रह्मचारी खड़े ही नहीं हो पा रहे हैं तो मैं कर क्या सकता हूँ? नहीं, वे खड़े तो हैं मेरे सामने। संझा की बेला है, झूठ क्यों बोलूं मैं? लड़के को इस वक्त दूकान पर होना चाहिए था। तीन दिन हो गए उसे यहाँ झख मारते। ऐसा क्या जादू फेर दिया है ब्रह्मचारी ने उस पर, जो तब से उनके पीछे ही लगा है? ऐसी दमदार आवाज़, ऐसी गज़ब की कथा कभी सुनी भी है इस कस्बे के लोगों ने! कैसा रुला दिया था परसों प्रह्लाद की कथा ने। कोई रुला सकता है इस तरह? कोई हँसा सकता है इस तरह? वह जादू नहीं तो क्या था? और फिर भी, कल के दिन परसों से भी कम श्रोता जुटे...और आज?

आज कथा का उद्यापन था। आज तो लड़के ने सोचा था पूरा प्रांगण भर जाएगा। बैठने को भी जगह नहीं मिलेगी। आरती का थाल घुमाने की ड्यूटी उसकी है। खुद आगे बढ़के सँभाली है उसने। कल उसे बहुत गुस्सा आया था। गुस्सा क्या, उसे रोना आ गया था कस्बे वालों की उदासीनता देखकर। कुल पाँच रुपये भी नहीं जुटे थे। जबकि पिछले दिन साढ़े पन्द्रह रुपये चढ़े थे। लड़के ने सोचा था आज सारी कसर निकल जाएगी। कितने सारे लोगों से तो वह खुद ही बोल आया था। पिता ने भी यही कहा था कि उद्यापन के दिन ही लोग सबसे ज़्यादा आते हैं। 'बेकद्री जैसी कोई बात नहीं'—पिता ने उसे ढाढ़स बँधाते हुए कहा था—'दरअसल यहाँ के लोगों को अभी आदत ही नहीं पड़ी उस तरह की कथा सुनने की।' क्या इससे समाधान हो गया था लड़के का? नहीं, बिलकुल नहीं हुआ था। ये आदत क्या होती है? और क्या यह अच्छी बात है—वही घिसी-पिटी तर्ज़ पर घिसी-पिटी चीज़ें सुनना? यही तो ख़ूबी है ब्रह्मचारी जी की। एकदम निराला ढँग है उनका। ये क़स्बे वाले बिलकुल कदर नहीं जानते गुणी आदमी की।

लड़के के मन में कुछ खटका तो था कि कहीं आज भी लोग कम आए तो? मन-ही-मन उसने मनौती मान रखी थी। नहीं, यह ब्रह्मचारी जी की नहीं,

उसके नगर की इज़्ज़त का सवाल है। कपीन महाराज नहीं आए थे पारसाल? किस कदर हाथोंहाथ लिया था उन्हें इसी नगर के लोगों ने! तिल धरने को भी जगह नहीं बचती थी मुरलीमनोहर के मन्दिर में। फिर रामचंद्र ब्रह्मचारी ने ही क्या बिगाड़ा है इनका? लड़का आज सुबह से ही सपना देख रहा है कि वैसी ही भीड़ आज बदरीनाथ मन्दिर में जुटेगी और रामचंद्र ब्रह्मचारी का डंका बज जाएगा। वही परसों जैसा हाल हो जाएगा श्रोताओं का। रामचंद्र ब्रह्मचारी भी क्या याद करेंगे कि कैसे रसिक गुनगाहक मिले थे उन्हें! फिर तो हर साल बुलाए जाएँगे। अगली बार उनकी कथा यहाँ इस पलटन बाज़ार के कोने में नहीं, नगर के बीचोंबीच मुरलीमनोहर के प्रांगण में होगी।

यह क्या? कथा पूरी भी हो गई? इतनी जल्दी? हड़बड़ाकर लड़का आरती का थाल घुमा रहा है। एक रुपया भी पूरा नहीं हुआ। हो कैसे? परसों अगर सौ थे, तो कल चालीस-पचास थे। और आज? आज तो कल से भी कम श्रोता जुटे। क्या हो गया है लोगों को? और इस कदर कंजूसी। कैसे दलिद्दर लोग! शर्म भी नहीं आती इस तरह पैसा-अधन्ना डालते हुए। लड़के की आँखों के आगे अँधेरा छा गया है। फूट-फूटकर रोना चाहता है वह। हारमोनियम खिसकाकर चुपचाप सिर झुकाए बैठे हैं बेचारे ब्रह्मचारी जी। कितना बुरा लग रहा होगा। किस मुँह से सौंपे थाली? एक चवन्नी, जो चाट खाने को कब से जमा कर रखी थी लड़के ने, वह मिलाई, तब जाके कहीं एक रुपये की रेज़गारी पूरी हुई है।

अचानक ब्रह्मचारी जी उठकर खड़े हो गए हैं। थाली के ताँबे, पीतल, गिलट के सिक्कों को निहार रहे हैं चुपचाप। 'तू ही रख ले बेटा।' बेटा सिक्के बटोर के उनकी जेब में डाल देता है और मुँह फेर लेता है। रामचंद्र ब्रह्मचारी उसका चेहरा अपनी ओर मोड़ते हुए ऐसे उसमें देख रहे हैं जैसे लड़का आईना हो। फिर आकाश की ओर देखते हुए एक लम्बी साँस छोड़ते हैं—'राम तेरी माया।' क्या पेट में दर्द उठ रहा है? वे इस तरह क्यों हाथों से अपना पेट दबाए हुए हैं। 'चल बेटा आज थोड़ा नगर-भ्रमण कर लें। फिर पता नहीं, कब आना हो। पिताजी से कह देना मैं तनिक विलम्ब से आऊँगा'।

'मैं अभी आया'—कहके जो रामचंद्र अपनी कोठरी में घुसे, कि अभी तक निकलने का नाम नहीं। लड़का खड़ा-खड़ा अकुलाने लगा है। पिता ने कहा था—'कथा पूरी हो जाने के बाद तू इनको घर ले आना। मुझे आज तबला बजाना होगा एक महफिल में। आ जाऊँगा मगर थोड़ी देर हो जाएगी। खिला देना इनको।

बेचारे भूखे होंगे। खा-पीके उनसे बातचीत करना। तुझे बहुत अच्छा मानते हैं वे। बहुत बड़ाई कर रहे थे तेरी।'

अब ये ब्रह्मचारी ख़ुद देरी से आने वाले हैं। तब फिर मुझे क्यों अटका रखा है? लड़के की आँखों में खाली दूकान झूल रही है। जाने कितने ग्राहक लौट चुके होंगे। आज लगता है, इनका भी मन कथा में नहीं लगा। तभी तो जल्दी-जल्दी समेट दिया सब। भला यह भी कोई बात हुई। असल में मूड ही खराब हो गया इनका। देखा, भेंट-वेंट कुछ मिलनी नहीं है, तो कथा बिगाड़ के धर दी। कैसे कथावाचक हैं ये, कैसे जोगी भगत हैं, जो पैसे देखके कथा बाँचते हैं। अगर इनकी जगह जयदत्तजी होते तो क्या इनकी तरह करते? कभी नहीं करते वो ऐसा। ये पिताजी भी अजीब हैं। ख़ुद तो आए नहीं एक दिन भी कथा सुनने और मुझे खामखाह इनकी ड्यूटी बजानी पड़ रही है। खिला तो दिया था एक बार इन्हें घर पर। दोबारा इन्हें बुलाने की भला क्या ज़रूरत थी, और ये भी झट तैयार हो गए। जयदत्त पंडितजी तो किसी के घर नहीं जाते इस तरह। इनसे कहीं ज़्यादा अच्छे कथावाचक हैं जबकि वो। आवाज़ भी उनकी इनसे ज़्यादा सुरीली है। तभी तो लोगों को पसन्द नहीं आए। ठीक हुआ जो नहीं आए लोग। क्यों आएँ?

यह थी उस लड़के के मन की लीला, जो अभी थोड़ी देर पहले ही रामचंद्र ब्रह्मचारी की बेक़द्री पर रो रहा था और अपने नगर के लोगों को कोस रहा था। मिनटों के भीतर यह क्या हो गया उसको? जयदत्त पंडितजी की थाली सिक्कों से, नोटों से किस क़दर भर जाती है। रामचंद्र ब्रह्मचारी को कुल बारह आने चढ़े। और वह भी पूर्णाहुति के दिन। धरती-आसमान का फर्क हुआ कि नहीं हुआ? मगर ब्रह्मचारी का इसमें क्या दोष? और जयदत्त पंडितजी ने ही ऐसी कौन-सी माया जोड़ ली? कितना बटोर सकता है आखिर कोई भी कथावाचक, कुल नौ दिन की कथा में? वे भी क्या गरीब नहीं? कथा की कमाई आखिर कितनी दूर तक जाएगी?

रामचंद्र ब्रह्मचारी उस दिन बुरी तरह फेल हो गए थे ना? मगर उसके पहले दिन? और उसके भी पहले दिन? कैसी थी वह बाढ़—कहाँ से उमड़ आई थी वह—जिसमें सब यहाँ से वहाँ तक डूब और तिर रहे थे। ध्रुव की, और हाँ प्रह्लाद की कथा सुनकर क्या दशा हुई थी ख़ुद उसकी—क्या भूल गया लड़का? इतनी जल्दी? किसकी विभूति थी वह, किसका जादू था—कोई बताए तो सही ज़रा। किसका था वह चमत्कार? भक्त प्रह्लाद का? भागवत रचने वाले का? ठेठ हिन्दी के ठाठ में उस कथा को बाँधने वाले का? या कि उस धुन, उस तर्ज में उस

कथा को ढालने वाले का? या, उस बुलन्द आवाज़ का, जो उस दिन बदरीनाथ के दरबार में घंटों गूँजती रही थी। आवाज़, महज आवाज़ से क्या वैसा चमत्कार घटित हो सकता है? हुनर चाहिए हुनर, कथा कहने का। सलीका चाहिए। तो क्या नहीं था सलीका और हुनर रामचंद्र ब्रह्मचारी को कथा सुनाने का? बदरीनाथ जी ने ही अपने मन्दिर के लिए ऐसी दूर और सुनसान जगह चुनी तो बेचारे ब्रह्मचारी जी ही अपनी कथा की पूर्णाहुति के दिन कहाँ से कद्रदानों की भीड़ बटोर लाते? दिन-दोपहरी की धूप में मील भर पैदल चलके वहाँ पहुँचना और दो-दो, तीन-तीन घंटे उस पथरीले आँगन में पालथी मारके बैठे रहना—महज कथा सुनने की खातिर—क्या यह किसी के बूते की बात है? और क्या नगरवासियों को और कोई काम नहीं है?

आखिर वह सुनार मुहल्ला तो था नहीं, जो बीच बाज़ार में पड़ता है और हर तरह के श्रोताओं के लिए सुगम है। कहाँ सुनार मुहल्ला और कहाँ पलटन बाज़ार। कहाँ देवी का थान और कहाँ बदरीनाथ धाम। पहुँचना ही भारी ठहरा वहाँ तक तो। अहा, जयदत्त पंडितजी भी क्या समाँ बाँध देते थे! वैसी राधेश्यामी क्या कभी कहीं और भी सुनी लड़के ने? नहीं सुनी भई, सच्ची बात है। मगर क्या रामचंद्र ब्रह्मचारी का काम उससे कहीं ज़्यादा कठिन नहीं था? कहाँ रुक्मिणी मंगल और कहाँ श्रीमद्‌भागवत। कोई तुलना है? तब फिर?

ब्रह्मचारी जी आखिर अपनी गुफा के बाहर निकल आए हैं। 'देर तो नहीं हो गई बेटा? बस नीचे गाड़ी सड़क तक मेरे साथ चले चलो। फिर तुम्हारी छुट्टी।'

लड़का तब तक तंग आ चुका था। गाड़ी सड़क इन्हें मालूम नहीं? बस इसी काम के लिए मुझे इतनी देर से रोक रखा था। बुरी तरह झुँझलाया, वह तेज़ी से कदम बढ़ाता हुआ ब्रह्मचारी के आगे-आगे चल पड़ा।

'तनिक धीरे बेटा! आज हमारी तबीयत कुछ ठीक नहीं लग रही।' लड़के के पाँव ढलान पर वैसे ही फिसल रहे थे। वह वैसे ही फिसलता रहा मानो ब्रह्मचारी की बात कान में ही न पड़ी हो। ढलवाँ रास्ता जैसे ही माल रोड से मिला, वह रुक गया।

अपना पेट एक हाथ से दाबे ब्रह्मचारीजी धीरे-धीरे उतरते हुए उसके साथ हो लिए। 'बस, दो मिनट और बेटा'...कोई पचासेक कदम चले होंगे कि वे अचानक ठिठक गए और सड़क के ऊपर खड़ी इमारत की ओर इशारा करते हुए बोले। 'एक काम करोगे बेटा? सामने वो दूकान है ना, वहाँ से एक पव्वा ला दो। ये लो', दो नोट जेब से निकालकर उन्होंने लड़के की ओर बढ़ा दिए। लड़का पहले

तो स्तम्भित अवाक् उनके उस बढ़े हाथ और उसमें फँसे नोटों को घूरता रह गया। फिर, जैसे कुछ सुना ही न हो, बोला—'क्या बाबा जी?'

'पव्वा बेटा, बरंडी कहना। जैसी भी, जो भी दे दे, वो लेता आ। बहुत पीड़ा है पेट में आज बेटा। मेरी दवाई है वो।'

लड़के के काटो तो खून नहीं। ओहो, तो इसी के लिए मुझे बिठाके रखा था। तो क्या सभी बाबा लोगों के यही लच्छन हैं? नहीं, नहीं। यही ऐसा है। तभी मन नहीं लग रहा था आज कथा सुनाने में—है ना? कैसे लगता? तो क्या ये रोज़ व्यासपीठ पे बिराजने से पहले पूरा पव्वा चढ़ाके आता था? हे भगवान, मैं कहाँ फँस गया इसके साथ। और पिता जी बोले थे घर ले आना। खिला देना इन्हें। मैं तो इसे अब अपने घर में घुसने भी नहीं दूँगा।

'किस सोच में पड़ा है बेटा? जा ना।'

लड़का नीची गरदन किए चुपचाप खड़ा था कि धरती फट जाए और उसे भीतर ही भीतर सुंरग की तरह निगल ले और यह ठग बाबा उसकी परछाईं तक न छू पाए।

'आप ही जाकर ले आइए ना,' उसने अपने-आपको कहते सुना, 'ये हमारे रिश्तेदार की दूकान है, जिनसे हमारी बोलचाल तक बन्द है।'

लड़के का गणित साफ था। ठग बाबा दूकान में घुसा और मैं रफ्फूचक्कर। मगर ब्रह्मचारी जी थे कि कोई असर ही नहीं। लड़के ने पहली बार सिर उठाकर देखा—किस कदर खिसियाया, लाल, बेहद दयनीय चेहरा। हद है बेशर्मी की।

'ला दे बच्चा! मेरी मजबूरी समझ। तुझे कष्ट नहीं देना चाहता था। इस भगवे की लाज रख ले। कहीं एकान्त में बैठके दो घूँट लगा लूँगा। बहुत दुखता है बेटा। राम जी की सौगन्ध, तुझसे झूठ नहीं बोलूंगा।'

उनका स्वगत-भाषण जारी था और इधर लड़के की अकुलाहट अपनी चरम सीमा पर पहुँचना चाहती थी। इसे कहते हैं—कव्वा खाने का मन हुआ तो कह दिया कव्वा नहीं, तीतर है। हे भगवान्! ऐसे पाखंडी, पापी, जोगीभेष धरे घूमते जाने क्या-क्या नहीं करते होंगे। छी-छी! मैं यहाँ कर क्या रहा हूँ? छोड़ इस बगुलाभगत को यहीं और भाग, फौरन भाग यहाँ से।

सिर पर पाँव रखकर भागने का मुहावरा जिसने ईजाद किया होगा, उस लड़के को देखके ही किया होगा। घर पहुँचकर ही साँस ली उसने। हाँफते हुए माँ को सारा किस्सा बताया। माँ चुपचाप सुन रही है, जैसे यह मामूली-सी बात हो।...'छोड़, जो हुआ सो हुआ। अब तू दूकान में बैठ। और...सुन तेरे बापू जब

आएँ तो उनसे इस बारे में कुछ भी मत कहना। समझा? क्या मतलब हो रहा है तुझे इन सारी बातों से...करने दे जो करते हैं...'

क्या मतलब इसका? लड़का हैरान और परेशान, झुँझलाकर पैर पटकता हुआ दूकान चला गया। रात के करीब नौ बजे दूकान बन्द करके घर को लौटा तो उसके मन में खटका था—रामचंद्र ब्रह्मचारी कहीं घर में ही न जमे हों। उस बेशर्म का क्या ठिकाना। मन ही मन हालाँकि कहीं उसे यह भी लग रहा था कि उसने उस कपटी को ऐसे निबटा दिया है कि अब वह आ नहीं सकता। किस मुँह से आएगा? क्या आरती उतारेंगे उसकी पिताजी, सारी पोल खुल जाने के बाद? तभी तो...अरे हाँ, तभी तो कहा होगा माँ ने कि...'पिताजी को इस बारे में कुछ भी मत बताना।'

सचमुच ही रामचंद्र ब्रह्मचारी नहीं आए घर उस दिन। तसल्ली हो गई लड़के को। खा-पीकर सो गया वह। मगर उसके कान शायद नींद में ही उससे अलग होकर बाहर के दरवाज़े की साँकल पर चिपक गए होंगे। तभी तो, जब आधी रात को साँकल खड़की तो वह इस तरह चौकन्ना हो गया जैसे सोया ही न हो। सोए-सोए ही अँधेरे में उसने माँ को दरवाज़ा खोलते और पिता को भीतर जाते देखा। अरे यह क्या? यह दोबारा साँकल क्यों बजी? कुछ खुसर-फुसर तो हुई थी ज़रूर चौके में दोनों के बीच; पर जब तक वह उठकर धीरे-से अपनी कोठरी से बाहर निकलकर कान लगाता, तब तक पिता जी झपटते हुए उलटे पाँव वापस। कहाँ? तो क्या माँ ने सब कुछ बता दिया? इतनी जल्दी? न खाना, न पीना, उलटे पाँव वापस चले गए। और कहाँ जाएँगे? ज़रूर उस ठग बाबा की खोज में...लड़का घबरा गया। अब क्या होगा?

थोड़ी देर में साँकल फिर से बजी। क्या हुआ? इतनी जल्दी कैसे वापस आ गए? रामचंद्र ब्रह्मचारी मिले नहीं क्या?

'बदरीनाथजी के पट तो बन्द हो गए। पहुँचे, नहीं पहुँचे, क्या पता।' ऐन उसकी कोठरी के सामने गलियारे में पिता जी की आवाज़ गूँज रही थी। 'राम जाने, कैसी तकलीफ थी, क्या तकलीफ थी—गुन्नू क्या जाने। मजबूरी होगी, तभी तो इससे निहोरा किया। गुन्नू ने ऐसा नहीं करना था। तूने कहा नहीं उससे?'

'हो गया अब जो होना था'—चौके की ओर जाती हुई माँ की थकी-सी आवाज़ भी लड़के को सुनाई दे रही है...

'हाँ, हाँ, अब तू भी उसी की तरफदारी कर,' आगे कुछ लड़के को सुनाई

नहीं पड़ा। पर अब माता और पिता के बाकी संवाद में उसकी कोई दिलचस्पी नहीं रह गई थी। नींद ने फिर उसे अपने में समेट लिया।

पर क्या सचमुच? सचमुच उस रात लड़के को नींद आ गई होगी? कैसा लगा होगा उसे—क्या-क्या सोचा होगा उसने अपने पिता की बातें सुनकर? उसे तो अब कुल मिलाकर बस इतना ही याद आ रहा है कि काफी ढूँढ़-खोज के बावजूद दूसरे दिन भी रामचंद्र ब्रह्मचारी का कोई पता नहीं लगा था। कहाँ गायब हो गए वे आखिर? लड़के की तरह ही क्या वे भी भाग गए थे घर? घर तो उनका उस वक्त बदरीनाथ मन्दिर ही था। तो फिर कहाँ ग़ायब हो गए वे? पैदल ही मेरठ भाग लिए क्या रातोंरात? उन्होंने कहा था वे नगर-भ्रमण करेंगे। तो क्या नगर-भ्रमण के बदले नगर-निष्क्रमण कर गए?

पिता सचमुच ढूँढ़ते-ढूँढ़ते परेशान हो गए थे दूसरे दिन, इतना लड़के को याद है। मन ही मन लड़का एक विस्फोट की बाट जोहता रहा। मगर पिता थे कि न कुछ बोलें, न चालें। सुन्न खेंचे रहे बिलकुल तीन दिन, जाने कितने दिन। क्यों आखिर? किसलिए? यह लड़का कभी समझ नहीं पाया। अबोला ठाने रहे। भला क्यों? लताड़ना चाहते रहे होंगे शायद, पर कैसे लताड़ते? समझाना चाहते थे—शायद, ब्रह्मचारी का पक्ष लेकर। मगर कैसे समझाऊँ, शायद यही सोचते रह गए। लड़का आखिर लड़का ठहरा, शराब शराब ही हुई, और पीड़ा महज पीड़ा। क्या शराबी की पीड़ा जैसी भी कोई पीड़ा होती है? शराबी भी वे थे ही, यह भी कैसे मानकर चला जाए? और, शराबी नहीं थे वे, यह भी कैसे कहा जाए?

बहरहाल, जिसकी कथा जाननी थी, वह कथावाचक—नहीं, अपना कथानायक—तो जाने कहाँ अन्तर्धान हो गया पिता और पुत्र को बीच भँवर में छोड़कर। कथा पूरी हो तो कैसे हो! वैसे अपनी ओर से कथा का उद्यापन तो कर ही गए थे वे उस शाम बदरीनाथ मन्दिर में। इसीलिए तो फिर वे कभी दिखे नहीं उस नगर में। कथा तो होती रहती है, और शायद अब भी, ऐन इस वक्त भी वहाँ चल ही रही हो कथा...यही तो दिन थे वे। इन्हीं दिनों की तो बात है।

अराजनीतिक

"काकाजी, मैं जा रहा हूँ। वे लोग आ गए हैं मुझे लेने।"

"मगर क्यों? मैं तो समझा था अब, तुम चुनाव निपट जाने तक यहीं रहने वाले हो।"

गुरुजी, यानी विवेक उँगली से बैठक की ओर इशारा करता है और मेरे पास आकर धीमे से फुसफुसाता है–"आप बेफ्रिक रहिए काकाजी। इन लोगों को तो, बस, इतनी ही तसल्ली चाहिए कि मुझसे मिलने जब मन्त्रीजी कल मेरे गाँव पहुँचे तो मैं उनके हाथ न लगूँ।"

"मगर सुनो"...मैं बैठक की ओर लपकते विवेक की बाँह थाम लेता हूँ। "क्या इसका पता उन्हें नहीं चलेगा कि तुम्हें काँग्रेस वाले पकड़ ले गए?"

"पता क्यूँ नहीं चलेगा" उसकी आवाज़ में बेफ्रिकी है–"पर उससे क्या फर्क पड़ता है। आप निश्चिन्त रहिए काकाजी"–वह एक बार फिर से मेरे पाँव छूता हुआ तेज़ी से बैठक में घुस गया है। "चलिए गुरुजी..." बरामदे की चिटखिनी खुलने की आवाज़ आई है। फिर नीचे जीप के स्टार्ट होने की।

इतना तो मुझे बच्चों से ही मालूम पड़ गया था जब वे पिछले सप्ताह शेरगढ़ जाके वापस लौटे थे कि विवेक दादा आजकल बहुत परेशान हैं क्योंकि रोज़ कोई-न-कोई नेता उनके पीछे पड़ा रहता है। सबको यही हो गया है कि गुरुजी अकेले इस गाँव के नहीं, पूरे सत्तर गाँवों के गुरुजी हैं और जिसकी भी पीठ पर हाथ रख दें, उसी को जिता सकते हैं। बीस हज़ार वोट कम नहीं होते। काँटे का मुकाबला है इस बार एक भूतपूर्व बी.जे.पी के मन्त्री और एक काँग्रेसी मन्त्री के बेटे के बीच। प्रदेश का यह सबसे ज़बर्दस्त मुकाबला है, जिसमें दो पार्टियों की प्रतिष्ठा ही नहीं, दो अखिल भारतीय महत्त्वाकाँक्षा वाले नेताओं की शख्सियत भी दाँव पर लगी हुई है। तो क्या विवेक भी दाँव पर लगा हुआ है?..."काकाजी,

मेरा अपहरण हो गया है, मगर स्वेच्छा से' उसने कहा था। उसने और भी तो बहुत कुछ कहा था।

'गुरुजी' एक ऐसा नाम है, जो पहले दस-बारह लोगों की जुबान पर चढ़ा और फिर देखते-देखते साल भर के अन्दर ही आस-पास और दूर-दूर तक के सत्तर-अस्सी गाँवों तक फैल गया। अब यों तो उसके माँ-बाप का दिया हुआ नाम भी कुछ बुरा नहीं था, बुरा क्या, कहना चाहिए, बहुत ही अच्छा था। मगर यह तो उसके माँ-बाप को सपने में भी नहीं सूझा होगा कि उनका लड़का लड़कपन में ही हज़ारों लोगों को अपने माँ-बाप सरीखा लगने लगेगा—बल्कि माँ-बाप से बढ़कर, क्योंकि माँ-बाप तो सिर्फ जन्म देने का निमित्त भर होते हैं। असली पहचान अपनी तो गुरुजी ही करा सकते हैं ना? मैं खुद, और मेरे घर के लोग भी उसे विवेक के नाम से ही जानते और पुकारते रहे हैं बरसों से। मगर...जब से मैं उसके जंगल—हाँ, उसे गाँव भी कैसे कहूँ—जब से मैं उसके जंगल, यानी, शेरगढ़ रहके आया हूँ, खुद मेरे मुँह से भी कभी-कभी विवेक की जगह 'गुरुजी' निकल पड़ता है। मेरे दोनों लड़के जो उसे हमेशा विवेक या विवेक दादा कहके बुलाते रहे हैं, वे भी अब उसे गुरुजी कहने लगे हैं और वह इससे चकराता नहीं, नाराज़ भी नहीं होता, जैसे इसमें कुछ भी अटपटा न हो। आखिर जो आदमी डेढ़ साल से रोज़ सुबह-शाम इसी नाम से पुकारा जाता हो, बच्चे-बूढ़े सयाने-अयाने सभी के द्वारा, जिसे भूलकर भी कोई उसके असली नाम की याद न दिलाता हो, ऐसा आदमी अगर खुद भी अपना असली नाम भूल जाए, तो क्या यह बहुत आश्चर्य की बात होगी?

मगर...ऐसा होना नहीं चाहिए, ऐसा होगा नहीं मुझे उम्मीद है। क्यों है?

विवेक मेरे अपने ही प्रान्त और ज़िले का, बल्कि इत्तेफाक से मेरे अपने ही शहर का लड़का है। क्या पता, उसके कारनामों ने जो मेरे जैसे खब्तुलहवास आदमी का भी ध्यान खींच लिया, उसकी एक वजह ये भी हो। इस महज संयोग से एक बड़ा आशावादी निष्कर्ष निकालने की गुँजाइश खामखा खड़ी हो जाती है कि क्या पता ऐसे विवेक, यानी ऐसे 'गुरुजी' मुल्क में दो-चार और भी छुपे बैठे हों, जिनकी मुझे या आपको ख़बर ही न हो, और वे हमारे इस गुरुजी द्वारा गोद लिए गए 'जंगल' की तरह ऐसी दूर-दराज की जगहों में अपनी जवानी लुटा रहे हों, जिनके होने की खबर तक हमारे कल्याणकारी राज्य के कानों तक आज़ादी के पचास बरस बाद भी अभी तक नहीं पहुँची। बल्कि, सच कहूँ तो मुझे जो

यह कहानी लिखने की सूझी, सो इसी गरज़ से सूझी—इसी खामखाह के आशावाद से अपने पैदाइशी निराशावाद की ज़ोर-आज़माइश की खातिर। वरना, मुझे क्या इतना भी मालूम नहीं कि मैं जो लिखने जा रहा हूँ, उसमें कहानीनुमा कुछ भी नहीं? मगर गुरुजी की कहानी में यह 'मैं' कहाँ घुस आया? क्या मैं भी इस कहानी का कहीं से एक ज़रूरी हिस्सा हूँ?

"काकाजी, आपको पता है, इन लोगों ने महात्मा गाँधी तक का नाम नहीं सुन रखा था?"

"क्या बात करते हो? और, पंडित नेहरू का?"

"नहीं, पंडित नेहरू का भी नहीं। और मज़े की बात यह, कि हर बार यहाँ से काँग्रेस ही जीतती रही है। यह गाँव आप देख रहे हैं, यह इस पूरे इलाके का एकमात्र सम्पन्न गाँव है। सब दूर इसी की दादागीरी चलती है। यही सबका अन्नदाता, ऋणदाता और सब कुछ है। निहाल सिंह जी का—वही जो यहाँ के और अब सेन्टर के मिनिस्टर हैं, उनका वरदहस्त है इस पर। बन्धुवा मजूर आपने सुने होंगे। मगर यह नहीं सुना होगा कि एक पूरा का पूरा गाँव किसी दूसरे गाँव का बन्धुवा हो। और वह भी पीढ़ी-दर-पीढ़ी।

बस से उतरते ही सामने जो पक्के मकानों वाला गाँव दीख पड़ता है, उसे पीछे छोड़ता हुआ वह जो ऊबड़-खाबड़ रास्ता जंगल के भीतर धँसता जा रहा है, उसी पर आगे-आगे गुरुजी चल रहे हैं और पीछे-पीछे काकाजी। आगे-आगे तो दरअसल काकाजी को होना चाहिए—गुरुजी की कोशिश भी दरअसल यही है। मगर काकाजी तो आगे-आगे क्या, साथ-साथ भी नहीं चल पा रहे हैं। अभी सिर्फ डेढ़ किलोमीटर का रास्ता तय हुआ है। ढाई किलोमीटर अभी और चढ़ना-उतरना बाक़ी है और इतने में ही काकाजी, का दम उखड़ गया है। वे हर बीस कदम पर कमर पै हाथ रखके सुस्ताने लगते हैं और गुरुजी अचानक पीछे मुड़कर देखते हैं कि अरे, काका कहाँ रह गए। गुरुजी को डर है, कहीं गाँव पहुँचने से पहले ही अँधेरा न घिर आए। इसीलिए वे काकाजी को साथ रखने की पुरज़ोर कोशिश के बावजूद ज़रा लम्बे-लम्बे डग भर रहे हैं। रास्ते में बस ख़राब हो गई, इसीलिए दो घंटा पिछड़ गए हैं। दोनों में से किसी के पास भी न तो घड़ी है, न टार्च। काका तो हमेशा के भुलक्कड़ ठहरे, मगर इस भतीजे को देखो। इसे तो ख्याल रखना ही चाहिए था।

चले हैं महात्मा गाँधी बनने! घड़ी और टार्च तो महात्मा गाँधी भी रखते

थे? हर चीज़ चुस्त और दुरुस्त हुआ करती थी उनकी। हर मेहमान के लिए नीम की चटनी ही नहीं, नीम का तेल भी हाज़िर रहता था। राम जाने, इसके यहाँ नीम का तेल भी होगा कि नहीं?

''काकाजी, वो देखिए, वो रहा हमारा शेरगढ़। बस सिर्फ़ आधा किलोमीटर और।

काकाजी अपनी हँफनी पर काबू पाने की कोशिश में और बुरी तरह हाँफ रहे हैं। मुँह से बोल तक नहीं फूट रहा। फिर भी क्या बेफ़्रिक मस्ती की मुद्रा बनाए हुए हैं! कहा भी था विवेक ने कि रेंजर साहब के एक जान-पहचान के आदमी हैं, उसे बेहद मानते हैं, उनकी जीप आ जाएगी। मगर कैसी बेवकूफ नफरत के साथ झटक दिया था उस प्रस्ताव को! ''क्या मैं चार किलोमीटर पैदल भी नहीं चल सकता?'' अब भुगतो। चले थे बड़े विवेक पै, अपनी टाँगों का रौब झाड़ने।

गुरुजी को तब उस गाँव में आए कुल जमा छह महीने हुए होंगे। फिर भी लगता था जैसे वहीं पैदा हुए हों। एक-एक से मिलाया था गुरुजी ने। छह माह के भीतर सबको दस्तखत करना सिखा दिया। क्या ऐसा भी कोई स्कूल देखा है जहाँ बच्चे छुट्टी के बाद भी चिपके रहें? गुरुजी का स्कूल एक ऐसा ही करिश्मा है। इससे भी बड़ा करिश्मा यह, कि अब सबने कसम खा ली है, कर्ज़ा नहीं लेंगे। शादी हो, कुछ भी हो, पूरा गाँव एक आदमी की तरह उसका सारा ज़िम्मा निभाएगा। बाज़ार ही बन्द हो गया उन स्वयंभू अन्नदाताओं का। और सबसे बड़ा करिश्मा यह, कि गुरुजी ने कलेक्टर तक को पटा लिया। कलेक्टर भी गुरुजी के जीवट का लोहा मान गए। अब किसी को किसी से भी यहाँ डरने की ज़रूरत नहीं। जल्दी ही ज़मीन का मसला निपट जाएगा। वह तो, मामला बेहद उलझा हुआ है, कागज़ात-वागज़ात मिलते नहीं कुछ, नहीं तो अब तक गुरुजी वह भी कर गुज़रते। फिर भी नीचे वाले गाँव की पोल-पट्टी उधेड़ दी, सारी दादागीरी चौपट कर दी, इतना भी क्या कम है? कलेक्टर तो खैर गुरुजी का दोस्त बन गया है और उसकी सलाह भी दोस्ताना ही है कि अब गुरुजी सीधे दिल्ली जा करके इन्हीं मन्त्री को खटखटाएं, तो आनन-फानन में सारा काम बन जाएगा। ज़मीन पर गाँव वालों को बाकायदा मालिकाना हक मिल जाएगा। दादा लोगों का सरपरस्त तब उन्हीं की छाती पर मूँग दलेगा और वे चूँ भी नहीं कर पाएंगे। मन्त्री को मसीहाई मिलेगी; गुरुजी को बड़ाई। और बेचारे ये 'डूब' से बचके भी खामखाह डूबे हुए लोग सचमुच ही तर जाएँगे।

नायाब नुस्खा था। मगर गुरुजी को जमा नहीं। राजनेता से नहीं मिलेंगे—राजनेता

का अहसान नहीं उठाएँगे। किसकी राजनीति है ये? हमारे लोगों की? कतई नहीं, बिल्कुल नहीं। यह तो हरामी, राजनीति है। इसीलिए तो उन्हीं को फल रही है जो पहले से फले-फूले हुए हैं। इसीलिए तो उन्हीं की हिफ़ाजत करती है, जिन्हें कायदे से काल कोठरी में सड़ना चाहिए। अन्धे, जिनको आँख सामने की हकीकत नहीं दिखाई दी—जो उसे देखने से इनकार करते रहे पचास बरसों से—आप कहते हो मैं जा के उनसे अपने अधिकार की भीख माँगूं? क्यों मांगूँ? ये होते कौन हैं? जन-प्रतिनिधि? बकवास। नहीं! यह वो बात नहीं है, शुक्लाजी! अराजनीतिक होना क्या अराजक होना है? अराजकता तो वह है जो यह राजनीति फैला रही है। मैं अराजनीतिक इसलिए हूँ कि मैं इस राजनीति को, इस अनीति को अपनी सही राजनीति नहीं मानता। सही राजनीति वह होगी जो इस इनकार में से उपजेगी।

यह था कलेक्टर शुक्लाजी और विवेक गुरुजी के संवाद का साराँश। शुक्ला जी बिल्कुल सहमत नहीं थे गुरुजी से। काकाजी थे। मगर...अब?

अब उन्हीं गुरुजी को अपनी अराजनीति की रक्षा के लिए काँग्रेसी जीप पर सवार होना पड़ गया है। पता नहीं, कहाँ हैं वे इस वक्त, और क्या कर रहे हैं! इससे तो वह शुक्लाजी का सुझाव क्या बुरा था? शुक्लाजी तो खुद विवेक के कथनानुसार अराजनीतिक अफ़सर हैं। फिर उनकी बात मान लेने में क्या बुराई थी?

शुक्ला जी इस वक्त बेहद व्यस्त होंगे। चुनाव के कारण। किससे पूछें विवेक की कुशल? काकाजी से? काकाजी तो खुद ही अकुलाए हुए हैं। फिर भी विवेक के बारे में उन्हें जो कुछ भी मालूम है, उतना तो कम-से-कम पता करें।

"विवेक को आप निरा सोशल वर्कर न समझें"—काकाजी कहते हैं। विवेक समाजशास्त्र में गोल्ड मैडलिस्ट एम. ए. और एम. फिल. है और पी. एच. डी कर रहा है। शेरगढ़ में केवल समाज-सेवा ही नहीं हो रही है। थीसिस भी लिखी जा रही है। नहीं, "लिखी जा रही है" कहना शायद उतना ठीक नहीं होगा। 'लिखी जा रही थी' कहना तथ्य के अधिक निकट होगा। "विवेक के साथ-साथ अब विवेक की थीसिस भी घपले में पड़ गई है।" काकाजी को डर है। क्यों है डर काकाजी को?

जिस प्रोफेसर के निर्देशन में विवेक की थीसिस लिखी जा रही थी, वे गाँधीवादी विचारों के थे और विवेक को बेहद चाहते थे। उसके काम से बेहद खुश थे। विवेक पहले किसी दूसरे इलाके में काम करता था। शेरगढ़ में उसे

ज़्यादा बड़ी चुनौती दिखाई दी तो वह शेरगढ़ आ गया। बदकिस्मती से उसके गाइड—वे गाँधीवादी प्रोफेसर महोदय एक दुर्घटना में चल बसे। अब उसकी नकेल जिस प्रोफेसर के हाथ आई है, उसे विवेक के भूतपूर्व गाइड और विवेक दोनों से एलर्जी है। ये प्रोफेसर महज़ अपनी राजनीतिक तिकड़मों के बल पर ही एकेडमी ऑफ सोशियोलॉजी के वरिष्ठ निदेशक के पद पर पहुँचे हैं। विवेक के इकट्ठा किए गए तथ्य और आँकड़े विवेक की थीसिस को जिस दिशा में ले जा रहे हैं, वह प्रोफेसर सिंह की दिशा नहीं है। प्रोफेसर सिंह की दिशा पहले से तय है : तथ्यों को उसमें सिर्फ फ़िट होने की इजाज़त है, उसमें उलट-फेर करने की नहीं। दिशा भी क्या है : वह तो इतिहास विधाता की लकीर है। इस कल के छोकरे विवेक की क्या मजाल, कि उस पर आँख मूँदकर चलने से इनकार कर दे!

काकाजी प्रोफेसर हैं : सोशियॉलॉजी के न सही, हिन्दी के ही सही; किसी एकेडमी के न सही, एक दो कौड़ी के कॉलेज के ही सही, पर हैं तो प्रोफेसर ही। जो दुनियादारी वे खुद ज़िन्दगी भर नहीं सीख सके, उसे अपने इस मुँहबोले भतीजे को सिखाने का उन्होंने जैसे बीड़ा ही उठा रखा है। वक्त रहते पी. एच. डी. नहीं की, इसका मलाल उन्हें इस कदर साल रहा है कि विवेक का भविष्य उन्हें अपने वर्तमान से भी ज़्यादा अँधेरा दिखाई देता है। यह नहीं कि काकाजी विवेक से प्रभावित नहीं : इतने ऊँचे खानदान का लड़का, इतना ब्रिलिएण्ट नौजवान अपनी लगी-लगाई नौकरी छोड़कर, केरियर—वेरियर सब कुछ दाँव पर लगाके अगर देहात और जंगलों की खाक छान रहा है और वह भी बिना किसी दलबद्ध राजनीति का मोहरा बने या नकलची क्रान्तिकारिता का मुखौटा लगाए—तो यह काकाजी जैसे पुराने ज़माने के आदर्शवादी, और दिन-रात बैठे-बैठे गाँधी के नाम की माला जपने वाले आदमी के लिए तारीफ़ का ही क्यों, ईर्ष्या का विषय भी होना चाहिए। मन ही मन काकाजी फूले नहीं समाते अपने भतीजे के कारनामे अपनी पत्नी और बच्चों से सुन-सुन कर। मगर मुँह सामने उनकी बस वही एक रट रहती है जिसे सुनते-सुनते अब तक विवेक के भी कान पक गए होंगे।

''यह सब तो ठीक है विवेक, मगर तुम अपनी पी.एच.डी. तो पहले पूरी कर डालो। फिर तुम्हें जो करना हो करो। वैसे भी, तुम तो जानते हो, यह गाँधीजी का ज़माना तो है नहीं। अब तो बीसियों विदेशी एजेन्सियाँ हैं, मिशनरी और नक्सली हैं। ठीक है कि तुम स्वावलम्बन वाले हो। मैं भी हूँ। मगर तुम जो कुछ कर सकते हो अपनी सारी ज़िन्दगी झोंककर भी, वह क्या इस मुल्क के खौलते तवे पर पानी का छींटा मारने जैसा ही नहीं है। तुम्हें हतोत्साहित नहीं कर रहा हूँ।

सिर्फ यह बता रहा हूँ कि अपने अब तक के तजुर्बे को इल्म की शक्ल में ढालकर तुम पहले इल्म की दुनिया से सर्टिफिकेट हासिल कर लो, तभी तुम्हारे काम की भी कीमत होगी। नहीं तो, बाद में पछतावे के सिवा कुछ भी हाथ नहीं लगने वाला।''

मुँहबोले काका की लगातार नसीहतबाज़ी का इतना असर तो हुआ ही, कि तीन महीने में एक बार भतीजा 'एकेडमी ऑफ सोशियालॉजी के चक्कर लगाने लगा। उस बार मगर वह दिल्ली से लौट के सीधे उनके पास आया और बोला, ''काकाजी, प्रोफेसर सिंह ने मेरी सारी मेहनत रद्द कर दी। तीनों चैप्टर दुबारा अपनी दी हुई लाइन पर फिर से लिखने को कहा है। मैं तो यह थीसिस उसके मुँह पर पटक के आ जाता। मगर आपके डर से चुप लगा गया। बताइए अब मैं क्या करूँ?''

काका ने पैंतरा बदला और कहा—''अभी झगड़ा मत करो। तुम्हारा यह निदेशक तुमको नहीं, तुम्हारे भूतपूर्व निदेशक को रिजेक्ट कर रहा है। यह आइडियोलॉजी का ही नहीं, विशुद्ध ईगो का भी मामला है। समझे? दिवंगत होकर भी प्रोफेसर रावत इसके गले में अटके हुए हैं। हर तिकड़मी मीडियाकर गहरे में कहीं अपनी औकात अच्छी तरह जानता है और कदापि नहीं चाहता कोई उसे उसकी याद दिलाए। तुम ऊपर से शान्त रहो। छेड़ो मत। सहलाओ उसे। मगर भीतर से वही करो, जो तुम करना चाहते हो। लेख लिख डालो दो-चार और इधर-उधर छपा भी डालो। फलाँ-फलाँ विद्वानों से सीधा सम्पर्क करो और उन्हें कच्चा चिट्ठा लिख भेजो। फिर देखो, यह मीडियाकर तुम्हारा क्या बिगाड़ लेता है।

इसके बाद काकाजी ने एक किस्सा सुनाया भतीजे को। किस्सा नहीं, हकीकत। 'जे.एन.यू. का बहुत ही मेधावी छात्र था जो टॉप करके कहीं कॉलेज में व्याख्याता भी बन गया था। नाम अच्युत रॉय। उसने जे.एन.यू. के ही एक प्रसिद्ध इतिहासज्ञ के निर्देशन में तीस के दशक के स्वतन्त्रता-संग्राम पर थीसिस लिखी थी। स्टूडेण्ट फेडरेशन का वह मशहूर लीडर था और जे.एन.यू. का प्रेसिडेण्ट भी रह चुका था। एम.ए. मॉडर्न हिस्ट्री के उसने सारे रेकार्ड तोड़ डाले थे। वैसे ही इलेक्शन में भी। पर इन दोनों से कहीं बड़ा एक तीसरा रेकार्ड उसने कायम किया जो उसकी सत्यनिष्ठा का रेकार्ड था और जिसे शायद ही कोई तोड़ सके।

''मेरे एक काठियावाड़ी दोस्त हैं, जिन्होंने बिहार आंदोलन में प्रमुख भूमिका निबाही थी। नैष्ठिक गाँधीवादी। नाम चिरंजीव जोशी। तुम्हें मिला चुका हूँ

उनसे—तुम्हें याद हो तो। एक सेमिनार में अकस्मात् अच्युत रॉय से वे टकरा गए। अच्युत रॉय उनसे ऐसा प्रभावित हुआ कि अपनी थीसिस जिसे वह सम्मिट करने ही वाला था—वह उसने चिरंजीव को देकर उस पर उनकी राय माँगी। चिरंजीव जोशी ने उसमें छिद्र ही छिद्र ढूँढ निकाले। दोनों के बीच घोर वाक्युद्ध छिड़ गया जो पूरे सात दिन तक चला। इनमें आखिरी दो दिनों का मैं भी गवाह था। हुआ यह कि चिरंजीव के सामने अच्युत अच्युत नहीं रह पाया, उसे घुटने टेकने पड़े। आठवें दिन उसने थीसिस फाड़कर फेंक दी और विभागाध्यक्ष को सूचित कर दिया कि मैं अब दुबारा थीसिस लिखूँगा—एकदम नए दृष्टिकोण से। अफ़सोस कि अच्युत रॉय थीसिस दुबारा नहीं लिख सका। चिरंजीव ने उसे समझाया भी था कि पूरी थीसिस नहीं, सिर्फ दो चैप्टर दुबारा लिखने से काम बन जाएगा। मगर वह नहीं माना। उसे अपनी समूची तर्क-रचना दूषित लगने लगी। उसने पार्टी भी छोड़ दी। सात बरस बीत गए इस घटना को। मगर थीसिस दुबारा लिखने की नौबत नहीं आई। मैं उसकी सत्यनिष्ठा की कद्र करता हूँ; पर उसे इतनी दूर जाने की कतई ज़रूरत नहीं थी। खामखा तैश में आके अपना कैरियर चौपट कर डाला।"

यह किस्सा विवेक को सुना चुकने के बाद काकाजी ने उससे कहा—"मैंने तुम्हें यह सच्ची घटना इसलिए बताई कि तुम खुद सोचो, जब एक कट्टर मार्क्सवादी शोधकर्ता के विचारों में इस कदर उलटफेर सम्भव है, तो शोध कराने वाले प्रोफेसर के साथ क्यों नहीं ऐसा हो सकता? तुम यह मानकर क्यों चल रहे हो कि तुम्हारा कम्युनिस्ट निदेशक तुम्हें डॉक्टरेट पाने से रोकने पर ही तुला हुआ है? तुम पहले उसका काम तो पूरा करो—फिर देखो। कमाल है, कर्मक्षेत्र में तुमने इतने सारे अड़ंगे इतनी हिम्मत और सूझबूझ के साथ पार कर डाले और इतने कम समय में इतना चमत्कार अपने अकेले दम पर कर दिखाया। फिर ऐकेडेमिक दुनिया में संघर्ष करने से तुम किसलिए कतरा रहे हो? तुम यह क्यों नहीं सोचते कि यहाँ भी तुम जीतोगे क्योंकि तुम्हारा पक्ष सच्चाई का है और तुम्हारे जीतने से एक और दुश्चक्र टूटेगा, और रिसर्च के नाम पर अपनी गन्दी राजनीति चलाने वालों का सार्वजनिक भंडाफोड़ हो जाएगा।

विवेक की प्रतिक्रिया वही हुई जिसकी काकाजी को अपेक्षा थी। उसने काकाजी को वचन दिया कि वह थीसिस लिखेगा और जमकर लिखेगा और फिर भी प्रोफेसर सिंह अगर लाइलाज ही साबित हुए तो वह इस लड़ाई को भी सार्वजनिक बनाके रहेगा—एक और सत्याग्रह छेड़ेगा।

इस बात को भी कम-से-कम दो-तीन महीने तो गुज़र ही गए होंगे। अब आज विवेक ने अचानक काकाजी के घर में आकर जो धमाका किया है, उससे काकाजी अभी तक उबर नहीं पाए हैं। उनकी समस्त कल्पना उन्हें तरह-तरह के दुःस्वप्न दिखा रही है। भतीजे से उनकी जो बातचीत हुई थी उसका टेप भी रह-रह कर उनके भीतर बजने लगता है।

''काकाजी, मेरे पास और कोई चारा नहीं था। बी.जे.पी. वाले तो कभी से मुझे घेरे हुए हैं। कल अस्पताल में मुझे मन्त्री जी की चिट्ठी मिली। ''गुरुजी, सुना आप बीमार हैं। हमसे रूठे हुए भी हैं। माफी चाहता हूँ कि आपको देखने अभी तक आ नहीं सका। कल आपको साथ लेकर शेरगढ़ जाऊंगा। मुझे मालूम है आपकी मर्ज़ी के बगैर वहाँ पत्ता तक नहीं हिलता। आपका आशीर्वाद लेकर ही हम वहाँ जनसभा को सम्बोधित करेंगे।'' निहाल सिंह जी के सुपुत्र भी उस वक्त मेरे पास ही बैठे हुए थे। मैंने कहा–अब? तो कहने लगे, 'अब क्या? आपको इन लोगों के साथ शेरगढ़ जाने कौन देगा? आप तो हमारे हो ही चुके हैं। आपका आशीर्वाद तो हम तभी प्राप्त कर चुके थे जब आपको 105 डिग्री बुखार था। परसों आपको हमारे साथ चलना है। बस आखिरी जनसभा होगी हमारी। उसमें दो शब्द आपको बोलने होंगे।' हफ्ते भर से ये लोग मेरी सेवा में जुटे हैं काकाजी। रात-रात भर सोए नहीं। मैंने तो साफ कह दिया था इनसे भी, कि देखिए मैं तो अराजनीतिक आदमी हूँ। मुझे न तो बी.जे.पी. से मतलब है, न काँग्रेस से। मैं न तो उनकी सभा में गया हूँ और न आपकी सभा में जानेवाला हूँ। हाँ, बी. जे.पी. वाले कल मुझे लेने आएँ, इससे पहले कल मेरा अपहरण कर लीजिए, ताकि उनको मेरा सपोर्ट न मिले। जब आप मेरे गुरु की सिफारिश ले के आए हैं तो मुझे इतना तो आपके लिए करना ही पड़ेगा...।''

काकाजी का ध्यान इस बीच कहीं और बहक रहा था। पर विवेक के आखिरी वाक्य ने उन्हें बुरी तरह चौंका दिया–''गुरु की सिफारिश? मतलब?''

विवेक इस पर बड़े रहस्यमय अन्दाज़ में मुस्कराया। ''जी हाँ, एकेडमी ऑफ सोशियोलॉजी के प्रोफेसर सिंह ने–यानी मेरे निदेशक ने–मुझे चिट्ठी लिखी है कि मुझे इस चुनाव में निहालसिंह जी के सुपुत्र की पूरी मदद करनी होगी।

काकाजी को एकाएक अपने कानों पर विश्वास नहीं हुआ। ''यह तुम क्या कह रहे हो? एक एकेडेमिक आदमी को मन्त्री के चुनाव-प्रचार में भला क्या दिलचस्पी हो सकती है?''

"हो सकती नहीं, है," विवेक ने कुरते की जेब में हाथ डाला और प्रोफेसर सिंह की चिट्ठी काकाजी को पकड़ा दी—"लीजिए, खुद पढ़ लीजिए।"

"हद है" चिट्ठी पढ़कर उसे विवेक को लौटाते हुए काकाजी बड़बड़ाए—'बेशर्मी की हद है। तो...तुम इसलिए इनके साथ हो और अब काँग्रेस का चुनाव-प्रचार करोगे। क्यों?"

एक क्षण तो विवेक के मुँह से बोल नहीं फूटा। पर दूसरे ही क्षण उसने अपने को संभाल लिया—"ऐसा है काकाजी, जिसे भुगतना पड़ता है, वही जानता है। आज महीने भर से मेरी क्या दुर्दशा हो रही है इसे मैं ही जानता हूँ। बी. जे.पी. वाले तो रोज़ ही मुझे घेरे रहते हैं। कहते हैं—"गुरुजी, आप तो हमारा ही काम कर रहे हैं। हममें और आप में आखिर फ़र्क कहाँ है?" मैं उनके साथ बहस में नहीं पड़ता। एक दिन सब्बरवाल को लेके आ गए—अपने भूतपूर्व मन्त्री को। मन्त्री महोदय ने एक-एक कर अपने कार्यकर्ताओं से मेरे पैर छूने को कहा। फिर खुद भी झुकने लगे। मैंने कहा—"यह आप कर क्या रहे हैं? आप तो मेरे बुजुर्ग हैं।" तो बोले—इतनी बड़ी जनता जनार्दन जिसे 'गुरुजी' कहके पुकारती है और देवता की तरह पूजती है, उसे मैं प्रणाम न करूँ तो मेरी बुजुर्गियत की इससे बड़ी विडंबना क्या होगी? यों तो सारे समय इधर-उधर की और बड़ी समझदारी की बातें करते रहे। मगर चलते समय उनसे रहा नहीं गया। बोले—"अब पता नहीं, कब दर्शन हों आपके। आपका आशीर्वाद हमारे साथ है, यह भरोसा लेके जा रहा हूँ।" मैंने कहा—"देखिए, मैं अराजनीतिक आदमी हूँ। आपको मेरे बारे में कोई भ्रम नहीं होना चाहिए। मैं अपने लोगों से चुनाव-वुनाव की बात कभी नहीं करता।" वे मुस्कराते हुए चले गए। बस, तबसे और मुसीबत हो गई। मेरा सारा एकान्त तहस-नहस हो गया। वह तो मैं अचानक बीमार पड़ गया। वरना ये लोग तो मेरा दिमाग ही खराब कर देते।

अब मुस्कराने की बारी काका की थी। कुछ कहते न कहते, इसके पहले ही भीतर से नाश्ते का बुलावा आ गया। और फिर जीप आ गई। काँग्रेसी जीप, जो विवेक यानी, गुरुजी को काकाजी से छीन ले गई। "अपहरण" कहा था उसने—"स्वेच्छापूर्वक अपहरण।" क्या मतलब हुआ इसका?

मतलब इतना साफ है कि उस पर यकीन करना दूभर है। मगर... इसमें इतना परेशान होने की क्या बात है? इससे फ़र्क़ क्या पड़ेगा, अगर अराजनीतिक विवेक दो-दिन काँग्रेस की जीप में सवार दीख जाए? गाँव का तो इसमें भला ही है। गुरुजी को और क्या चाहिए! मान लो, काँग्रेस हार भी गई, तो भी उससे

गुरुजी का या उनके गाँव का क्या बिगड़ जाएगा? बी.जे.पी. वाले क्या शेरगढ़ पर अधिक ध्यान नहीं देंगे? ज़रूर देंगे। और अगर काँग्रेस जीत गई तो गुरुजी के गाँव की तो किस्मत ही खुल जाएगी। सारे अटके हुए काम फटाफट-फटाफट होने लगेंगे।

बस इतना ही, कि जिस आत्मविश्वास के साथ गुरुजी यानी विवेक अपने मुँहबोले काकाजी से या कलेक्टर शुक्ला से या बी.जे.पी. वाले अपने मित्रों के सामने यह दावा कर सकते थे कि वे विशुद्ध अराजनीतिक आदमी हैं उतने आत्मविश्वास के साथ अब शायद वे यह दावा नहीं कर पाएँगे? हिचकेंगे करते हुए। है कि नहीं?

थीसिस भी अब उनकी, लगता नहीं, लिखी जाएगी। उसकी भी, अब कहीं वही गति न हो जो अच्युत राय की थीसिस की हुई। या फिर...यह भी तो हो सकता है कि थीसिस तो लिख जाए और पी.एच.डी. भी मिल जाए। मगर, तब क्या वह वही थीसिस होगी जो विवेक लिखना चाहता था?

पता नहीं, विवेक इस वक्त कहाँ होगा और क्या कर रहा होगा।

आज की तारीख में

मैं नहीं चाहता था, यह कहानी जो मुझसे कहलवाना चाहती है, इस तरह खुद मुझी को पात्र बनाकर, मेरे ही मुँह से कहलवाए। क्या मैं इतना भी नहीं जानता कि कहानी हमेशा अन्य पुरुष के ही माध्यम से अपना कहानीपन कमाती आई है और लेखक—तथाकथित लेखक तक, अपनी आपबीती से इसी तरह छुटकारा पा सकते हैं, या कि इसी तरह उसे भुला सकते हैं। मैं भी अब तक सैंकड़ों की तादाद में 'स्टोरीज़' भुना चुका होऊँगा। यह पहली मरतबा हुआ है कि मुझे, जो मेरे साथ सचमुच घटा है और घट रहा है, उसे बयान करने को 'स्टोरी लाइन' का ही टोटा पड़ रहा है। अभी तक जिस तरह की घटनाओं से मेरा पाला पड़ता रहा है, वे पूरी तरह मेरे नियन्त्रण में रहीं। सच बताऊँ आपको, कथाकारों से मुझे उस तरह कभी ईर्ष्या महसूस नहीं हुई। उलटे मुझे तो यही लगता रहा है कि इन कल्पनाजीवी कथाकारों-कवियों के दिन लद चुके। आज की तारीख़ में अब कुछ भी ऐसा नहीं जो अकल्पनीय या रहस्यमय कहा जा सके। सारे समुद्र पाटे जा चुके, सारे पर्वत शिखर रौंदे जा चुके, ग्रह-नक्षत्र भी ग्रह-नक्षत्र जैसे नहीं रहे। यहाँ तक कि संस्कृति भी संग्रहालयों यानी कबाड़खानों की चीज़ हो गई, क्योंकि अब आदमी की याददाश्त सौ फ़ीसदी दैनिक है। मैंने 'आज की तारीख़ में' कहा तो यूँ ही नहीं कहा। सचमुच, सच आज वही है जो आज की तारीख में सच है।

इतना बतौर भूमिका के, उस कहानी की, जो मुझे लिखनी है। कैसे लिखना है, क्या लिखना है, यह मैं बिल्कुल तय नहीं कर पा रहा हूँ। सच कहूँ तो मेरे हाथ-पाँव फूल रहे हैं। शायद इसीलिए मैंने भूमिका इतनी लम्बी खींच दी। मुझे थोड़ी मोहलत चाहिए। इस तरह लिखने का मुझे अभ्यास नहीं ना, इसलिए।

यह कहानी नहीं, घटना है। बल्कि, घटनाओं की एक पूरी शृंखला, जो दुर्भाग्य से किसी और के साथ नहीं, सिर्फ़ मेरे साथ घट रही है और यही सारी मुसीबत की जड़ है।

शुरू से ही शुरू करना ठीक होगा कि एकदम अभी आज की ताज़ा खबर से? मैं जो 'स्टोरी' गढ़-गढ़ के अपनी आजीविका और शोहरत दोनों कमाता आया हूँ, इस घटना की चोट से सुन्न पड़ा हूँ—एकदम सुन्न और गूँगा। अपनी गुँगलाहट ही कम-से-कम खुद पढ़ सकूँ तो इतना ही मेरे लिए काफी होगा।

वह मुझे एक बार फिर से चारों खाने चित करके चला गया है। वह, यानी मेरा लड़का। दंग हूँ मैं अपनी इस अजीबोग़रीब हालत पर। मुझे उस पर बेहद, बेहद गुस्सा आ रहा है। आखिर वह होता कौन है मुझे इस तरह कठघरे में खड़ा कर देने वाला? पर इसमें कठघरे की क्या बात है? मैं क्यों इस तरह 'रिएक्ट' कर रहा हूँ? वह मुझ से अपने मन की बात नहीं कहेगा तो किससे कहेगा? आख़िर मैं उसका बाप हूँ। वह जैसा है, उसके वैसा बनने के पीछे क्या कहीं खुद मेरा भी हाथ नहीं? कायदे से मुझे तो खुश ही होना चाहिए कि जिस तरह के सवाल खुद मेरे भीतर उठने चाहिए थे, उठते भी थे किसी ज़माने में, उस तरह के अड़ियल सवाल अब यदि मेरे लड़के को सताने लगे हैं तो इसका मतलब यही न हुआ कि नई पीढ़ी से उम्मीद करनी चाहिए?

मगर...यह तो मेरी भाषा है, उसकी नहीं। मुझे अपनी भाषा कभी इतनी झूठी और अनर्गल नहीं लगी जितनी ऐन इस वक्त लगने लगी है। जब कि मैं आज जो भी हूँ इसी भाषा के बलबूते हूँ। आखिर मैं पत्रकार हूँ। सौ फीसदी घटनाजीवी। आसपास या दूर-दराज जो कुछ भी घटित होता है, उसमें 'स्टोरी लाइन' मुझे तत्काल कौंध जाती है। यूँ कहानीकार तो असली हम पत्रकार लोग ही हैं, हर घटना, हर परिस्थिति से अलग और ऊपर, तटस्थ दर्शक और रिपोर्टर भर। घटनाएँ तो हमेशा दूसरों के साथ घटा करती हैं ना? मगर, जैसा आपको बताया मैंने, इस बार मैं ख़ुद खामखाह उलझ गया हूँ।

उलझ गया हूँ—यानी? मेरा बड़ा लड़का और मेरी बीवी कभी मुझसे नहीं उलझते। एक इसी को जाने कैसे शुरू से मेरे साथ बहस करने की टेव पड़ गई। अच्छा-खासा डिबेटर माना जाता है, कई सारे इनाम भी जीते हैं। मैं जो बचपन में दब्बू और घोंचू टाइप का रहा, इसकी इस तरह की उपलब्धियों पर गर्व से फूला न समाता था। जैसा मैं बनना चाहता था, वैसा मेरा लड़का बन रहा है, यह सोच कर मैंने इसे खूब बढ़ावा दिया। तो क्या इसलिए, कि यह मेरा और ख़ुद अपना जीना हराम कर ले?

मगर मैं भी अजीब आदमी हूँ जो एक ज़रा-सी बात को इतना तूल दिए

जा रहा हूँ। ऐसी बीसियों शादियों में मैं पहले भी शरीक हुआ हूँ कि नहीं? और इस लड़के ने मुझे ऐसा क्या बता दिया जो मैं ख़ुद ज़रा-सा खोदते ही पता नहीं लगा सकता था। उफ! मेरी भी जाने क्या मति मारी गई कल रात, जो इससे खामखाह पूछ बैठा—'क्योंजी, तुम गए क्यों नहीं सुजाता की शादी में? अतुल पूछ रहा था। तुम्हारे सारे क्लासफ़ेलो मौजूद थे वहाँ। सब मुझसे पूछ रहे थे, सुरेश कहाँ है? क्यों नहीं आया अभी तक? ख़ुद सुजाता हैरान थी। उतनी भीड़ में भी एक तुम्हारी अनुपस्थिति उसे किस क़दर अखर रही थी, यह तुम्हारी मम्मी ने भी महसूस किया और मैंने भी।'

'तो...मैं क्या करूँ?' वह इतनी बुरी तरह चीखा कि मैं स्तब्ध रह गया। 'क्यों? क्या हुआ?' अतुल इसका सबसे घनिष्ठ मित्र है। प्राइमरी स्कूल में पढ़ते थे, तब से उसका साथ है। हर तीसरे दिन वह हमारे यहाँ डटा रहता है या फिर यह उसके यहाँ। कभी-कभी तो मुझे हैरत होती थी कि दस-ग्यारह बरसों तक साथ रहते-रहते ये लोग कैसे एक-दूसरे से अभी तक नहीं ऊबे? हम भी तो आखिर दोस्त बनाते ही थे लड़कपन में, मगर हमारी तो कोई दोस्ती इस कदर लम्बी नहीं खिंची। इनकी कैसे निभ रही है? जबकि पहाड़ी होने के बावजूद अतुल के माता-पिता से हमारी उस तरह कभी घनिष्ठता नहीं हुई।

'मैं गया था। मगर घूम-फिर के लौट आया,' वह बोला, 'सड़क के दोनों तरफ आधे मील तक कारें ही कारें खड़ी थीं। मेरा तो दिमाग़ भन्ना गया। ऐसा तो राजों-महाराजाओं के यहाँ भी नहीं होता होगा। आखिर किसको दिखाने के लिए यह सारा तमाशा खड़ा किया गया? इसका मतलब क्या है? कितना अश्लील, कितना फूहड़ लगता है यह सब। मन कर रहा था बम से उड़ा दूँ सबको।'

'मगर..हुआ क्या?' मैं उससे पूछने को हुआ। मगर उसकी मुखमुद्रा देखकर सकपका गया। दूल्हा आखिर दुबे जी का भतीजा है, एक भूतपूर्व मुख्यमन्त्री और अब केन्द्रीय मन्त्री का। बिचारे अतुल का या उसके माँ-बाप का इसमें क्या कसूर है? वे तो ऐसी तड़क-भड़क का सपना तक नहीं देख सकते थे। जब लड़के वालों की इच्छा है तो जो करना हो करें। इसमें लड़की वाले क्या कर सकते हैं और इसमें इस तरह बौखलाने की क्या बात है? ठीक है, आडम्बर और फिजूलखर्ची से जैसे मुझको चिढ़ है, वैसे ही इसको भी है। अभी गर्मियों में हमारे अखबार के मालिक के लड़के की शादी भी तो ऐसी ही धूमधाम से हुई थी। वह क्या कम फूहड़ प्रदर्शन था। मगर बौखलाने से क्या फ़ायदा?... जिनकी ज़रा भी हैसियत नहीं, ऐसे टुटपुँजिए लोग भी ऐसे मौकों पर अपने अरमान निकालने से नहीं चूकते,

भले क़र्ज लेना पड़े। हमारा समाज ही ऐसा है। अतुल क्या इससे कम आदर्शवादी है? उसे भी क्या यह सब अच्छा लग रहा होगा? मगर यह तो...

'तुम इतना परेशान क्यों हो रहे हो? जिसको जो करना हो करे। तुमने क्या सबका ठेका ले रखा है?'

'नहीं, मैं क्या ठेका लूँगा,' लड़का बड़बड़ाया, 'ठेका तो आप लोगों ने ले रखा है, जन-प्रतिनिधियों ने, पत्रकारों ने। मेरी हैसियत क्या है जो मैं ठेका लूँ? सेण्ट्रल केबिनेट के मिनिस्टर के रहते...और प्रदेश के सबसे बड़े अखबार के ब्यूरो चीफ़ के रहते।'

मुझे अपने कानों पर भरोसा नहीं हुआ। मगर शंका की उसने गुंजाइश ही कहाँ छोड़ी थी। उसकी आँखें सीधे मेरी आँखों में गड़ रही थीं।

'आप तो कहा करते थे, पहाड़ी लोग बहुत सीधे होते हैं। क्या यही है उनका सीधापन?'

'क्या मतलब?' मैं बुरी तरह चौंका। ऐसा क्या कर दिया अतुल के पिताजी ने? इसी ने तो बताया था मुझे कि यह लव-मैरिज है और साल भर से मनाते-मनाते अब जाके बात बन पाई है। राज़ी ही नहीं हो रहे थे अतुल के पिताजी पहले तो और लड़के वाले भी अपनी जगह अड़े हुए थे। आख़िर झुकना ही पड़ा दोनों पक्षों को इन प्रेमियों के आगे।

'मतलब साफ़ है', वह मुस्कराया। उसकी मुस्कराहट उसकी तमतमाहट से भी ज़्यादा डरावनी लगी मुझे।...'तुम्हीं बताओ पापा, अगर यह मिनिस्टर का भतीजा न होकर किसी मामूली परिवार का, अतुल के पिताजी जैसी हैसियत का लड़का होता, तो क्या अतुल के माता-पिता कभी इस रिश्ते को मंजूरी देते?'

'क्यों नहीं देते?' मैंने उसे डपटते हुए कहा। हालाँकि मैं भाँप रहा था कि उसके दिमाग़ में क्या चल रहा है। 'भतीजा होने से क्या हो गया? बेटा तो वह मेडिकल कॉलेज के प्रोफ़ेसर का ही है। तुम्हारे दिमाग़ में कैसी फिजूल की बातें घुस गई हैं, मेरी समझ में नहीं आता। अपने ही दोस्त के बारे में...'

'भाड़ में जाए ऐसी दोस्ती', उसने मुझे बीच में ही बुरी तरह टोक दिया, 'मुझे तो शर्म आती है अपने ऊपर और इस परिवार पर। मैं भी किस क़दर बेवकूफ था जो इन्हें जाने क्या-क्या समझता रहा। अब जाके मेरी आँखें खुली हैं। आई हेट हिम एंड हिज़ फ़ादर एंड सिस्टर...' उसने अँग्रेज़ी में गाली बकना शुरू कर दिया। मैं हैरान। 'आखिर तुम कहना क्या चाहते हो?' मैं चिल्लाया उस पर।

'मैं जो कहना चाहता हूँ, तुम सब समझते हो पापा', उसने मुझ पर मानो

तरस खाते हुए कहा, 'तुम अच्छी तरह जानते हो, मिनिस्टर का भतीजा होने का मतलब और तुम्हारे ये पहाड़ी बन्धु भी। वे तो कब से पहाड़ में ही लड़का ढूँढ़ रहे थे। कास्ट के बाहर जाने की बात तो अतुल के माँ-बाप सोच भी नहीं सकते थे। मगर जब इस रिश्ते में हर तरह के फ़ायदे नज़र आने लगे, अतुल का कैरियर, खुद लड़की का कैरियर और ऊँची पहुँच वालों की रिश्तेदारी वगैरह, तो...बस, सारे पाप धुल गए, सारी मुश्किलें आसान हो गईं।'

'हद हो गई' अब बौखलाने की बारी मेरी थी। 'तुम्हारा तो दिमाग़ ही ख़राब हो गया है। ऐसी बातें सोचते भी तुम्हें शर्म आनी चाहिए। मानो पहले से गणित भिड़ा कर उन्होंने रिश्ता ढूँढ़ा हो। क्या तुम्हीं ने मुझसे नहीं कहा था अभी कुछ दिन पहले कि यह लव-मैरिज का मामला था और अतुल के पिता क़तई तैयार नहीं थे इसके लिए?'

'कहा था, इससे क्या?' मेरा लड़का बोला, 'वह सब इनका नाटक था। गन्दा और वाहियात नाटक। तुमको पता है, सुजाता को अग्रवाल कॉलेज में लेक्चररशिप कैसे मिली? जबकि दूसरों से उसके मार्क्स काफी कम थे। अब जाके असलियत समझ में आ रही है इस लव-मैरिज की। लव-वव कुछ नहीं पापा। लिटरली फाँसा गया है लड़के को सारा हिसाब-किताब पक्का करके। मैं सब जानता हूँ। और भी तो लड़के थे सुजाता के साथ के। इस गुप्ता से कहीं ज़्यादा इनके घर आने-जाने वाले। ओह! आई हेट दीज़ कैलकुलेटर्स। तुम्हें मालूम है। अतुल को एम.ए. का रिज़ल्ट आने से भी पहले जो 'वोल्टाज़' का ऑफर मिल गया, सो कैसे?'

'नाउ यू शट अप,' मैं गुस्से के मारे हकलाने लगा, 'तुम्हें शर्म आनी चाहिए अपने सब से जिगरी दोस्त और उसकी बहन, जिसे तुम कल तक 'दीदी' कहते थे, उसके बारे में ऐसी बात करते हो। ओह, लगता है, रातोंरात यह इलहाम आ टूटा तुम पर और इसीलिए तुमने उसकी शादी का बायकाट कर डाला, क्यों? अच्छा लगता है, तुम्हारे मम्मी-पापा तो शादी में जाएँ और तुम घर में बैठे रहो ये सब वाहियात बातें सोचते? आखिर हमारा क्या लेना-देना था उनसे...हैं? जो कुछ था तुम्हारी ही वजह से था।'

'क्यों? तुम्हारे पहाड़ी बंधु जो ठहरे!' वह कुछ इस तरह मुस्कराया कि मुझे आग लग गई। बड़ी मुश्किल से मैंने अपने को ज़ब्त किया। मगर वह इतने से ही क्यों सन्तुष्ट होता, उस पर तो जुनून सवार था। कहने लगा, 'तुम्हारा क्या है पापा, तुम तो वैसे भी हाई सोसाइटी में मूव करने वाले ठहरे। तुम्हारा काम

ही ऐसा है। तुम भला किसी मिनिस्टर से कम हो? आए दिन पार्टियों, जलसों में शरीक होते रहते हो। वह तो तुम्हारी ही खास अपनी दुनिया है, तुम्हारे ही अपने लोग ठहरे वे सब। तुम क्या अतुल की सिस्टर या उसके पिताजी की खातिर गए थे? तुम्हें तो दूल्हे की तरफ़ से भी खासुल ख़ास न्यौता मिला होगा। नहीं?'

'हाँ बिलकुल मिला था। तो फिर?' मैं भन्नाया।

'तो फिर क्या?' वह फिर चालू हो गया, 'सारे मिनिस्टर और विधायक सभी तो वहाँ मौजूद रहे होंगे। तुम्हारी पत्रकार बिरादरी भी सदा की तरह। और तुमने जम कर बधाई भी दी होगी अतुल के पिता को इतना ऊँचा रिश्ता ढूंढ़ लाने के लिए।'

'हाँ दी थी। क्यों नहीं देता', मैं बिफर पड़ा। मैं अब वही बक रहा था जो वह चाहता था, मैं बकूँ। 'अरे, इसमें इस तरह बौखलाने की क्या बात है? ऊँचे खानदान में शादी हो लड़की या लड़के की, यह कौन बाप नहीं चाहेगा? इसमें ग़लत क्या है? रिश्ता यूँ ही नहीं हो जाता। क़िस्मत चाहिए उसके लिए और अक्ल भी। तुम क्या अपने को बहुत अक्लमन्द समझने लगे हो? तुम सिनिकल हो सिनिकल। सिनिकल और बददिमाग़ भी। समझे? सिनिकल होना अक्लमन्द होना नहीं होता।'

वह विस्फारित आँखों से मुझे घूरता रहा थोड़ी देर और फिर बोला, 'यही सही पापा, ऐसे दिमाग़दारों से मैं बददिमाग़ ही क्या बुरा हूँ? नहीं, आप ठीक कहते हैं पापा, इसमें कुछ भी ग़लत नहीं है। मगर एक बात बताइए। अगर ऐसा ही है, अगर ऐसा ही आप सोचते हैं, तो फिर अपने सेठ के लड़के की शादी के जश्न से लौट के इतना बिफर क्यों रहे थे? ज़रा आप समझाइए तो सही अपने इस बददिमाग़ बेटे को कि अगर वह धूमधाम फूहड़ और घटिया थी, तो यह क्यों नहीं?'

शायद यही वह वार था जो उसने सहसा 'तुम' से 'आप' पर छलाँग लगाते हुए मुझ पर किया था और जिसकी चोट लगते ही मैं चारों ख़ाने चित हो गया था और तभी से चित पड़ा हूँ। वह तो बिना मेरे जवाब का इन्तज़ार किए खिसक लिया था उसी वक्त। सोचता होगा, ये क्या खाकर जवाब देंगे? जवाब देने को इनके पास बचा क्या है? मुझे याद आ रहा था वह दिन, जब मेरे उस अप्रत्याशित विस्फोट के बाद, नहीं, शायद तुरन्त नहीं, दूसरे दिन सुबह नाश्ते की मेज़ पर बिना किसी प्रकरण या प्रसंग के, इसने यूँ ही मुझ पर जड़ दिया था, 'पापा, अगर आपको यह शख़्स इस कदर नागवार गुज़रता है, अगर आपकी अपनी 'वैल्यूज़'

इसकी 'वैल्यूज़' से इस कदर बेमेल हैं तो यह तो आपको पहले से पता रहा होगा। तो फिर अच्छी-खासी कॉलेज की प्रोफ़ेसरी छोड़ के आपने इसके अखबार की नौकरी क्यों कबूल की?' एक पल को तो मैं स्तम्भित रह गया था। क्या वह यही नहीं कह रहा है मेरे मुँह पर, कि अगर अखबार निकाल के पैसा और शोहरत कमाना, उसके ज़रिए सत्ता में सीधी घुसपैठ हासिल करना और फिर समाज में अपनी सामर्थ्य और शक्ति का खुला प्रदर्शन करना सचमुच नैतिक दृष्टि से इतना गिरा हुआ आचरण है तो फिर ऐसे शक्ति-स्रोत से सम्पादक या ब्यूरो चीफ़ की तरह जुड़ने की लालसा पर भी प्रश्नचिह्न क्यों नहीं लगाया जा सकता? निश्चय ही मैं चुप नहीं रहा था। मेरी पत्नी ने भी मेरा पक्ष लिया था, मुझे अच्छी तरह याद है। और कहीं हो न हो, इस मुल्क में तो कम-से-कम हर कामयाब मर्द की कामयाबी के पीछे उसकी पत्नी का हाथ होता है, इसे मैं अच्छी तरह जानता हूँ। पत्नी तो वही है जो पति की महत्त्वाकाँक्षा के लिए सान का काम करे। और हमारी पत्नियाँ चाहे जितनी पढ़ी-लिखी हों, कभी भूल कर भी अपने पति की आलोचना नहीं करेंगी। वे जानती हैं, इससे पति का 'सेल्फ कॉन्फिडेंस' गड़बड़ा जाता है। वे खूब अच्छी तरह जानती हैं उसकी कमज़ोर नस कहाँ है और उसे भूल कर भी कभी नहीं छेड़तीं। तभी तो हुकूमत चलती है उनकी घर में पूरी तरह।

क्या था मेरा तर्क? यही ना, कि यूँ तो अध्यापक का स्थान सबसे ऊँचा है समाज में, इसमें दो राय नहीं। मगर पत्रकार उससे कहीं ज़्यादा सीधे समाज पर असर डालता है। और मैं तो पढ़ाते हुए भी बराबर अखबारों में लिखता रहा था। अखबार में यह नौकरी भी क्या मैं उनसे माँगने गया था? अपनी मम्मी से पूछो। मेरी टिप्पणियों से प्रभावित होकर गुप्ता जी खुद मेरी खुशामद करने आए थे कि आप हमारा अखबार संभाल लीजिए तो हम निश्चिन्त हो जाएँ। क्यों? किसी से भी पूछ लो मेरे ब्यूरो चीफ़ बन जाने के बाद इस अखबार की लोकप्रियता दिन-दूनी रात-चौगुनी बढ़ी कि नहीं?

नहीं, मैं अब बिलकुल आश्वस्त नहीं हूँ कि मैं अपने लड़के को उस दिन भी अपनी सचाई का यक़ीन दिला सका था। वैसे मुझे तब भी नहीं लगा कि वह मुझे कठघरे में खड़ा करना चाहता है। आख़िर वह मुझसे थोड़ी ऊँची अपेक्षाएँ रखता आया है तो क्यों? मेरी ही कथनी और करनी पर से ही न? सम्भव है उसे अब जा कर थोड़ी फाँक दिखाई देने लगी हो। हो सकता है। फिर भी यह

तो साफ ही है कि वह मुझे आम पत्रकारों से थोड़ा अलग तो समझता ही है वरना क्या ज़रूरत है उसको मुझसे लगातार बहस करने की? इसीलिए तो उसने अपनी माँ को चुप कर दिया था, 'मम्मी, आप तो पापा की पैरवी मत करिए।'

हम सभी हँस पड़े थे इस बात पर। हाँ, याद आया, उसने कहा था, 'बेटू, तुम्हारे पापा ने कभी अपने सिद्धान्तों को लेकर कोई समझौता नहीं किया। न तो कॉलेज में थे, तब, न अखबार की नौकरी में।

हाँ, इसी पर उसने उसे टोका था, मुझे वह दृश्य ज्यों का त्यों आँख के सामने दिख रहा है। वह अक़्सर अपने प्रोफेसरों पर भी लानत भेजता रहता है, उनकी कामचोरी और ट्यूशनबाज़ी को लेकर अपने ही विषय के बारे में उनकी अधकचरी जानकारी को लेकर, उनके लालच और गुटबाज़ी और गरिमाहीन आचरण को लेकर। मैं उससे कहता हूँ—"देखो, हर पेशे में ज़्यादातर लोग औसत या औसत से कम ही होते हैं। उच्चतम बौद्धिक और नैतिक स्तर को निभा सकने वाले लोग हर युग में, हर जगह बिरले ही होते हैं और उन्हीं का अनुकरण होता है, होना चाहिए। तुम्हें औसत से नफ़रत नहीं करनी चाहिए। उदार भाव अपनाना चाहिए। दुनिया ऐसे ही लोगों से पटी है और उन्हें भी जीने का हक है। इस तरह दुनिया भर की अपेक्षाओं का बोझ अपनी छाती पर लादना ठीक नहीं। अभी से ऐसी कड़वाहट पालोगे तो जीना मुहाल हो जाएगा। अभी तुमने देखा क्या है?"

मेरी बातें यह सुनता ही न हो, सो बात नहीं। सुनता है बड़े ध्यान से और उस वक़्त तो लगता है, इससे ज़्यादा समझदार और सयाना कोई न होगा। मगर फिर वही ढाक के तीन पात। पास आके खड़ा हुआ नहीं कि फिर से वही बेढब सिलसिला शुरू हो जाता है। यहाँ तक कि मैं इसकी उपस्थिति से ही अकुला उठता हूँ। कैसी बिडम्बना है यह, कि कोई बाप अपने बेटे की छाया से भी कतराने लगे।

बहुत पहले की घटना याद आ गई। कब की? जब यह और अतुल हायर सैकेण्ड्री पास करके बी.ए. प्रथम वर्ष में दाखिल हुए ही थे। तब एक निबन्ध प्रतियोगिता में इसे प्रथम पुरस्कार मिला था। बड़े ज़ोरदार तर्कों से इसने शिक्षा-संस्थाओं में राजनीतिक पार्टियों की घुसपैठ का विरोध किया था। मुझे लगा, जैसे मैंने ही लिखा हो। तो, बिना इसे बताए मैंने छाप दिया अखबार में। इसे वह भी नागवार गुज़रा। कहने लगा, 'मुझसे पूछे बिना यह आपने क्या किया? आपकी ही बदनामी होगी। सब यही कहेंगे, लो, अपने बेटे को लेखक बनाने का शौक चर्राया है त्रिपाठी

जी को।' इतना ही नहीं, कहने लगा, 'अगर वही लेख किसी अनजान आदमी ने आपको डाक से भेजा होता, तो क्या आप छापते?'

'बेहिचक', मैंने कहा, 'मैं लेख छापता हूँ, नाम नहीं।' इस पर यह क्या बोला, जानते हैं? बोला, 'झूठ मत बोलिये पापा। आप बिना पढ़े लेख को रद्दी के हवाले कर देते। मुझे पता होता तो मैं कभी आपको छापने नहीं देता। आइंदा ऐसा न करें, प्लीज़।'

वह दिन है और यह दिन है, मेरी हिम्मत ही नहीं हुई इसका लिखा कुछ भी छापने की। अब तो यह जनाब अँग्रेज़ी में ही लिखते हैं। कहते हैं—हिन्दी में लिखने वालों की क्या कमी है। आपकी हिन्दी का हर अध्यापक कवि होता है; अदने से अदना अखबारनवीस भी साहित्यकार कहलाने लगता है। जबकि असली लेखक को पढ़ने वाला कोई नहीं मिलेगा। बड़े से बड़े लेखक को भी कोई पूछता-पहचानता नहीं हमारे यहाँ। जबकि दो कौड़ी के राजनेता हर जगह सांस्कृतिक कार्यक्रम निपटाते पाए जाएँगे। इसे आप 'लिटरेरी कल्चर' कहेंगे?

अब आप ही बताइए, सच बात भी इस तरह तैश में आके कही जाए तो वह किसको सुहाएगी? इस उम्र में इतना बढ़-चढ़ कर बोलना क्या अच्छी बात है? अरे, दुनिया देखी ही कितनी है आपने, जो दुनिया की बात करते हैं? मगर इससे तो बहस करना ही फिजूल है। पहले करता था, अब नहीं करता। सुन लेता हूँ चुपचाप, बस।

मगर चुप रहने से तो समस्या सुलझ नहीं जाती। क्यों नहीं करता इससे बहस मैं, जब यह मुझे मेरी विरक्ति के बावजूद छेड़ता-उकसाता रहता है? झूठ नहीं बोलूँगा पहले-पहल तो मैंने ही इसे उकसाया। और अब जब यह इनाम जीतने वाले डिबेटर से आगे, बहुत आगे निकल आया और सचमुच बहस करने लायक बन गया, तो मैं इससे कतराने लगा हूँ। क्यों? आदमी आखिर कितना बदलेगा अपने स्वभाव और संस्कारों को? मुझे जैसे पिता मिले, क्या वैसा ही पिता नहीं बनूँगा मैं? उदार और खुला होने का मतलब यह तो नहीं कि आप अपनी अथॉरिटी ही घपले में पड़ जाने दें। मेरे बाकी दोनों बच्चे, जैसा आपको बतला चुका हूँ, बड़े आज्ञाकारी और विनम्र हैं। एक यही 'फ्री थिंकर' जाने कहाँ से हमारे घर में उपज आया।

मुझे अपने लड़के से सचमुच ही डर लगने लगा है। क्यों लगने लगा है—इस पर सोच-विचार करने बैठा हूँ तो हालत पतली होती जा रही है। जाने कहाँ-कहाँ

की बातें याद आती जा रही हैं; जो आज तक कभी याद नहीं आई थीं। नहीं, मैं आपको बोर नहीं करूँगा। यूँ दरअसल मुझे आपके बोर होने की उतनी फ़िक्र नहीं, जितनी इसकी है कि कहीं आप इसी को उल्टे मेरा पुत्र-मोह न समझ बैठें। ज़माना ऐसा शक्की है कि हर चीज़ शक के दायरे में आ गई है। किसी को किसी का भरोसा नहीं। छोटी-सी बात बताता हूँ, जब मैं इस्लामिया कॉलेज में पढ़ाता था। कॉलेज की तरफ़ से ही एक सड़ा-सा मकान मिला था। सामने पी. डब्लू.डी. का एक कच्चा खपरैल का कोठरीनुमा दफ्तर था जिसमें रात की रखवाली के लिए एक बूढ़ा चौकीदार रहता था। उस 'बब्बा' से इसकी बड़ी पटती थी। मुश्किल से छह साल का होगा यह। सुबह-सुबह एक दिन दूध ले के आ रहा था तो क्या देखता हूँ कि सामने से बब्बा मेरा गरम कोट डाले चले आ रहे हैं। हुआ यह था कि जाड़ों के दिन थे। इसने दो-तीन बार मुझसे कहा था, 'पापा, तुम्हारे पास नया गरम कोट आया है, यह पुराना वाला बब्बा को दे दो ना।' मैंने मना कर दिया तो मेरी गैरहाज़िरी में चुपचाप अलमारी खोली, कोट निकाला और बब्बा को दे आए। बन्द गले का कोट था। कहीं से नहीं फटा था। कम-से-कम दो साल मज़े से कट सकते थे। ऐसी कोफ़्त हुई कि क्या कहा जाए। मगर एक बार दी हुई चीज़ वापस भी कैसे ली जाए?

तो, ये थे इनके लच्छन शुरू से। अच्छा-खासा कोट उतरवा लिया और अब जाने क्या-क्या उतरवाएँगे। कितनी बार समझा दिया, 'देखा, तुम्हारी जुबान किस क़दर गन्दी होती जा रही है।' मगर कोई असर ही नहीं होता इन पर। दुनिया जहान का ठेका लिए घूमते हैं। अपने भविष्य की ज़रा परवाह नहीं। अभी कुछ माह पहले ही की तो बात है। यह और अतुल बौखलाए हुए सीधे दफ़्तर पहुँचे मेरे। बोले, आपको पता है यूनिवर्सिटी में दिनदहाड़े कैसा भ्रष्टाचार पनप रहा है? यह देखिए, आपके कलीग मिश्रा जी की लड़की, जो हमारी क्लास में पढ़ती थी और बमुश्किल पचास परसेंट लाई थी प्रीवियस में। अभी रीवैल्युएशन कराया तो एकदम टॉप पर पहुँच गई है। यह काला धंधा चल रहा है कब से आपके नगर में और आपको कोई ख़बर ही नहीं। लीजिए, हम पक्के सबूत इकट्ठा कर लाए हैं। आप बनाइए इसकी स्टोरी। इस अँधेरगर्दी को तो कतई अनदेखा नहीं किया जाना चाहिए। बात उनकी सही थी। मैं अच्छी तरह जानता हूँ अपने भूतपूर्व सहकर्मी प्रोफ़ेसर मिश्रा को और उनकी लड़की को। पचास परसेंट से एकदम सीधे सत्तर परसेंट। यानी कुल अस्सी अंकों की ख़ैरात 'रीवैल्युएशन' के नाम पर और वह भी एक प्रोफ़ेसर की निहायत ही बोदी लड़की को। मगर...आप ही

ज़रा सोच के देखिए, मैं करूँ तो क्या करूँ? अपने ही पुराने कलीग को खुलेआम कीचड़ में कैसे घसीटूँ? वाइस चांसलर तक तो ठीक है। उसके कारनामे तो अब जगजाहिर हैं। किसी तरह उससे विश्वविद्यालय का उद्धार हो—यह क्या मैं नहीं चाहता? चाहता हूँ। मगर प्रोफ़ेसर मिश्रा? उनका क्या होगा? इस बुढ़ापे में ऐसी मिट्टी पलीद होगी उनकी, कि क्या पता हार्ट ही फेल कर जाए उनका। वैसे ही पेसमेकर पर चल रहे हैं बेचारे। पत्नी से पूछा तो पत्नी की भी यही राय थी कि इस पचड़े में न पड़ना ही ठीक है। सारी दुनिया जानती है, मिश्रा की लड़की किस लायक है। उनकी तो वैसे ही थू-थू हो रही है।

यह नहीं कि मैंने अपनी तरफ़ से जो कुछ करना सम्भव था, वह नहीं किया। लेख लिखा मैंने जम कर इसी पुनर्मूल्याँकन के मुद्दे पर। लेख का सम्पादन करते हुए मैंने गाँधी जी की वह ऐतिहासिक चिट्ठी भी 'कोट' की जिसमें उन्होंने बाइबिल का हवाला देते हुए मुल्क की समूची शिक्षक-बिरादरी को यह कह के ललकारा था कि 'तुम धरती के नमक हो। अगर नमक ही अपना खारापन खो देगा तो किस चीज़ में स्वाद रहेगा?' हमारे बरखुरदार, मगर, इतने से क्यों सन्तुष्ट होते! उल्टे मेरा मज़ाक उड़ाने लगे, 'क्या होता है आपके इन गुडी-गुडी विचारों से, जब तक आपके पास जो शक्ति है, उसका आप इस्तेमाल नहीं करते? आप चाहते तो कुकर्मियों की नींद हराम कर सकते थे। वी.सी. की भी रातों-रात खटिया खड़ी हो जाती अगर आप तथ्य सामने रखते। मगर आपको जब कुछ करना ही नहीं, तो फ़र्क़ क्या है आपमें और दूसरे धन्धेबाज़ों में?' भले ही अल्फाज़ उसके ठीक-ठीक यही नहीं थे, मगर मतलब उसका ठीक बिलकुल यही था। उस दिन भी मुझे इसने कम चोट नहीं पहुँचाई थी। यह मुझे मेरा कर्तव्य समझा रहा था और मैं सुन रहा था चुपचाप। मेरी क्या दशा हुई होगी, आप ज़रा खुद सोच कर देखिए।

बी.ए. के बाद मैं इसे सेंट स्टीफ़ेन्स में दाखिल करवाना चाहता था। अकड़ देखिए, कहने लगा, 'मेरे जैसे कितने होंगे पापा, जो सेंट स्टीफेन्स में पढ़ना अफ़ोर्ड कर सकते हैं?' जल-भुन कर खाक हो गया मैं। भाड़ में जाओ मेरी बला से। अरे, तुम्हें इससे क्या? फ़र्स्ट क्लास एम.ए. कर भी लिया इस सड़ियल बदनाम यूनिवर्सिटी से, तो कौन पूछने वाला है तुमको? अतुल सेंट स्टीफ़ेन्स नहीं जा सकता तो यह भी नहीं जाएँगे। यह हाल था कल तक अतुल और दोस्ती का और आज उसी पर थूकने चले हैं। कल तक अतुल के पिताजी इनके लिए साक्षात् आदर्श थे, यानी हीरो थे आज वे खलनायक के रोल में हैं। मैं कहता हूँ, अगर इसी रफ़्तार से यह दुनिया में हर किसी से झगड़ा मोल लेते रहे तो इनका साथ देने

को बचेगा कौन? एक-एक कर सारे दोस्त और शुभचिन्तक गँवाते जा रहे हैं। एक अतुल भर बचा था, वह भी गया। आख़िर यह लड़का चाहता क्या है मुझसे, सबसे, ख़ुद अपने आप से? नकार ही नकार से पट गई है इनकी ज़िन्दगी। सकारात्मक कुछ नहीं। किसी कम्पीटीशन में बैठने की बात करो तो काट खाने को दौड़ते हैं। आई.ए.एस., आई.पी.एस. के नाम से ही बिदकते हैं। लेक्चरर भी बन जाएँ किसी तरह, तो ग़नीमत समझनी चहिए। अब तो मुझे उसमें भी शक होने लगा है। सच पूछिए तो सबसे अच्छा कैरियर इनके लिए 'जर्नलिज़्म' ही था। मगर वह तो इन्हें फूटी आँखों नहीं सुहाता। तो बचा क्या? वही मुदर्रिसी। तिस पर अकड़ का यह हाल है कि कुछ पूछो तो उल्टा जवाब देंगे। 'आप मेरी फ़िक्र मत किया करें प्लीज़! मैं जो भी करूँगा, आपको कभी मेरे कारण नीचा नहीं देखना पड़ेगा।' खाक करेंगे आप। यूँ ही गला घोटेंगे अपनी सम्भावनाओं का अपने हाथों और यूँ ही एक के बाद एक अवसर गँवाते चले जाएँगे। तब समझ में आएगा, जब बहुत देर हो चुकेगी और पछताने के सिवा कुछ भी हाथ नहीं लगेगा। अरे, इस दुनिया में सफल वह होता है जो सफल होना चाहता है। आप तो सफलता के ही पीछे लट्ठ ले कर पड़े हुए हैं। अरे, 'टाइम्स ऑफ इंडिया' की फ़ेलोशिप मिली जा रही थी। कितनी आसानी से। बस एक इशारा भर काफ़ी था। पर...नहीं, साहब, नहीं। बाप की सिफ़ारिश तो बिलकुल नहीं चलेगी। अब कौन इन्हें समझाए! सगे बड़े भाई से भी पटती नहीं इनकी। सगी बड़ी बहन से भी नहीं। एक अतुल बचा था, उससे भी दुश्मनी मोल ले ली। अब?...

इंडिया इंटरनेशनल

शाम के झुटपुटे में लोदी पार्क की परिक्रमा करने का क्या मज़ा है यह कोई प्रोफेसर मेहता से पूछे जो यूँ दिल्ली के तो नहीं हैं मगर साल में कोई सात-आठ मरतबा अपने शहर या किसी और जगह से आते-जाते रास्ते-राहत की तरह दिल्ली की इस नियामत का लुत्फ उठा लेते हैं : वह भी 'इंडिया इंटरनेशनल' की यूँ ही हाथ लग गई मेम्बरी के बूते। अकेले यह परिक्रमा करते हुए उन्हें लगता है कि वे देश की ही क्यों, काल की भी परिक्रमा साथ-साथ किए ले रहे हैं। गोया वे प्रोफेसर मेहता ही नहीं, पृथ्वीराज चौहान, सिकन्दर लोदी, मुहम्मद गोरी, हर्षवर्धन, हुमायूँ...और... और भी जाने क्या-क्या रह चुके हैं। अरे कोई सचमुच का साथी–अपने मन का मनुष्य मिल जाए तब तो कोई बात है, वरना अपना खुद का साथ क्या बुरा है। इसमें ऐतिहासिक ही क्यों, वानस्पतिक हो जाने की भी खासी गुँजाइश रहती है। यहाँ कोई ऐसा वृक्ष नहीं, कोई ऐसी लता या गुल्म नहीं जिसे वे नाम लेकर न पुकार सकते हों। जैसे उन्हीं के रोपे हुए हों ये सारे पौधे और उन्हीं के सामने फला-फूला हो यह समूचा उपवन। चलते-चलते एकाएक ठिठक भी जाते हैं, जैसे अभी छितवन की छाँह में ठिठके हुए हैं। पता नहीं क्या देख रहे हैं! यूँ प्रोफेसर वे बॉटनी के नहीं हिस्टरी के हैं, मगर क्या फर्क पड़ता है इससे। इससे भी क्या फर्क पड़ता है कि वे अपनी उम्र जितने दीखते नहीं। कम-से-कम कोशिश तो अभी यही रहती है कि वे अपनी उम्र जितने न दीखें। अभी उन्होंने किया ही क्या है! सभी कुछ तो करना बाकी है। 'अपने जीवन की किताब'–जैसा वो अवस्थी कहता है– वह तो अभी लिखी जानी है कि नहीं।

कोई हफ्ते भर के प्रवास से लौटे हैं वे और अब वापस रायपुर जा रहे हैं। मसूरी के सेमीनार में झंडा गाड़ चुकने के बाद वे देहरादून, ऋषिकेश, हरिद्वार भी हो आए हैं। इसीलिए तो दिल्ली का बस एक दिन का पड़ाव रखा। अरे, तब फिर किसी को बताने की क्या ज़रूरत थी! चुपचाप अपने एकान्त कक्ष में सामने की सदाबहार बगिया को निहारते हुए अपने यात्रा-संस्मरणों की जुगाली

करते। और...डायरी लिखते। काहे को कमरे में दाखिल होते ही अवस्थी को फोन लगा बैठे। दिन-भर बरबाद हो गया खामखाह उसके इन्तज़ार में।

वे फिर ठिठक गए हैं बाँस के झुरमुटों के पास। ऐसे मुस्कुरा रहे हैं जैसे कोई मज़ेदार बात याद आ गई हो। गांठें भी इतनी खूबसूरत हो सकती हैं? हो सकती हैं क्या; हैं ही। और आदमी? उसके मन की गाँठें? आखिर कोई तो वजह होगी कि इनसे कभी मन नहीं ऊबता—इन बाँसों और बबूलों से। जबकि इस आदमी के बच्चे से—निहायत अपने कहे जाने वाले लोगों से भी—मन कभी-कभी किस कदर ऊब जाता है! बात ऊबने या खीझने की भी नहीं है। मिलकर भी नहीं मिल पाने की है। 'वी आर टॉकिंग ऐट क्रॉस पर्पज़ेज़'...कितने बेहूदे ढंग से टोका था अवस्थी ने प्रद्युम्न के सामने पिछली बार यहीं। जबकि...इसी को कहते हैं—'उल्टा चोर कोतवाल को डाँटे।'

उफ्! यह अवस्थी यहाँ कैसे आ टपका? यह गाँठ नहीं तो क्या है? नहीं मिलना है तो न मिले। वादा तो न करे। मगर...। तुम्हीं को क्या पड़ी थी उसे खटखटाने की! इतनी बड़ी दिल्ली में किसे पता है कौन आया, कौन गया। यूँ भी मिलने वालों की उसे क्या कमी है! घिरा तो रहता है चौबीसों घण्टे। पूरी ब्यूरोक्रेसी उसकी जेब में। मिनिस्टर और मीडिया मुग़ल भी। कलाकारों का तो वह माई-बाप ही ठहरा। कौन-सा ऐसा म्यूज़ियम है मुल्क में, कौन सी ऐसी गैलरी जहाँ उसका दखल नहीं। आर्ट क्रिटिक, आर्ट हिस्टोरियन, फोकलोरिस्ट, एन्थ्रोपोलॉजिस्ट, म्यूजियोलॉजिस्ट...क्या-क्या नहीं है वह? तुम्हारी तरह फुरसत में है क्या वह? पचीसों दन्द-फन्द हैं उसके। ऐसा क्यों समझना, कि वह जानते-बूझते तुम्हारी अनदेखी करता है?

यह दाईं टाँग क्यों इतना दुख रही है? मसूरी में इतना घूमे-फिरे, कहाँ चला गया था यह दर्द? मन कर रहा है कि थोड़ी देर उस खजूर (नहीं खजूर नहीं, सल्फी का पेड़ है यह। कमाल है, बस्तर की सल्फी यहाँ कैसे लग गई? पहले तो कभी ध्यान नहीं गया इस पर!) क्यों न थोड़ी देर इस सल्फी के नीचे बेंच पर ही सुस्ता लें! मगर...देर हो जाएगी। अवस्थी कमरे में बैठा इन्तज़ार कर रहा होगा। चिढ़ जाएगा बुरी तरह। मैं उसका इन्तज़ार करूँ यह तो बिल्कुल ठीक है। करना ही चाहिए। मगर वो मेरा इन्तज़ार करे, यह तो अनहोनी ही हुई न?

होगी। हाँ, था एक ज़माना, जब अवस्थी को भी मेरी तलब रहती थी सचमुच। मुझसे कहीं ज़्यादा। तो...अब क्या हो गया? क्या अब मैं उसके लिए एक गए-गुज़रे ज़माने का स्मारक भर रह गया हूँ? क्या सचमुच अब मुझमें उसकी दिलचस्पी खत्म हो गई है? उबासियाँ लेने लगाता है जैसे ही मेरी बोलने की बारी आती

है। उसे सिर्फ एक श्रोता भर चाहिए जो उसकी वीरगाथाएँ सुनता रहे। ऊब तो मुझे उसकी होती है; उसे क्यों होने लगी? तँग आ गया हूँ मैं उसकी घिसी-पिटी लन्तरानियों से। भाँपता तो होगा ही मेरे चेहरे से, कि मैं कैसा फील कर रहा हूँ। समझता नहीं होगा मन-ही-मन कि मैं उसकी सारी पोल-पट्टी जानता हूँ। चाहे जिसको धका ले जाए, वो मुझे नहीं धका सकता। पचीस बरस कम नहीं होते। अब क्या याद होगा उसे। कौन याद करना चाहता है अपने शुरुआती दिनों को? लाइमलाइट में रहने की आदत जो पड़ गई है उसे।

'हलो सर, हाऊ आर यू?'—चेहरा अँधेरे में है पर आवाज़ तो जानी-पहचानी लग रही है। खन्ना तो नहीं?

'ओह गुड इवनिंग, सर!'—उसने सुना भी कि नहीं। खन्ना ही होगा। रिटायर्ड सेक्रेटरी, जिससे एक दोपहर यहीं बार में भेंट हुई थी। अवस्थी ने ही तो कराया था परिचय इससे।

'व्हॉट अबाउट योर फ्रेंड?' अचानक अबाउट टर्न हो गया वह। चीखता हुआ।

'आने वाले तो थे। आ गए हों शायद, बैठे हों बार में। आप चलिए, मैं अभी आ रहा हूँ।'

यह खन्ना भी क्या दिलचस्प कैरेक्टर है। लिख सकता तो ज़रूर लिखता कहानी इस पर। मगर कहानी लिखने का शौक ही मिटा दिया इस अवस्थी के बच्चे ने।'तुम कैरेक्टर के भीतर घुसते तो हो नहीं। जज करने लगते हो उसे।'—उसी ने कहा था। अरे, तू कौन होता है मेरी जजी को जज करने वाला? मैं खुद अपने सारे किए और अनकिए का दरोगा हूँ।...

उफ! प्रोफेसर मेहता ने ज़ोर से सिर झटका। क्या वाहियात बातें आती रहती हैं दिमाग में! वे 'रिसेप्शन' के दरवाज़े के सामने खड़े हैं और देख रहे है। खन्ना को बार की तरफ मुड़ते हुए। उन्हें हँसी क्यों आ रही है? किसने बोला था वो जुमला खन्ना के बारे में? अवस्थी ने? या प्रद्युम्न ने? यही कि खन्ना की दोस्ती बहुत महँगी साबित होती है। लेना-पावना कुछ नहीं, बस देनदारी ही देनदारी। 'खन्ना'ज़ फ्रैंडशिप इज़ ॲ लायबिलिटी रादर दैन एन असेट...।' यही कहा था न उसने?

'क्यों, अवस्थी आए?'

पूछने से पहले ही पता था, कि रिसेप्शनिस्ट मुस्कुराते हुए नकार में सिर हिला देगी। निकलते हुए कह गए थे कि अवस्थी आएँ तो कमरे की चाबी उनको दे दे। अवस्थी को यहाँ कौन नहीं जानता। प्रोफेसर मेहता तो आउट-स्टेशन मेम्बर ठहरे; अवस्थी तो यहीं का ठहरा। और यह 'आइ.आइ.सी.' तो मानो उसका दूसरा घर ही है। मना करने जा रहे थे—तब अवस्थी ने ही कोंचा था—'अजीब आदमी

हो। कहाँ तो मरे जा रहे थे आइ.आइ.सी की मेम्बरी पाने के लिए। अरे कँजूसी की भी हद होती है। समझ लो मेम्बरी क्या मिली, जायदाद खरीद ली है दिल्ली में।'...ठीक ही तो कहा था उसने। अब समझ में आ रहा है। सचमुच ऐसा वानप्रस्थाश्रम—युक्ताहार और विहार से सम्पन्न बड़े भाग से ही नसीब होता है तिस पर, जन-सम्पर्क की ऐसी सुविधा भला और कहाँ मिलेगी? कहीं हिलने-डुलने की ज़रूरत नहीं। जिससे भी मिलना हो यहीं बुला लो। खुशी-खुशी आएगा वो। सिर के बल आएगा।

अवस्थी क्या सीधे बार में घुस गया? खन्ना तो है ही। बल्कि अच्छा हो यदि खन्ना अकेला ही बैठा हो, अवस्थी न हो वहाँ। पता नहीं, क्यों अपनी मंडली के किसी भी सदस्य को मुझसे घुलते-मिलते देखकर उसकी भौंहें चढ़ जाती हैं। जैसे मैं लूटे ले रहा हूँ उसका कुछ। क्या हो गया है इस अवस्थी को? अजी, कोई आज की बात है? वो हमेशा से ही ऐसा था।

नहीं, कोई फोन-सन्देश तक नहीं उसका। तो बस चले चलो सीधे बार में। कमरे में जाके क्या करना है। सामान सब पैक किए रखा है। दो घण्टों का वक्त है अपने पास ऐश करने को। अब पछतावा हो रहा है। रुक ही गए होते एक दिन और। सारी ज़िन्दगी यूँ ही बिता दी। पीठ पीछे लोग कँजूस कहते हैं। तो यूँ ही नहीं कहते। अरे, अब इस चौथेपन में कुछ तो अपने ऊपर भी खर्च करना सीखो। खन्ना को क्या दिलचस्पी होगी तुम्हारा मसूरी-पुराण सुनने में। होगी तो यूँ अवस्थी को भी क्या! मगर उसे तो इस बार मैं बोलने ही नहीं देता। कहता—'सुनो साले चुपचाप मेरी वीरगाथा। हमेशा अपनी ही पेलते रहते हो। पता है, मैं भी धूम मचा सकता हूँ और असली देसी लोगों के बीच। तुम्हारी तरह नक़लची बन्दरों के बीच नहीं। पैदल पूरा राजस्थान जिसने छाना है, वो असली समाजवादी इन्टैलेक्चुअल तक मुझ पर लहालोट हो गया तो तुम साले, मेरे सामने लगते कहाँ हो? कैसे-कैसे अनुभव बताए थे अपने लोगों के पुश्तैनी ज्ञान के उन्होंने। ऐसी जनता का कोई क्या कर लेगा? हज़ारों जयचंद और मीर जाफर भी कुछ नहीं बिगाड़ सकते इस देश का। उन्हीं के कारण, सच पूछो तो, सालो, तुम्हारी भी दादागिरी और हरामखोरी चल रही है। फिलहाल...। और... वो दूसरे ठाकुर साहब, राजगीर वाले? वो भी तो कम नहीं थे।...कुछ भी कहो, देश की और समाज की जो परख इन पुराने सोशलिस्टों में है वो किसी में नहीं। ये साले कमुन्ने क्या खाक उनकी बराबरी करेंगे। देहरादून तक छोड़ गए मुझको। घर तक पहुँचा गए मेरी बहन के यहाँ।

...और, एक ये अवस्थी है! जाने क्या समझते हैं अपने आपको!

यह क्या? इतनी जल्दी बार भर कैसे गया? अभी तो आठ भी नहीं बजे हैं। एक भी तो मेज खाली नहीं। स्टूल ज़रूर एक खाली दिखाई दे रहा है। मगर पूरी दुनिया को पीठ दिए पीने का क्या तुक है?

पियक्कड़ों की बात और है—प्रोफेसर मेहता कहाँ के पियक्कड़! शराब उन्हें घर में नहीं, घर से बाहर ही लुभाती है। किसने लगाई यह लत—अवस्थी ने ही नहीं तो?

घर में रखते नहीं तो इसी डर से, कि कहीं सिलसिला न चल पड़े दैनिक अग्निहोत्र का। बाबू नहीं थे क्या चेन हुक्केबाज़? ठंडा पड़ा नहीं कि उठाया हुक्का और चले घर की ओर। अँगारों की खोज में। अपनी ऐसी तो विरासत है। बरबाद हो गए होते अभी तक, घर में रखने लगे होते तो। वे क्या खुद को नहीं जानते? बहुत अच्छी तरह जानते हैं। अवस्थी की बात और है। वह जो चाहे तुरन्त-तत्काल छोड़ सकता है। अपना जतन करने वाला, फर्स्ट क्लास फौलादी 'ईगो' है उसके पास। तुम्हारी तरह ढुलमुल नहीं है वह। बाबू को क्यों दोष देते हो? नशेड़ी हो तुम लाइलाज। इसीलिए, कि कोई सेंटर नहीं है तुम्हारा, जिसे मज़बूती से थामे रह सको। तुम्हें और सब पर भरोसा है, सिर्फ अपने ऊपर नहीं।

अब...! क्या करें? जम जाएँ उसी स्टूल पर? पर थोड़ी देर वेट कर लें—यूँ ही टहलते रहें बाहर। जो भी निकलेगा, आखिर इसी दरवाज़े से न निकलेगा? वो जो बूढ़ा और दो औरतें बैठी हैं कोने की मेज़ पर, खत्म कर चुके लगते हैं। कब तक जमे रहेंगे आखिर! सोने तो आए नहीं।

प्यास लग आई है—पानी की नहीं जिन और लाइम की। नहीं, आज 'आइ. आइ.सी.' पी जाएगी। या फिर 'सिग्नेचर।' कब-कब जो निकलना हो पाता है। सेलीब्रेट भी तो करना है इस यादगार सफ़र को। मसूरी में तो गोष्ठी का—ब्रैंड न्यू देसी बौद्धिकों की संगत का—नशा ही काफी था। याद तक नहीं आई शराब की। ये होता है नतीजा एक सूखाग्रस्त इलाके में जीने को अभिशप्त आत्माओं का। किसने सोचा था दण्डकारण्य में जाकर मरना है। देहरादून—बहन के यहाँ तो खैर, सवाल ही कहाँ उठता था। और ऋषिकेश में गँगा मइया ने सारा नशा भुला दिया। अवस्थी क्या कभी जान सकता है उस घड़ी का यह पागलपन, जब लगा था स्वामी रामतीर्थ ही आ पैठे हैं मेरे चोले में। अमर सिंह ज़रूर शेयर कर सकता था। वही जो मसूरी में मिला था। जिसने मेरे व्याख्यान को पूरी गोष्ठी की उपलब्धि बताया था। उफ, कहाँ फँस गया मैं भी। किन लोगों के बीच? मेरी नैचुरल कम्पनी तो वो थी। घर से बाहर निकलना अपने लिए प्राणवायु की तरह है। दूसरे ही बताते हैं आपको, कि आप क्या हैं? कहाँ मिलते हैं आजकल ऐसे जामवन्त।

चलूँ—स्टूल ही सही। अरे, वो राम सिंह क्या कर रहा है? हद हो गई—अभी तक कैसे नहीं दिखी मुझे वह खम्भे की आड़ वाली मेज़? अभी-अभी खाली हुई है क्या? कि पहले से खाली थी? तुम्हें कभी कुछ नहीं दिखेगा। अपने फायदे की जगह तो कभी नहीं। राम सिंह ने दिखाया तो दिखी। चलो...यह बहुत अच्छा हो गया। अवस्थी के लिए भी कुर्सी रिज़र्व हो गई। उसे आना हो, आए; न आना हो न आए। बल्कि नहीं ही आए तो अच्छा है। कोई नया मानुष क्यों नहीं? इस आइ.आइ.सी. का यही तो मजा है। कहीं भी परिचित-अपरिचित किसी से भी तालमेल बैठ जाता है। कोई लायबिलिटी नहीं, टेंशन नहीं। कोई अपेक्षा नहीं, प्रतीक्षा नहीं। न अतीत का बोझ, न भविष्य की आशंका। उसे भी मालूम है, तुम्हें भी मालूम है, आज इस घड़ी से पहले हम कभी एक-दूसरे से मिले नहीं, न आज के बाद कभी मिलेंगे इसी का कोई ठिकाना है। इससे बढ़िया बात और क्या हो सकती है! सचमुच ईज़ी और आज़ाद महसूस करने के लिए।

आज ही जैसे...वो चड्ढा साहब नहीं मिल गए थे डायनिंग रूम में? यूँ ही संयोगवश बिलावजह। मिनटों में कैसी छन गई? अजब पहेली है यह ज़िन्दगी, कि जिनके साथ आपने इतनी सारी उम्र गुज़ार दी, जिन पर सब कुछ न्योछावर कर दिया, उनसे आप मामूली हमदर्दी की भी उम्मीद नहीं कर सकते। और जो बस केवल पल दो पल के साथी हैं वो सहसा आपके इतना नज़दीक आ जाते हैं कि आप अपने को उनके आगे नींबू की तरह निचोड़ देना चाहते हैं। काश, कि इस वक्त चड्ढा ही नमूदार हो जाता यहाँ। अवस्थी तो, लगता है, भूल ही गया। भूलना यों ही नहीं होता। हम वही और उतना ही भूलते हैं जितना भूलना चाहते हैं। तो ठीक है, आराम से चने टूँगते रहो और सिग्नेचर की चुस्कियाँ लेते रहो।...एक लार्ज पेग और चल ही सकता है। क्यों नहीं?

'व्हाट अ पिटी, दिस मैन नेवर फाउंड हिमसेल्फ...।'

प्रोफेसर मेहता को अपने आसपास का सब कुछ पानी के भीतर हिलता-डुलता सा क्यों लग रहा है? जैसे भूचाल आ रहा हो और समूचा बार डगमगा रहा हो। नहीं-नहीं। कहीं कुछ भी तो नहीं। वो राम सिंह उधर ट्रे लेकर जा रहा है न सीधा। किसने दागा वो जुमला? 'दिस मैन' यानी...? वो लोग मुझी को क्यों घूर रहे हैं?

''कम ऑन। कम ऑन।'

'व्हाट अ पिटी, दिस मैन...।'

कहीं चढ़ तो नहीं गई? 'सिग्नेचर' पीने की आदत तो है नहीं। इतनी जल्दी क्यों सुड़क गए पहला पेग? अरे, नहीं भाई, साफ़-साफ़ एक लफ्ज़ सुनाई पड़ा

था। अभी तक गूँज रही है वह आवाज़ कानों में। कौन था वह 'दिस मैन'? यहाँ तो नहीं ही होगा। मुँह सामने कैसे किसी को कोई ऐसी दुलत्ती झाड़ेगा? अनुपस्थित होगा वह। तभी तो...। 'व्हाट ॲ पिटी', कैसी पिटी? तुम कौन हो साले मुझे पिटी करने वाले? 'नैवर फाउंड हिमसेल्फ' मतलब? क्या जानते हो तुम सेल्फ-वेल्फ? क्या मतलब है तुम्हारा? डू यू नो योर ओन सेल्फ?

मतलब साफ है। बिल्कुल साफ कि बिना कुछ किए-धरे कैसे तुम बुढ़ा गए? कैसे एक समूची उम्र तुमने नींद में ही गुज़ार दी? क्या मतलब बना इस दुनिया में तुम्हारे होने का?...तो क्या? जो आदमी वो जुमला बोला था—बोला क्या था चीखा था इतनी ज़ोर से—वो जानता है सचमुच कि वो क्या कर रहा है? कैसे इस तरह तुम फतवा दे सकते हो एक आदमी की पूरी ज़िन्दगी पर? कौन हो तुम? क्या जानते हो उसके बारे में?

'व्हाट ॲ पिटी!!!'

'राम सिंह! सुनो एक और ले आओ।'

'स्मॉल?'—राम सिंह जानता है प्रोफेसर मेहता की खुराक। 'नहीं राम सिंह, तुम फिकर मत करो। मुझे चढ़ी नहीं है बिल्कुल।'

'नहीं, लार्ज। और हाँ सुनो पनीर टिक्का मिलेगा?'

'बिल्कुल मिलेगा साहब। पहले ही बता देते तो अभी तक आ गया होता। दसेक मिनट तो लग ही जाते हैं।'

'कोई बात नहीं राम सिंह। मगर ज़रा जल्दी ले आओ तो अच्छा हो। मुझे गाड़ी पकड़नी है।'

'अरे, मैं तो समझ रहा था रुकेंगे दो-चार दिन। आज सुबह ही तो आए हैं!'

'नहीं भइया, रास्ते में हूँ। तुम्हारे घर होकर आ रहा हूँ, पता है? ऋषिकेश में पानी इतना ठंडा था। फिर भी गले-गले तक डूबके नहाया मैं राम सिंह। आँसू निकल रहे थे मेरे—मारे खुशी के। गंगा मइया की गोद में कैसा तो लग रहा था...।'

'अभी आया साहब'—राम सिंह को किसी दूसरी मेज़ ने तलब किया है। उफ, क्या ज़रूरत थी राम सिंह से यह सब बकने की? कितना ख्याल रखता है, मगर...। मेज़ उसी ने खाली करवाई लगता है मेरे और अवस्थी के लिए। अरे, भाड़ में जाए अवस्थी।

सुरूर चढ़ा तो है थोड़ा। क्यों नहीं चढ़ेगा? पीते काहे को हो—सुरूर के लिए नहीं, तो? सफर में नींद डिस्टर्ब होती है। थोड़ी चढ़ा लो तो ठीक रहता है। अवस्थी कब आएगा? पड़ा होगा वहीं उसी एंटीक डीलर के कमरे में। वो मूर्तिकार भी होगा वहाँ जिससे मुझे मिलानेवाला था।

सात बजे तक उसी के इन्तज़ार में टँगा रहा। इसी बीच चड्ढा आया। दोपहर की बातचीत अधूरी रह गई थी। पता नहीं कैसे किन्हीं रिश्तों के बारे में बात चल पड़ी थी। कितनी मज़ेदार बात कही थी उसने, कि 'वर्क' करना पड़ता है दोस्ती पर। तभी दोस्ती टिकती है। जैसे 'मैरिज' पर भी कितना 'वर्क' करना पड़ता है तभी मैरिज टिकती है–मजबूरी में नहीं, सचमुच। है न?

'मैरिज पर वर्क?' मुझे हँसी आ गई थी। 'वो कैसे?' 'बताता हूँ।'–वो बोला था। मगर बता नहीं पाया। क्योंकि तभी उससे मिलने कोई आ गया और बात अधूरी छूट गई। उसी अधूरी बात को पूरी करने चला आया था वह मेरे कमरे में। कमाल है! कैसे इतनी जल्दी मैं उसका विश्वासपात्र बन गया! जैसे मेरी ही तलाश थी उसे अपना राज़ बताने के लिए। कि कैसे अपनी गृहस्थी उसने खंडहर होने से बचा ली। कुछ देखा होगा मुझमें उसने। तभी न?

अवस्थी भूल तो नहीं गया? पचीस लफन्दर हैं उसे। अरे, भूलेगा कैसे? उसे अच्छी तरह पता है मैं उसका इन्तज़ार करता रहा हूँ। उसे अच्छी तरह पता है मैं जानता हूँ वह कहाँ है। वह यह भी जानता है कि मैं चाहता तो उसके आने से पहले ही सोलोमन के कमरे में चला जाता और वहीं मिलता उससे। वह जानता है मैं ऐसा नहीं करूँगा क्योंकि मुझे पता है उसे यह पसन्द नहीं–बिना उसकी मध्यस्थता के मिलना-जुलना उसके दोस्तों से। अवस्थी यह अफोर्ड कर सकता है–बिल्कुल कर सकता है–कि मुझसे किया वादा वह जान-बूझकर भुला दे। नहीं मिले मुझसे। यह कोई पहली बार हुआ है क्या? पहले भी तो इसी तरह वह 'डिच' कर चुका है मुझे। कई-कई बार।

'मे आई टेक दिस चेयर, सर?'–अरे, यह तो प्रद्युम्न श्रीवास्तव है। आर्केआलॉजिस्ट।

'तुम अच्छे आए यार। मैं तो बस उठने ही वाला था।' जैसे प्रद्युम्न श्रीवास्तव न हो, ऑक्सीजन का सिलेंडर हो। कैसी अजीब-सी घुटन हो रही है। कहीं एयर-कंडीशनर तो फेल नहीं हो गया?

'क्यों, अवस्थीजी नहीं मिले?'

'नहीं तो। तुम्हारे देखने में आए कहीं?'

'मिले तो नहीं, मगर होंगे रूम नं. सत्तावन में, सोलोमन के साथ। आजकल वहीं बैठक जमती है उनकी।'

'ओह!...तो रूम नं. सत्तावन और अवस्थी-सोलोमन गठबन्धन इस कदर जगजाहिर हो चुका है!'

'पता तो है प्रद्युम्न! मगर फोन पर पहले ही तय हो चुका था। यहीं बार में या अपने कमरे में मिलने की बात थी।'

'ख्याल टप गया होगा। मैं फोन कर देता हूँ सत्तावन में।'

'अरे नहीं-नहीं।' प्रोफेसर मेहता एकदम से हड़बड़ा क्यों गए? 'जब उन्हीं को कोई गरज नहीं तो मुझे क्या पड़ी है?'

उफ, यह क्या मुँह से निकल गया?

'ऐसा मत बोलिए मेहताजी। वो तो आपका बहुत सम्मान करते हैं। हो जाता है कभी-कभी ऐसा भी।'

'ऐसी की तैसी उनकी। मुझे नहीं चाहिए किसी का सम्मान-वम्मान। नहीं मिलना चाहते हैं तो न मिलें। झूठ क्यों बोलते हैं?'—वे हकला रहे हैं बुरी तरह। यह क्या हो रहा है उनको? क्या बके जा रहे हैं?

प्रद्युम्न श्रीवास्तव कुर्सी और पास खींच लेता है। उनके कन्धे थपथपा रहा है। 'नाउ कम ऑन मेहता साब। कब आए आप, आज ही? कुछ ज़्यादा ही चढ़ा ली है आपने।'

'व्हाट अॅ पिटी! दिस मैन नैवर फाउंड हिमसेल्फ।...'

'व्हाट अॅ पिटी...दिस मैन...!

प्रोफेसर मेहता हड़बड़ाकर उठ खड़े हुए। 'एक्स्क्यूज़ मी!'—वे दरवाज़ा खोलकर यूरिनल की ओर बढ़ गए। कब खा गए वे पनीर टिक्का इतना सारा अकेले? नहीं, चढ़ी-वढ़ी कुछ खास नहीं। मगर प्रद्युम्न से वह सब कहने की क्या ज़रूरत थी? ये तो गलत हो गया। अब हो गया तो हो गया। काहे को इसे लेकर इतना परेशान हैं?

'मैं...परेशान!' मेहता चीख उठे और फिर खुद पर ही झेंप गए। ये मुझे क्या हो रहा है? चीख क्यों रहा हूँ मैं? यू नो नथिंग। इट्ज़ डेथ सेंटेंस फॉर मी। ऐण्ड यू से, इट्ज़ ऐन ऑर्डिनरी सेंटेंस।'

'एक स्मॉल और मेरी तरफ से।' अच्छा तो इसने सुना नहीं। यानी, वे बोले नहीं थे सचमुच? मन-ही-मन चीख रहे थे?

वे जल्दी-जल्दी अपना स्मॉल पेग सुड़कने लगे हैं। 'एक्स्क्यूज़ मी प्रद्युम्न...बट आई मस्ट पुश ऑफ नाउ। यू नो आई हैव टू कैच माई ट्रेन...।'

'अरे, तो मैं आपको छोड़ दूँगा न! अभी तो दस ही बजे हैं। निज़ामुद्दीन कौन-सा दूर है। अवस्थीजी से नहीं मिलेंगे?'

'लैट अवस्थी गो टु हेल।' मेहता इतनी ज़ोर से चिल्लाए कि आसपास की मेज़ों पर बैठे लोग चौंककर उनकी ओर देखने लगे। मेहताजी ने बाकी बची व्हिस्की एक घूँट में ही पी डाली। मन किया, प्रद्युम्न श्रीवास्तव को सेंटेंस समझा दें। छोड़ो क्या फायदा है! वो इसके पल्ले पड़ने से रहा।

'नॉयपॉल का 'हाफ ॲ लाइफ' पढ़ा है आपने?'—प्रद्युम्न श्रीवास्तव पूछ रहा है। 'मुझे तो कुछ खास जमा नहीं।'

'क्यों? मुझे तो अच्छा लगा। तुम तो नॉयपॉल के बड़े प्रशंसक रहे हो शुरू से। तुम्हें क्यों नहीं जमा?'

'पता नहीं, दरअसल मैं उससे इससे ज़्यादा की उम्मीद कर रहा था।'

'अरे, हाफ ॲ लाइफ' वो खुद ही कह रहा है तो ज़्यादा की उम्मीद क्यों करते हो?'—प्रोफेसर मेहता अपनी ही विट पर पुलकित हुए जा रहे हैं। 'वैसे तुम्हें नॉयपॉल जिस वजह से पसन्द है वह सब तो इस उपन्यास में भी है ही, नहीं?'

'कहाँ है? मैं तो उनकी सूझ-बूझ का, उनके इतिहास-बोध का कायल हूँ। ये उपन्यास मुझे कुछ ज़रूरत से ज़्यादा ऑटोबायोग्रेफिकल लगा। कुछ अजीब जकड़ा-जकड़ा सा।'

'ऐसा? प्रोफेसर मेहता सोच में पड़ गए। बात में इसकी दम तो है। मेजर वर्क तो उन्हें भी नहीं लगा था। 'वैसे भी उसके ट्रैवलॉग ज़्यादा क्रियेटिव लगते हैं—बनिस्बत उसके उपन्यासों के। नहीं? मगर ऑटोबायोग्रेफी भी तो हिस्ट्री ही है। उसमें क्या बुराई है? उसका अपना स्टाइल है वो।'

'एक बात मेरी समझ में नहीं आती। नॉयपॉल उपन्यासकार हैं, पर हिस्ट्री की उसकी समझ उन लोगों से लाख दर्जा बेहतर है जो अपने यहाँ हिस्टोरियन कहलाते हैं। ऐसा क्यों?'

'अब ये तो तुम अरस्तू से पूछो। वो तुम्हें बताएगा क्यों कल्पना सत्य के प्रति ज़्यादा सच्ची और ज़िम्मेदार होती है। और वैसे भी जिन तथाकथित हिस्ट्री के प्रोफसेरों की तुम बात कर रहे हो वे सबके सब खुद ही औपनिवेशिक जहनियत के मारे हुए हैं। बिकी हुई है उनकी बुद्धि पहले से ही। नॉयपॉल उन्हें क्यों सुहाएगा?'

'आइ डोंट एग्री। नॉयपॉल उपनिवेशवाद की करतूतों का ज़बर्दस्त गाथाकार ज़रूर है पर खुद वह उसकी बुराई से एकदम अछूता है, यह आप कैसे कह सकते हैं? आपका कम्युनिस्ट विरोधी नज़रिया नॉयपॉल के सारे ऐब तो नहीं ढँक सकता।'

'नमस्ते मेहताजी!'—अचानक बगल की मेज़ पर बैठे हुए चारों लोग उठ खड़े हुए हैं। 'अरे, ज्ञानीजी! आप यहाँ मेरे इतने पास बैठे हुए थे? कब से? मुझे तो पता ही नहीं चला। कैसी रही लन्दन कॉन्फ्रेंस? मेरा बहुत मन था। मगर ऐसी अटक आ गई कि कैंसिल करना पड़ा।'

'अटक-वटक कुछ नहीं! हमें मालूम है आप कोई बहुत ज़ोरदार चीज़ लिखने में जुटे हुए थे और डिस्टर्ब होना नहीं चाहते थे। इसीलिए आपने ऐन मौके पर मना कर दिया। वैसे पेपर आपका बहुत अच्छा था।—मिसेज़ ज्ञानी क्यों इतना

बहक रही हैं? ज्ञानी तो खिसक भी लिया।

'ऐसा क्या लिख रहे हैं मेहता साब? जरा मैं भी तो जानूं। अच्छा लीजिए, आप मत बताइए। हमीं 'गैस' करते हैं। आप उपन्यास लिखने में जुटे हैं। ऐतिहासिक उपन्यास। क्यूं? मैंने ठीक भाँपा ना?'

मेहताजी सन्न। वे तो भूल ही गए थे उस बात को। क्यों बोला होगा झूठ? वह भी रॉबर्ट से। अच्छा-खासा मौका था पुराने दोस्तों से मिलने का। मति मारी गई थी उनकी। इतनी मेहनत करके लिखा था, भेजा भी था। फिर क्यों इरादा पलटा? और निरा झूठ बोला—ऐसा भी कहे कैसे? बनाई तो थी योजना। अज्ञातवास में जाके उपन्यास लिख ही डालने की। उस वक्त तो ऐसा लग रहा था जैसे बस बैठने भर की देर है और अपनी ज़िन्दगी की वो असली किताब प्रगट होने की वाली है। 'दि बुक ऑफ माइ लाइफ।' अवस्थी के प्रिय मुहावरे में।

'आपने ठीक ही गैस किया मिसेज़ ज्ञानी।'—वे धीरे से बुदबुदाते हैं। 'मैं सचमुच एक ऐतिहासिक उपन्यास ही लिखने के चक्कर में था।'

'हाउ वंडरफुल!' मिसेज़ ज्ञानी बच्चों की तरह क्यों चहक रही हैं? मेरे उपन्यास से इनका क्या लेना-देना!

'कितना अच्छा होता आपके इस 'वर्क इन प्रोग्रेस' की कहानी हम खुद आपके मुँह से सुनते। कमाल है, हमें पता ही नहीं चला आप यहाँ बैठे हैं—हमारे इतने पास। चलिए, फिर मिलते हैं। बहुत ही खुशी हुई आपको यहाँ देखकर। कब तक रुकेंगे? घर आइए न!'

'थैंक यू!' प्रोफेसर मेहता की आवाज़ इतनी बुझी-बुझी सी क्यों लग रही हैं? 'मैं तो आज अभी निकल रहा हूँ रायपुर के लिए। अभी तुरन्त ट्रेन पकड़नी है।'

'चलिए अगली बार सही।'—मिसेज़ ज्ञानी ढेर सारी मुस्कुराहट मेहताजी पर उँड़ेलकर जा चुकी हैं। बार भी खाली हो गया है। अब निकलना चाहिए। निज़ामुद्दीन पहुँचने में भी दस-पन्द्रह मिनट तो लग ही जाएँगे। खाना ही खा लिया होता इस बीच। प्रद्युम्न भी साथ दे देता।

'चलो भाई, मुझे छोड़ दो स्टेशन अब!'

'व्हाट अॅ पिटी, दिस मैन नैवर फाउंड हिमसैल्फ!'—प्रद्युम्न श्रीवास्तव गुनगुनाता हुआ उठ खड़ा हुआ है। लो, खामखाह एक चुटकुला हाथ लग गया उसके। अब वह जिस-तिस के सामने इसे चटखारा ले-लेकर दुहराएगा। अवस्थी के सामने भी।

दुहराने दो। क्या फर्क पड़ता है!

❑❑❑